Laoteng Zuopin Diancang
Jiushi

U0589942

老藤——著

老藤作品典藏

旧　事

时代出版传媒股份有限公司
安徽文艺出版社

　　老藤，本名滕贞甫，山东即墨人，中国人民政治协商会议第十四届全国委员会委员，中国作家协会第十届全国委员会主席团委员，文化名家暨"四个一批"人才，现任辽宁省作家协会党组书记、主席。出版长篇小说《战国红》《刀兵过》《北地》《北障》《北爱》《铜行里》《腊头驿》《鼓掌》《樱花之旅》《苍穹之眼》等10部，小说集《黑画眉》《熬鹰》《没有乌鸦的城市》等8部，文化随笔集《儒学笔记》《孔子另说》等3部。作品多次被《小说选刊》《中篇小说选刊》《长篇小说选刊》《新华文摘》《小说月报》等选刊转载，多次进入各种年选和排行榜。曾获东北文学奖、辽宁文学奖、《小说选刊》年度大奖、《北京文学》奖、《湘江文艺》双年奖、丁玲文学奖、百花文学奖、中国作家出版集团奖·优秀作家贡献奖等。长篇小说《战国红》《铜行里》分别荣获第十五届、第十六届中宣部精神文明建设"五个一工程"奖，长篇小说《北地》获2021年度"中国好书"。作品以英、德、法、俄等10种文字被译介到国外。

Laoteng Zuop'n Diancang
Jiushi

老藤作品典藏

旧事

老藤——著

时代出版传媒股份有限公司
安徽文艺出版社

图书在版编目（ＣＩＰ）数据

旧事/老藤著.—合肥：安徽文艺出版社，2023.6
（老藤作品典藏）
ISBN 978-7-5396-7711-8

Ⅰ．①旧… Ⅱ．①老… Ⅲ．①中篇小说－小说集－中
国－当代②短篇小说－小说集－中国－当代 Ⅳ.①I247.7

中国国家版本馆 CIP 数据核字 (2023) 第 014128 号

出 版 人：姚　巍
策　　划：朱寒冬　姚　巍　　　统　　筹：张妍妍　姚爱云
责任编辑：张妍妍　段　婧　　　装帧设计：张诚鑫
···
出版发行：安徽文艺出版社　　www.awpub.com
地　　址：合肥市翡翠路 1118 号　　邮政编码：230071
营 销 部：(0551)63533889
印　　制：安徽新华印刷股份有限公司　　(0551)65859551
···
开本：880×1230　1/32　印张：9.5　字数：260 千字
版次：2023 年 6 月第 1 版
印次：2023 年 6 月第 1 次印刷
定价：38.00 元
···
（如发现印装质量问题，影响阅读，请与出版社联系调换）

自序:"无用"抑或"有用"

人间事物若从实用角度看,可分"有用""无用"两类。文学应属于后者,正因如此,清代诗人黄景仁才有了"十有九人堪白眼,百无一用是书生"的慨叹。爱上文学伊始,我对这一诗句颇有同感,但在经历了诸多世事之后回头看,又觉得这种两分法过于简单粗暴,事实上很多时候看似"有用"的东西恰恰无处可用,而那些"无用"的东西却能支起脑颅里的帐篷,让你的灵魂有了自由活动的空间。比如说,诗和远方有什么用? 好像无用。但这个"无用"会像潮汐一样一波波激荡你的心扉,让你血脉暗涌,不时蹦出打起行囊奔赴远方的冲动。

不得不承认,我喜欢"无用"的东西,这当然与受庄子"无用之用"思想的影响有关,但归根结底还是对文学的痴迷使然。有"无用"的文学相伴,我热衷于钩沉稽古、发微抉隐,也喜欢静处发呆、冥思遐想。在这个"无用"的世界里我可以随心所欲、直情径行,活成真实的自我。此时的"无用"转化成了实实在在的"有用",它给我原本安分的心灵搭建起一座不安分的房子。

我是 20 世纪 70 年代末期开始喜欢上文学的。那时我读初中,写作成了我生活中的一个秘密,让我的中学时代充实而富有期待。拥有秘密的人如怀揣美玉,会产生一种富裕感。秘密是身价的砝码,也是自信的底气,那时,哪怕身上穿着空心袄,走过冰雪覆盖的操场时我也会高昂着头。不明真相的同学肯定猜想:老藤有什么可神气的?对了,我在中学时就被人称为"老藤",我后来之所以确定用"老藤"这个笔名,多少有些水到渠成。当时只是写,没想过投稿发表,写满一本就锁进抽屉,偶尔拿出来自我欣赏一番,仅此而已。知道马克思年轻时也有类似的习惯后,我心里暗自发笑,连伟人都不能免俗,看来许多文学爱好者的写作最初都是一种自娱。马克思是雪莱的粉丝,热衷于写诗,给恋人燕妮写了好几本情诗,给父亲也写了一本,但当时也只是锁进抽屉没有出版。马克思一生发表的诗作只有寥寥几首,但这位哲人最初的梦想确确实实是"无用"的文学。

对于我来说,"无用"变得"有用"是在 1985 年,那时大学毕业生由国家负责分配,个人可以填报分配志愿。我当时面临三种选择,举棋不定时一位忘年交文友建议我去新成立的五大连池市。他当时在该市担任文教局局长,给出的理由是新组建的城市百业待举,是一片尚未开垦的处女地。这让我想起了肖洛霍夫的作品《被开垦的处女地》。我欣然听从了他的意见，在分配志愿里填写了五大连池市并被顺利分到了那里。五大连池是个县级市，规模不大，文化、教育在一个局，我被分到文教局后不久就当了一个中国最小的官——股长。教育股长虽小，却管理全市的中小学。股里有中教视导员马老师、小教视导员赵老师，还有招生干事吴老师、培训干事刘老师，四人都在三十岁以上。开始，我担心无法领导这些工作经验丰富的资深干部，让我感动的是，他们给了我这个毛头小股长以极大的支持，因为他们知道我是一个经常在报刊上发表作品的年轻人。我心里清楚，与其说他们尊重我，毋宁说他们高看文学，因为那是一个属于文学的年代，这是文学给我的加持。接收我的文教局局长大我二十余岁，是位多才多艺的业余作家，文学素养极高，不仅发表文学作品，而且精通中医，擅长地方戏曲吟唱。局长退休后离开了黑龙江，在北京一个部队医院开中医专家门诊，找他看病需预约。老局长虽然已经过世，但他的名字深深镌刻在我的心里，他叫刘锡顺，黑龙江嫩江人。

20 世纪 90 年代初期，我产生了离开机关的想法。这一想法没有变成现实还是因为"无用"的文学。当时，我特别想从事影视编剧工作，便在朋友的介绍下从五大连池市调到了大连，但在广电系统仅仅工作了三个月又调到了机关。我曾经有过写机关文学的想法,我对自己说:你不是想写机关吗?要想写好机关,就应该把机关坐遍、坐透、坐穿。这样一想,内心便有些释然,于是收起当编剧的小心思,专心从事组织、宣传、纪检和其他机关工作。我在山东、黑龙江、辽宁三省学习、工作过,这些经历为我积累了丰富的创作素材,怎么写都不会有枯竭感,这也是我能顺利完成《北地》《刀兵过》《北障》等长篇小说的原因所在。

从1985年到2016年,我一直在大连的区、市党政机关工作,无论岗位如何变化、工作多么繁忙,文学的灯火一直摇曳在心底,没有什么风能把它吹灭。这个时期,我的创作基本与工作体验密切相关,比如在负责宣传工作期间,写了文旅题材的长篇小说《樱花之旅》;在负责纪检工作期间,写了反腐题材的长篇小说《鼓掌》;在负责扶贫工作期间,写了农村题材的长篇小说《战国红》。记得我离开区委到市委工作时,一位市级老领导对我说:"别写了,好好当你的官儿。"我知道老领导是好意,但我无法照办,因为我觉得当干部与写作并非是对立的关系,领导干部有点文学爱好不是坏事,文学作为塑造灵魂的事业,从某种意义上说它会让冷漠的行政管理多一些人性化的温情,让管理者的内心变得柔软而富有弹性,历史和现实的经验都能证明这一点。在机关工作时我虽然没有放弃文学,但不敢本末倒置,毕竟做好本职工作是第一位的,所以作品量不是很大。对此,我没有烦躁、焦虑,文学创作不可能是全过程的井喷潮涌、大河浩荡,有时它也会是泉水叮咚、浅池深潭,只要心中留一线清水流淌的缝隙,就不愁遇不到柳暗花明的桃源。

"无用"的文学在 2016 年秋天再次改变了我的人生轨迹——因为辽宁省作协面临换届,我被省委安排到了省作协任职,我不得不从海滨城市大连来到了省会沈阳。省作协工作虽然运行程序与党政机关没有较大差别,但毕竟文学成为主业,我因此有更多的时间来写作,这便有了《苍穹之眼》《北爱》《铜行里》等六部长篇小说和许多中短篇小说。这个时期也被许多批评家称为我创作的"井喷期"。

如果需要阐释一下文学观的话,那么在文学的世界里我是一个彻头彻尾的理想主义者,我希望通过笔下的故事和人物更多地透出现实生活中的曙光和彩虹。对于大多数有追求的普通人来说,生活不易,人生路上充满艰辛与坎坷,带着伤疤的跋涉者比比皆是。我不想在作品中放大这种悲催,而是选择温情的剖面来描述和解析,更多地诠释人性中闪光的元素,目的不是掩饰,而是给人以生的热望。文学自身是具有神性的,但这种神性带有何种光环则取决于作家。文学缺少神圣性,就像古玉少了沁色,品读的味道会变得寡淡。我在写作时感情很投入,作品中的人物甚至会活跃在我的梦境里。我的作品中恶人很少，尽管生活中从来不乏恶人，但我内心里有一种屏蔽恶人的本能。尼采那句话对我影响很大："当你凝视深渊时，深渊也在凝视你。"我笔下的恶人，往往也有良心未泯的一面。我的大部分写作时间是在夜晚，夜深人静，打开电脑在键盘上敲打，仿佛在与作品中的人物对话，这个时候，多写一些向善、向美的东西，自己的心情才不会差，梦境也会少些骚扰。

我在写作中比较注意对人物内心纹理的刻画，努力让人物的心理活动符合生活逻辑，因此我很少去写怪异、离奇的故事。对那些违反生活逻辑却又有艺术价值的素材我会进行加工，把它们纳入逻辑的轨道，就像厨师烹调河豚一样，去除毒素，留下美味。我不反对文学要书写"生活中的不可能"，但我也坚持一个"笨"原则，那就是你写的东西读者是否认为可信，如果写出来的东西不令人信服，读者就不会读，读者不读，就谈不上产生影响力。其实，万物都循道而行，文学作品的道就是逻辑，是真理的逻辑、社会的逻辑、情感的逻辑和自然的逻辑。作家应该替读者去发现那些不知晓的东西，而不是去杜撰一些不符合逻辑的故事。当然，这是属于我自己的一个创作原则，并不适用于其他写作者。

我在创作中很少用"上帝的视角"，不是说这种视角不好，主要是考虑到作品的可信度问题。我喜欢用作品中人物的视角来叙事,让作品中的某个人物担当探秘的导游,带着读者走进一个属于文学的迷宫。比如《北地》是用主人公儿子和自传作者的视角,走进主人公曾经工作过的三十个地方,在回望中寻找答案;《北障》用的是当事猎人的视角,表现一个昔日的猎杀者对猎物、对禁猎者、对朋友、对大森林的那种纠结、不甘和人性复苏的复杂心理;而《北爱》则是从女大学生苗青的视角,也就是从一个逆行者的站位,来发现东北的质感,感受东北人文,最终靠静默和永不言弃,实现了父女两代人设计飞机的计划。

文学创作永远在路上,没有终点可言;既然在路上,就会面临许多道路的选择和各种要通过的"榆关""柳边"。我英语不好,无法阅读英文原著,这就导致学习和借鉴上存在障碍。我读翻译作品时总有些怀疑,担心原作者是不是这样表达的——这不是一个好习惯,是我在读了鲁迅先生翻译的《死魂灵》和满涛等人翻译的《死魂灵》之后形成的印象。当然,现在去学习外语已经没有必要,对于重要的外国名著,我会尽量多选择几个译本对比着阅读。我写作没有压力,也没有负担,是心里有东西想写才去写。当然,写作中也存在一些难题,比如对历史题材的处理、对民俗信仰层面的深度挖掘、对人类精神结构的多层次剖析等等,还需要不断提高脑力、笔力。

这套典藏收集了我 2022 年以前所创作作品的大约八成,理论和诗歌部分没有收入。长篇小说《北爱》因为于 2023 年 2 月出版,也没有收入。在此,我要感谢安徽文艺出版社,感谢安徽出版集团总编辑朱寒冬先生和为文集辛勤付出的编辑们,他们为文集的出版付出了许多心血,因为三十年前的作品没有电子版,扫描、校对是一件很辛苦的事。我还要感谢我的夫人赵蓉,她是我的大学同学,更是我所有作品的第一读者和首席批评者,没有她的支持和保障,我的文学之路不会顺畅。虽然不知读者评价如何,但我敝帚自珍,特别珍视这套典藏,因为它是我创作中的一个阶段性总结,它的问世也让我有了新的起点,我会更加努力地在"无用"的文学里徜徉。

啊,稗子沟

稗子沟要是有一条河该多好!

在小兴安岭那茂密的黑桦林中,一条曲曲弯弯、不知经历了多少沟谷的山间土路,把一个小小的村落抛得很远很远。七八十座普普通通的"干打垒",几百个地地道道的山里人,在这个远离都市的地方构成了他们平平静静的世界。这本来是一条深深的山谷,山坡很缓,易于建房,于是有了这个自然屯。山沟里丛生着茂盛的榛棵和成片的刺玫瑰。盛夏季节,鸟唱虫鸣,蝶舞花开,颇有人间仙境的味道。因为地处偏远,烟火稀少,在漫无边际的山林中生长着獐、狍、犴、鹿等野生动物,还有成群的山鸡、飞龙等珍贵山禽。本来,如此殷富之地该有个堂皇的名字,怎么却叫了个"稗子沟"?据说第一家流落到此的人,开荒种地,苦苦一年,春天明明播了满地谷种,秋后却长了满沟稗子。从此,不管旱年涝月,稗子倒总是丰收。民国年间,传说山外饿死了不少人,唯独稗子沟太太平平,那黑黑绿绿的稗子籽救了他们。因此,这沟也就得名稗子沟。沟里一些老头子坐在一起,总爱捻着胡子唠叨:这稗子沟,是块宝地呀!

然而,稗子沟也有它的不足。前几年,一个从河南来的画箱画柜的老哥在离开稗子沟时,曾不无感慨地说:"稗子沟缺少水呀,要不可真称得上山清水秀了。"

虽然画匠老哥那浓浓的河南调为稗子沟的人所不敬,可人们从话中品出了滋味儿。是啊,稗子沟有山有树,有鸟有兔,就是少条河。沟底倒是有一条沙石河床，雨天流水旱天是路，鱼儿是万万不能生存的。村里的三口水井，更是一蟹不如一蟹，这水不仅苦涩难饮，还有一股子邪劲——能把男人的手指鼓成纺锤，将女人的脖子胀成醋坛。正是这个缘故，那些闯关东的鲁西人在这儿没住几年就都另奔他乡。看来，在这些被当地人蔑称为"山东棒子"的老哥心里，后代的身子骨要比填饱肚子重要得多。流动的是那些关里人，稗子沟人虽然有着好客的习俗，但对他们的走是毫不留恋的，正如对他们的来毫不欢迎一样。

稗子沟的坐地户却很少有人迁移。村里最有名望的蔡老爹常用他七十来年的生活经验告诉人们："金窝银窝，不如自己的老窝。""物离乡贵，人离乡贱。"车把式刘福是个爱凑热闹的人，他曾经和老婆商量过搬家的事，可刚刚有点谱儿，蔡老爹就闻风赶上门来，列举了许许多多逃荒人的苦命，流着老泪说稗子沟这块宝地如何有情有义，直说得刘福夫妻俩满面羞愧，毕恭毕敬。自然，搬家的事也就风吹云散。后来，每逢人提起搬家这个话茬儿，刘福总是低着头说："那是我老婆的傻主意。"

这样，一条无形的绳子牢牢地拴着稗子沟的家家户户。人们依旧在这里生儿育女，也依旧吃着那苦涩的水，倒也心安理得。近些日子，蔡老爹的心绪不大好，整天咬着支烟袋拧着眉头。他是个读过两年私塾的老头，能说会道，不管谁家有红白喜事，都免不了请他当知客的。加上蔡老爹又有些阴阳掐算的本事，熟背一套子丑寅卯，所以在沟里人眼中，蔡老爹起码是半个圣人。那些年轻后生更是把他敬若神明，在他面前不敢有半点差错。就连沟里出名的"滑蛋"二驴子见到蔡老爹也赶紧正正帽子，因为蔡老爹那张黑桦皮似的脸、那双浑浊但有光的眼睛，以及那身黑色的旧士林布大灯笼裤，足令人肃然起敬。另外，二驴子也晓得利害，别看被别人骂上十句都无关紧要,可要是惹得蔡老爹光火大骂一声,一旦传开,那么在稗子沟他就甭想讨老婆了。不过蔡老爹并不轻易骂人,他眼角的皱纹总是堆成鲫鱼尾,乍看有点笑的模样,可把它和下弯的嘴角连在一起看,就煞是严肃了。这几天因为桂子的事,蔡老爹整天绷着脸儿,嘴角又向下弯了许多。

桂子是蔡老爹尚未出阁的小女,也是蔡老爹的掌上明珠。这桂子生性泼辣,有着一张从不饶人的嘴。沟里人都说蔡老爹上世积了德,才使稗子沟出落个这么俊的丫头。的的确确,整个稗子沟,就桂子和大骨节不沾边儿,尽管桂子肤色黑红,个头又不高,但是长得匀称,就这些,已足使稗子沟的小伙子们目瞪口呆了。因为蔡老爹的缘故,这些后生不敢到蔡家来,就常常登上沟旁的山坡向蔡家院子里张望。一到冬天,桂子就会碰到些怯生生的小伙子上来搭话:

"桂子,我给你家打了两车柴。"

"桂子,我在北沟给你捡了车树头。"

"桂子,我打的是指头粗的梢条,想啥时拉哎一声就行。"

这样,自桂子长大后,蔡老爹那柄明晃晃的砍柴大斧便变得锈迹斑斑,后来索性送了人。山里的后生们没有再好的求爱方式了,他们都想到了打柴,因为打柴既能显示自己的力气,又能表示对女方一家冷暖的关心。

桂子却从来不去想小伙子们为她打柴吃了多少三九天的苦,流了几斤热腾腾的汗。她对那些走路两条腿别来别去的大骨节后生,有一种本能的反感。小伙子们的种种殷勤只给她带来阵阵心烦。一次她做了个奇怪的梦,梦到稗子沟有了一条流水哗哗的小河,她在河水里洗呀洗,把身子洗得雪白。她高兴极了,招呼沟里的年轻人都来洗。奇怪,人们把大骨节洗细了,大粗脖子洗没了,罗圈腿也都洗直了……醒来枕巾湿了一片。她已经二十岁了,二十岁在稗子沟该是抱娃的年龄了,可她还没有定亲。沟里人都说她心高,几个受到"冷落"的后生在背后偷偷地议论,说桂子找了个县城里吃国粮的女婿。可惜这些闲话,人们根本就不相信。稗子沟的姑娘不外嫁,这似乎也成了一条规矩。多少年来,沟里只有一个改嫁的寡妇"走道"去了别村。当时,人们送别的神情和场面,能叫外人联想到送殡。蔡老爹那些"人离乡贱"的学问早就在稗子沟的人们心中根深蒂固,这些学问为稗子沟带来了无尽的好处。在这么个偏远的山村,居然没有一个后生打光棍儿,也没有一个姑娘嫁不出去。在这里,男性和女性保持着奇迹般的生态平衡,男婚女嫁恰恰达到自给自足。好在大骨节的女婿找个粗脖根的媳妇,互相没的挑,倒也没有反目散伙的事。人们习惯了这种安安静静的环境,不希望有人闯进来打破它的安宁,所以稗子沟对所有的迁入户表现出一种冷漠,对所有想要离开这里的本村人则千方百计地挽留。桂子作为蔡老爹的闺女,远嫁他乡是沟里人横竖不敢想的。可人们也不会让脑子闲起来,饭前茶后都在琢磨,看哪家烧了高香的后生能娶到桂子。当然人们也常念叨着后生们的乳名加以比较,尽管每次比较后都很失望,感到屈了桂子。但挑选的范围绝不会超出稗子沟。矬子里拔大个儿,最后,沟里人都认为,沟西豆腐老四家的二小子狗剩做桂子的女婿无疑了。因为全稗子沟只有狗剩的长相还算标致,个头最高,人也憨厚。美中不足的是狗剩有点罗圈腿,但这在稗子沟算不上大毛病。

难唱的曲儿唱到了蔡老爹的家里,老汉就是城府再深,也有点儿乱了方寸。眼看闺女一天天大起来,沟里那些与桂子同龄的丫头早都当了崽儿他妈,可桂子至今还没个主儿。闺女大了,性子又活,要是有个风吹草动的,自己的老脸往哪儿搁?老汉又何尝没想过沟里的年轻后生？不想还好，一想老汉便憋一肚子气。妈的，筛掉稗子还剩稗子，就没粒好谷！狗剩人品还可以，偏偏长两条罗圈腿。蔡老爹忽然想起了张寡妇，十年前寡妇"走道"去他乡时，蔡老爹照例曾去拦过，怎奈寡妇死活不听劝，哭喊着说："不为了自己，也得想想娃呀！"这使蔡老爹第一次碰了钉子。去年寡妇回到稗子沟走亲戚，果然带回个水灵灵的小伙子。村里人谁也不相信那就是当年寡妇走时带的那个走道拐拐的小儿子。寡妇还向沟里人夸耀，儿子已经是省城的大学生了，连蔡老爹都跟着高兴，寡妇和她儿子毕竟还是稗子沟人嘛。从此，蔡老爹总爱说："咱稗子沟是块宝地呀，能飞出金凤凰哩！"可惜寡妇搬了，要不，老汉倒愿意屈尊和她结亲家。不知怎的，一想起寡妇那水灵灵的儿子，老汉总不免要动一番心思。

稗子沟并非世外桃源。

信息传得快是稗子沟的一大特征。如果清早沟东谁家婆媳吵了架和谁家杀了年猪，不过晌午，沟西准知道吵架都骂了些什么，杀的猪是几指膘。

五月，稗子沟来了个打井队，是南方的。队员里有六七个长得溜直的小伙子，还跟来不少小商小贩。这消息像一阵风，从沟西吹到沟东，再由沟东鼓到沟西，稗子沟骚动起来。

打一口井三千块。稗子沟一棵最粗的老榆树上贴出了打井队墨迹未干的广告。字写得真秀气！沟里人像看年画一样围住了老榆树。桂子也在人群里，她在树下站得最久。早晨，桂子在门口看到了一个长头发、穿紧腿裤的小伙子在贴这张广告。

稗子沟不算穷，能掏出个百儿八十的人家也不在少数。不过集资打井这样的风光大事，是非蔡老爹决定不可的。广告贴出的头一天晚上，烧酒董叔串通了几个爱喝酒的人来找蔡老爹。这董叔对打井是动了心,他听祖父——一个酿私酒的酒鬼说过,水越好,酿的酒越好。

蔡老爹点上一袋烟沉思良久。"一口井三千块,井里是银水还是金水?"他想来想去,还是觉得要价太高。

"那是深水井,出的水不苦,能烧好酒,老爹。"烧酒董叔虽然也觉得价高,但似乎觉得烧不出好酒更为可惜。

"是啊,三千块能买多少头母猪。"家里养有一头老母猪的宋老头也在嘟哝。他在没喝多之前还是明白事理的。

"三千块,娶老婆都用不了。"

"要得太多了。"

"……"

人们见蔡老爹不同意打井,也纷纷反对起来。他们为这三千块钱感到惋惜和心疼,好像这钱已经落进了打井队的腰包。的确,稗子沟挣钱和花钱都不是容易的。钱,需要到百里以外的乡上用粮和山货去兑;花钱,也同样要跑这段路程。正因为这钱来之不易,家家才总愿意把它里三层外三层地包好,然后郑重地压在柜底,再扣上一把大铜锁才放心。

"这些'南方猴'真精,不在家做庄稼活,跑出来挣咱稗子沟的血汗钱,丧良心!"蔡老爹愤愤地说。众人点头称是,烧酒董叔也不再坚持了。

打井队在小兴安岭山区已经走了无数个村子,生意还算兴隆。这次他们一到稗子沟就在沟西扎起帐篷,准备大干一场。随着打井队,还来了些卖衣服的小贩和磨剪子、锔锅、补鞋的工匠。稗子沟开天辟地第一次有了做买卖的,小小的屯子,回响着叽里哇啦的南方话,稗子沟热闹了。

南方人都是那么瘦,打井队的头头儿更是个"瘦猴"。在沟西扎下帐篷后,他就换上一套干净的衣服,把脸刮得铁青,领着那个写一笔好字的技术员小胡走家串户。他已经有了经验,这些山里人虽然开朗,可一遇上拧不过弯的事,就是套上十头牛也拉不转的,他必须挨家挨户做动员。

出师不利,第一天也就碰了钉子。

功夫不负有心人,地甲病大骨节这么严重的屯子,还会不打井?"瘦猴"队长颇为自信。

第二天,又毫无结果。

第三天,"瘦猴"怎了,和小胡直奔蔡老爹家。他打听到了,蔡老爹不点头,这井是打不成的。

结实的土房,一色的黑桦木栅栏,干干净净的院子,一看这就是个过日子有头有序的人家。蔡老爹不在,被人请去给孩子起名了,桂子热情地接待了客人。

喝着涩口的白开水,小胡向桂子介绍起大骨节以及其他一些地方病的危害和打深水井的意义。桂子第一次懂得"甲状腺""地甲病""亚硒酸钠"等新鲜名词。

桂子的认真,激发了小胡的演说情绪,他开始滔滔不绝地讲起来。稗子沟的水如果再不加以改善,必将造成严重的恶性循环。因为患有地甲病的人相婚配,其病症就会遗传给子女,造成后代的先天性痴呆(学名"克汀病"),那样,五十年后,稗子沟将会变成"傻子沟"!

桂子头皮一阵发麻。她不认为小胡在瞎说,沟里不是已经有几个孩子都八九岁了还说不清话吗?她开始对稗子沟感到惊悸。天哪,天哪,大粗脖、大骨节,都是因为这水呀!她的手在颤抖,为"瘦猴"队长倒水时,心一慌,竟倒在"瘦猴"的手上,烫得"瘦猴"五官都挪了位,嘴上还得说:"不打紧,不打紧。"

蔡老爹回来了,有点儿酒气。

"瘦猴"队长花了一个多钟头的时间来动员他,结果只是陪老汉抽了一袋烟。"瘦猴"就是把死人说活了,老汉还是横竖一句话:"一口井三千块,太贵,打不起。"

"两千八。""瘦猴"咬了咬牙,降了两百。老汉吸口烟,慢慢地吐出,默不作声。

"两千五!""瘦猴"的脸变成了猪肝色,他已经降到了极限。这个价,去了吃喝,只能挣个路费。

老爹慢腾腾地仰起脸:"最多两千块。"

"瘦猴"目瞪口呆。

"这个数我们就都赔上了!"小胡忍不住插了一句。他觉得这个老头子太不通情理了,他们被困在这儿是因为稗子沟离其他屯子都非常远,来一次不容易,要不谁还会在这儿磨嘴皮子?"瘦猴"队长脸色通红,起身便往外走。

桂子送出门来,望着两人气冲冲地走远,心里很不是滋味儿。"这鬼地方,要知道这样就不来了!"远处传来"瘦猴"的一句骂声。这骂声像一把刀刺痛了桂子的心,刺痛着桂子对稗子沟朴素的爱,也刺痛着她二十年来对父亲积攒起来的崇敬。

好大一场春雨,冲洗着雾蒙蒙的稗子沟。

雨霁山翠,稗子沟竟然映出半边绚丽的彩虹。

姑娘们嘻嘻哈哈,各端一盆要洗的衣裳飘向沟底。每次大雨过后,沟底那条沙石小路就会变成一条潺潺的清水河,尽管它只能流上半天,可每次它都给稗子沟的姑娘们带来了不尽的欢乐。姑娘们用短粗的手指在清水中揉出片片浪花,她们开心地笑着,还有的干脆把已变得粗硬的长发洗成一匹黑缎。雨后,是稗子沟最快乐的时光。

当姑娘们说说笑笑地跑到沟底时,她们愣住了:一向属于她们的领地被人占领了,五六个小伙子正光着身子洗澡。啊,魁梧的体型,耸起的腱子肌,真美!

他们互相往身上发着水,动作有力而滑稽。那个长头发的小胡,穿条天蓝色游泳裤,坐在水中一块凸起的石头上,悠然地吹着口琴,两只脚在溅起的浪花中欢快地打着拍子。悦耳的口琴声,在静静的稗子沟里绵绵飘荡。姑娘们不知道他吹的是什么曲子,但她们却在呆呆地听着、看着。她们忘了自己是女孩子,她们从来没有看到过这么漂亮的男人,更没有看到过这丰满强健、充满男性诱惑的躯体。

吭当! 桂子的衣盆从手中滑落了。铜盆带着一串清脆的响声滚落沟底,把沟里小伙子们的目光一齐拉了过来。

"哎呀!"姑娘们惊叫起来,山兔般钻进了树林。桂子略为迟疑了一下,也不得不藏进树林。口琴声停止了片刻,沟下传来一阵笑声。

晚上,小胡给桂子送来了盆。

桂子嫣然一笑,谢他满满两捧松子。

他们熟悉了。

稗子沟的姑娘和打井队的小伙子,和那些做小买卖的"南方猴"熟悉了。

北方山里的姑娘是不懂得害羞的,只要愿意,她们会像林子里的山鹿敢去跳沟越岭。大概所有的不平静都是不平衡引起的。稗子沟的姑娘们同那些南方的外来人打得火热,自然就冷落了稗子沟的后生们。多少年来,这种天经地义的生态平衡被破坏了。稗子沟的人们忧虑重重,烧酒董叔曾扳着手指算过,要是沟里的六个丫头都跟了打井队去,稗子沟起码会出现五个光棍儿汉! 这在稗子沟是万万不能容忍的事。人们纷纷来找蔡老爹了，豆腐老四还特意拉着儿子狗剩，因为狗剩说他看见桂子晚上钻过打井队的帐篷。

"岂有此理！"蔡老爹真的生气了，他为这些女孩子破了他的规矩而恼火，黑桦皮般的脸抖动着，烟袋锅在如豆的油灯下一闪一闪，忽明忽灭。听着沟里人对打井队的控诉和对丫头们的抱怨，老汉的正义感勃发到最强烈的程度。

"咱沟里的丫头片子就是短打……"刘福是个闲不住嘴的人，刚刚冒出一句，觉得这话有伤蔡老爹，连忙改了口，"桂子……桂子自然不算在内，桂子是个好姑娘。"

"老爹，桂子也有些事不体面呀！"豆腐老四把胡子直扎到蔡老爹的耳朵上，"咱家狗剩看见桂子昨晚上……"

蔡老爹神经质地抽搐了一下，猛地转过脸，两眼直盯着豆腐老四。

"没什么，没什么。"豆腐老四咽了口唾沫，额上沁出汗珠来，"我说老爹要留心点儿，打井队那些'猴'没个好东西。"

老汉什么都明白了，他感到蒙受了莫大的耻辱。桂子，眼瞅着长大的桂子是好桂子。他想到打井队那个尖嘴猴腮、老鼠眼、细细的两条麻秆腿的"瘦猴"队长，想到了那些长头发、男不男女不女的小青年。这些天杀的，才来了几天就把好端端的稗子沟搅翻了天，早就知道他们不是什么好东西！

呛鼻子的旱烟烟雾，熏满了蔡家，在大家的烟瘾过足之后，蔡老爹下了最大的决心，赶走打井队！满屋的人一想到赶走打井队稗子沟将重新恢复过去的安宁，笑容都溢满了脸。狗剩更是兴高采烈，他想到了桂子那亮亮的眼睛和永远晒不黑的脖颈。

第二天一早，蔡老爹的门前聚了几十个人，个个神情严肃。刘福还特意扎了根皮腰带,斜背了杆乌黑的猎枪,如果不是那两条患有大骨节的短粗的腿影响了美观,倒也称得上威武。整个稗子沟充满了凉飕飕的空气,使人简直不相信这已是近六月的天气。

蔡老爹跨出门槛,瞥一眼聚集在门前的人群,说一声"走"便直奔沟西。

人群拥到沟西一看,帐篷撤了,打井队正忙碌着搬东西、装车,看到这么多人拥上来,都好奇地停下来。

"瘦猴"队长大概以为这是稗子沟的人来送行,因为在他的印象里,山里人都是好客的。他客客气气地向人们打着招呼,来到蔡老爹跟前,递上支烟。

"我们要走了。"依旧是浓浓的南方味。

蔡老爹没有接烟,也本能地晃晃手中的烟袋。

两辆大马车,在众目睽睽下装完了。稗子沟是不能走汽车的,队员们只好跟着马车走。有的队员已挽好了裤腿,早晨,山里露水大。

"瘦猴"在众人面前俨然是个心慈的医生。他轻轻地捏一捏这位骨节隆起的手,拍拍那位膝骨外撇的腿,最后来到一个矮个子的后生眼前,托了托后生那足足几斤重的下垂的粗脖子,目光中流露出一种无可奈何的哀怜。

他没有说话,沉重地向队员们打了个手势。车轮,徐徐地滚动了。马蹄踏入泥水的声音,震颤着稗子沟沉寂的早晨。

人们目送着远去的打井队,像为所有的外来户送行一样,人们的神情仍旧表现出一种木然的冷漠。许久,人群中传出几个姑娘轻轻的啜泣声。

突然,桂子箭也似的冲出人群,向着即将消失在山雾中的打井队跑去。那奔跑中带起的风,把她的红布衫鼓成一面翻卷的旗,从

11

远处看恰似一团跳跃的灼眼的火焰。

"等——等——"

声音凄切,像从撕裂的喉咙中迸出,在沉闷的稗子沟,在呆立的人们空旷的心头,久久地回荡……

本篇系与刘锡顺合作,原载于 1986 年第 6 期《北方文学》

推销科长和他的女人

姚大的心碎了。

他清清楚楚地懂得,自己对不起全厂职工,当了两年的电器厂推销科长,厂里竟二十个月没发奖金。工人们一片牢骚,有些人干脆背后戳着他的脊梁骨叫他"木头科长"。

是自己没卖力气吗?科里的六个推销员都跑断了腿。怪产品质量不好吗?自己的老婆却趟趟推销得不错。姚大埋在沙发里,脑子里乱糟糟一团。

姚大的女人方茜是他科里的推销员,在厂里也算小有名气。这倒不是因为她长得美,而是在包括姚大科长在内的推销员们尽吃败仗的情况下,科长夫人却总是左右逢源旗开得胜,很自然她在厂里也就有了威信。厂长就曾对姚大说过,姚大要是没有这样一个老婆,电器厂就只有关门散铺了。

厂长似乎是开玩笑,可姚大听来却觉得心里别扭,一种不被理解的别扭。为了推销产品,他可算煞费苦心。他能一口气说出数十种产品的使用须知和注意事项。他在产品使用的注意事项上特别用心,对订户他总是不厌其烦地说呀讲呀,直到人家皱起眉头。他认为这些注意事项是必须说清楚的,尤其是家用电器,弄不好会出人命的。至于优点,人家使用就知道了,用不着多费口舌。他把这些想法原原本本地灌输给他的推销员们。

玻璃烟灰缸里堆满了烟蒂。姚大的星期天昏头涨脑。他感到自己老了,所想的一切都那么不合潮流,才四十岁呀!

方茜推门进来,姚大知道是厂长找她谈话了,谈了整整一天。

"老姚。"方茜以为他睡在沙发上。

他睁开眼,身穿连衣裙的妻子使他微微皱了下眉。

"老姚,厂长找我谈了……"

"做点晚饭吧。"他起身走向厨房。

方茜犹像片刻,也跟进厨房。经过两个人的合作,一桌蛮不错的晚餐做好了。

她了解他的心情,他猜出了她要讲的话。

他怎么会猜不出来呢?厂长早就向他透露过,说要给他变变工作,还说后勤科是个蛮吃硬的地方,想让他去挑头。虽然他知道后勤科光科头头儿就集了一大堆,但他还是表示一切服从组织安排,只是自己干了两年推销也没干好,心里觉着欠着大伙的。

姚大夹起一块醋拌黄瓜,斜了一眼老婆说:"其实我早有思想准备,厂长可以和我谈嘛。"他嚼了两口,"换个工作也好,干吗先找你谈?怕我有想法,让你给我吹枕头风吧?再说后勤科也不算差,省心……"

"老姚。"女人放下筷子。

"我不是个官迷,有差事干就行,只是后勤……"

"老姚,厂里研究不让你到后勤科。"方茜转过脸,有些激动。

"那……到哪儿?"姚大一阵紧张。

"哪儿也不去,还在推销科。"女人的肩膀在抽动,"就地免职!"

姚大只感到脑子里轰的一声,眼前呈现出一片星。

"那,换谁?"姚大的声音很小,像在对自己说话。

"换我。"女人转过身来。

"什么?换你?"

"是我。"

"你……你同意了?"

"开始我不同意,后来厂长说服了我,书记也在场,说我是实行聘任制的第一个。不过,我还是替你难过。"她抚摸着姚大那宽厚的肩膀,充满爱抚地说,"我知道你对工作没少费心,这样也许太不公平,可全厂几百号人都眼巴巴地望着推销科呢,厂里行政干部又太多,光后勤科那儿的带'长'的就快够一个班了。"

"我懂!"姚大突然吼了一声,"撤我免我都没意见,可换谁都行,就是不能换你! 你以为官儿就那么好当吗?"

"为什么?"方茜大惑不解。

"不为什么,就是不行!"

"是我干不了?"

"干得了也不行,别忘了你是女人。"

方茜笑起来,笑得眼泪都流了出来:"我的老姚,怕面子上过不去吧? 管别人怎么说,我不还是你的老婆?"

"唉。"姚大粗粗地叹了口气,"让我在人前咋抬头噢!"他无可奈何地摇了摇头,他知道自己的女人一旦下了决心是很难改变的。他揉了揉并不十分通畅的鼻子想:一个女人,成天在外搞交际……黄昏的微茫日光透过窗纱,无力地照在那桌看起来丰盛的菜肴上,菜,早就凉了。

"是不是有想法了,老姚?"厂长来到了姚大家。

姚大躺在床上,脸背向一边。

"怎的,有想法就抖出来嘛,闷在肚里多别扭。"他笑着捶姚大的屁股。

"免我职我没意见,谁让咱没干好呢!"姚大坐起来,"可那么多男的不用,偏偏让她当科长,那帮人她能摆弄得了吗? 再说丈夫下台老婆上台,这唱的是哪出二人转哟!"姚大哭丧着脸,活像吃了两

15

斤黄连。

"封建,封建。怕老婆超过自己,在人前不好抬头?"厂长半开玩笑半认真地说,"好了,这事是厂党委定的,也是做过考核的,希望你能理解。厂里还决定给你两个月假,去兴城海边养养身子吧,这两年,你是没少熬心血的。"厂长握紧了姚大的手,"我这个老同学有点不够朋友,先拿你开刀了。"姚大感到厂长的手很热,很有力。

方茜如期上任。姚大可以猜想到,这消息对于电器厂来说无疑是一场八级地震。也许是出于眼不见心不烦吧,姚大真的决定去海滨疗养了。女人帮他整理好东西,一直送他到车站。姚大觉得心里很乱,一路什么话也没说。直到火车拉响汽笛的时候,他才盯着女人那双很惹人的眼睛说了一句话:"答应我,出格的事别干。"

女人没有回答,只是深情地望着他,似乎是没听懂姚大这句话的含意。

火车远去了,视野里方茜那件飘动的连衣裙越来越小,那裙子是白色的,很久很久也没有消失,直到姚大转过脸来。

海滨的景色是迷人的。蔚蓝色的大海,浮动的白云帆影,还有那习习拂来的海风,这一切都使人们情绪高涨。可姚大却总是被一种莫名的烦恼缠绕着,勉强过了一个月。一天他无精打采地回到住处,发现床上有一封方茜的来信,他急忙拆开看。方茜在信中告诉他,厂里这个月每个职工发奖金三十元,电器销路不错,家中一切平安,让他安心疗养。

他拿信的手有些颤抖。这女人有什么神通一下子就打开了销路?他心里犯开了寻思。自己和她生活了十几年,也没瞧见她有什么超人之处。她不过就是开明一些,他们同在中专上学时姚大

16

就知道她的这一特点,当初两人恋爱时她就是主动者。那是一次团支部搞的篝火晚会,大家都兴高采烈地跳舞,只有性格内向的姚大还在借着火光看《静静的顿河》。她走过来,不容分说地抢下书拉起他就跳,笨拙的姚大几次踩了她的脚。每当想起那个令人陶醉的晚会,姚大总要激动一会儿。

姚大怎么也待不下去了,他想回厂看看。他告别了疗养院,匆匆踏上了归途。

分别刚刚一个多月,他觉得像是离开了一年,他惦记着推销科,惦记着自己的女人。

他推开家门,发现女人正在梳妆台前拿眉笔描那本来已经很弯的眉毛。见他回来了,女人高兴地迎上来,问他怎么这么快就回来了,问怎么事先也不给家里打个电话好去接站,还告诉他饭在高压锅里,两根油条、一只鸡骨架,很香,酒柜里有别人送的两瓶西凤,送酒的当然不是别人,是她亲外甥,今年大学毕业分配到商业局,末了还说今晚她要去嫩江宾馆见一位南方的采购员,这些讨厌的采购员盯人就像盯紧俏商品一样。

“你打扮就是为了这个?”他不愿再听下去。

“是的,总不能土里土气地去见人家。”她开始用什么染指甲,那染过的指甲红莹莹的,像玛瑙。

“可别人会怎么说? 咱们的孩子都上寄读高中了你还这样。”姚大有些不痛快。没想到才一个月,女人的变化竟是这么大。

“女人嘛,就该打扮得漂亮一些,至于别人说什么,随便好了。”女人似乎不屑一顾。

收拾利落,她拎起一只小巧玲珑的仿蛇皮提包:“我走了,回来可能会晚些。”

她走到门口又转回来,在姚大那有些晒黑的脸上吻了一下。

"哟,还有海风的味道呢。"说完便风一样走了。

姚大下意识地摸了摸脸上那湿润的地方,暗想,女人大概有十多年没吻过自己了。这个突如其来的吻使他悚然如堕五里雾中。

从厂长那里证实,方茜上任这一个多月,推销出库存电器的百分之三十。

"扭转乾坤,非她莫属!"厂长很是激动。可姚大的心里却蒙着层层忧虑,他觉得自己的女人是在走钢丝,喝彩和危险总是分不开的。推销不该是冒风险,这是他的一贯想法。他认为方茜使用的那种开招待会、登广告、上电视的推销方法总不是那么实实在在,那广告的措辞更是言过其实,连起码的注意事项都删去了。也真是怪事,买主就真的相信那些胡说八道。方茜还把推销任务摊到人头,完不成少拿奖金,这不明摆着得罪人吗?

姚大的预感倒也算灵验,他从海滨回来不到一周,他的女人就大祸临头了。有人告方茜,说她有严重的经济问题,数目已够上四位。上边已派调查组赶来电器厂了。

姚大听到这个消息差点晕过去。多少年来他悟出一个道理:为人有两件事最难说清,一件是男女关系问题,一件是经济问题,因为你就是没有这些事情,一查一哄也就人人尽知了。最后不管有没有,"破鞋""贪污犯"之类的帽子却早就扣在你头上了。哪想到如今这说不清的事竟落到了自己老婆头上。

"你到底有没有?"下班回家后他第一句话就问。

"有什么呀?"女人不解地反问。

"经济问题。"

女人笑了,她伸开双臂:"你搜吧。"

姚大心里明白自己的老婆是个什么样的女人。

"公司来人要查你,你知道不?"

"知道,随他们的便。"

"可一哄哄就有影响了。"

"没做亏心事,不怕鬼敲门。"

姚大不再说什么,也心头像裹着一团乱麻。自己当了两年科长没出什么漏洞,可她才干了一个多月就有这么大的麻烦,天知道以后会出什么事情。

夜里,他尝到了失眠的滋味儿。蒙眬中他听到女人在抽泣,他推了推她:"怎么了?"

女人把头埋进他的胸里,抽泣着说:"我做了个噩梦,梦见有人要杀我。"

"瞎想些什么?"他搂紧了她,心头涌起一种做丈夫的责任感。毕竟是女人啊,他想,多少人想争坐推销科长那把椅子。

没有回答,女人已经睡熟了。

调查组的人马可算得上精干了,四个人中有两个是处级干部。这些已经发福的干部办案调查是绝对认真的,频繁地谈话,耐心地诱导,苦心地启发。当然他们最关心的还是方茜的私生活,包括她会跳什么舞、出差是不是住包间等等。整整忙了半个月,最后调查组向厂长摊牌了。

方茜没有什么大的问题。

"那么小的问题呢?"厂长并不满意这个含糊的结论。

"小的问题现在还没发现。"调查组的负责人,一位某种精力充沛的胖子说,"不过,这个女人非常爱打扮,常和一些男采购员开些过分的玩笑,还会跳什么华尔兹。听说还同一个陌生的订户下过饭店,所以,很难保证她在私生活方面没有问题。"

厂长是个有脾气的汉子,听完这所谓的调查结论,他的脸变得煞白,猛地一拳捶在桌面上:"他妈的,谁写的诬告信? 我真想揍他一顿!"他冷冷地扫了一眼这四位大员,"至于方科长的私生活,只要她不违背法律道德,她穿什么、跳什么,鬼才能管得着呢!"

四个人的脸色极不自然。

这几天方茜的嗓子有点沙哑,家里姚大天天劝她辞职,当厂长告诉她调查的结果时,她想笑却没有笑出来,只是遗憾地挑了挑眉头说:"本来这个月我想去一趟广州,那里前几天有个电器展销会,可惜了一笔好生意。"

姚大长长地出了一口气。总算抖清了,他想。

事情似乎应该平静下来了,但偏偏相反,厂里关于方茜的种种议论却传开了。一时间,方茜成了电器厂的中心话题。

"方茜一定有那种事,要不调查组怎么老抠着不放人呢?"

"方科长要甩老姚了,老姚在兴城听到信儿马上就赶回来,路上见人也不说话,气冲冲的。"

"老姚本来是要疗养两个月,可刚一个月就回来了,这里能没缘由?"

"女人嘛,靠什么往上爬? 还不是靠那个?"

……

人的想象力往往在桃色事件上表现出其缤纷的色彩。种种带有刺激性的"秘闻",以不辱信息时代的速度在传播。每个人在这些"秘闻"经过自己的口舌时绝不会放过一次积极加工的机会,所以,仅仅几个白天黑夜,关于方茜的"风流韵事"足足可以写一部书了。几天内发生的事叫姚大来不及喊一声苦,流言通过各种渠道聚集在他紧张的脑神经上。他像陷身于蒺藜丛中,周身都感到有芒刺在扎。他不明白方茜究竟得罪了谁,为什么由一个人人称赞的推销员,突然间成了个遭人非议的女人? 发生这种变化,是因为方茜的被提拔? 难道流言总得伴随着走红的女人?

下班已经一个小时了,女人还未回家。姚大在屋里来回走动着,他不知道该怎样去消灭这些流言,他好像看到有的人一边往衣兜里揣奖金,还一边挤眉弄眼地说闲话,加倍的工作只能招来更多的白眼。他想到了自己,当了两年的推销科长,二十个月一分钱奖金没发,大家只是叫他"木头科长",说他心眼太实,并没有一句不中听的闲话。可方茜呢? 推销了产品,奖金和闲话却一齐多起来了。这是何苦呢? 他想:劝她辞职算了,不坐船自然没有风浪打。方茜呀方茜,女人当的什么官哟!

他坐下又站起来,心中有一股潮水在涌动,使他呼吸急促,拳头发痒,他想砸碎个什么东西。猛然,他看到了梳妆台前女人那些花花绿绿的东西,他仿佛看见方茜正坐在那儿悉心地描眉,一股火焰顿时燃到头顶,他一步跨过去……

惨白的日光灯照着地板上那些唇膏、发乳、奥琪霜,还有紫罗兰香水那阵阵倒霉的香味儿。

女人望着他。

他躲着她的目光。

满地的化妆品,像孩子乱扔的玩具,她一件一件地捡起来,放回原处。他有些难为情。

她换下高跟鞋、外套,系上围裙要进厨房。

"等一下。"他冷冷地叫她。她站住了,脸却背着他。

"你听见外边怎么议论你了吗?"

"这就是你摔东西的原因?"她依旧背着脸。

"外面的闲话很难听。"

"嘴长在人家的脸上,只好随他们的便。"

"可我受不了!"

她走进厨房,片刻便响起炒菜的声响,叮叮当当,锅勺今天碰

21

撞得格外重。

菜炒好了,她叫他吃饭,告诉他晚上还有个约会,商量一件订货的事。她刚吃了一口就停住了:"哟,忘了放盐了。"她把菜又端回厨房。一会儿她出来坐到梳妆台前:"饭放锅里了。"说完便擦脸、描眉、涂唇膏,动作是麻利的。姚大检阅了她的整个动作过程,他不得不承认,经过一番修饰打扮的方茜确实年轻了许多,显得雍容典雅。

"我要走了。"她拎起那只仿蛇皮小提包。

"慢。"姚大站起来,"我的话你真的不听?"这话像一块水泥地上摔碎的薄瓷。

"你应该相信你的妻子。"她语调平缓地回答他。

"你不干那个差事,我们的生活就会安静下来。"

"可我不喜欢安静。"

"那么,你喜欢别人说三道四?"

"随便。"

"方茜!"姚大吼起来,"你怎么变得这样固执?"

"我固执?我怎么固执?难道非要让别人的闲话来左右我、支配我?我就是要穿,要打扮,要跳舞,要大大方方地当我的推销科长!有些人太无耻,当着你的面万分殷勤,恨不得亲亲你的脚指头,可一转身就说你是狐狸精、骚货,用诽谤来掩盖自己心里那肮脏的醋意,这就是有些男人、男人!"她眼里盈满了泪花。

姚大愣愣地望着她,许久,他用颤抖的手从衣袋里摸出两张有些褶皱的纸递过去。这是他的最后一张"牌"。

"好吧,我不强求你。"他有些哽咽,这张"牌"足足折磨了他两天,他害怕这张"牌"会给今后的生活带来永远无法抹去的阴影。"两条路,你选择一条吧。"他说。

方茜激动的情绪平复下来,她有些疑惑地接过这两张纸。啊!一张是辞职申请,一张是离婚申请。

　　"这……"

　　"你选择一张签字吧。"他坐下去望着窗外的夜色,像是在望远山的雾,"要么你当你的科长,我们离婚;要么你辞掉这个差事,我们安安静静地过日子。"姚大神情木然,眼睛却偷偷地扫了扫站在那儿的方茜。十几年的恩爱夫妻了,他相信方茜无论如何是不会在离婚申请上签字的。

　　"这是真的?"她咬紧了发紫的下唇。

　　"嗯。"姚大并不含糊,索性豁出去了,他想。

　　"你不后悔?"她的眉头拧到了一起。

　　"不……"

　　"你真忍心?"

　　"……"

　　"那好吧,我签字!"她斩钉截铁。

　　"签哪一张?"姚大弹起来。

　　"离婚申请!"

　　姚大只觉得眼前一阵发黑,跌坐在沙发上。他听到了她用钢笔写字的声音,这是怎样的声音啊,像撕丝裂帛,像玻璃上划出的怪音,这声音在他的心里引起一阵痉挛般的共鸣。

　　"这张就没用了吧?"她晃了晃那张辞职申请。他没有回答,呆呆地看着她把那张纸撕碎,再揉成团。纸团在他眼前划了个无可奈何的弧,落进墙角的纸篓里。

　　"我还要去赴约。"她走到门口又停住脚步,"我想你会相信,作为你的妻子我问心无愧!"说完她消失在夜色里,姚大听出来她说后面的话时有些变调。

他想喊住她,想告诉她这都不是真的,他不再要求她辞职了,只要两个人不分开。他想狠狠地打自己两个耳光,怎么会想出这么个傻主意! 一切都完了,她同意离婚了,他知道她一旦决定的事是改变不了的。他喉咙里像有什么东西在堵着,使他透不过气来。他绝望地拿起写字台上那张他自己草拟的离婚申请,耳边似乎还回响着"你不后悔? 你不后悔?"。此刻,这张纸重若千斤,他拿了几次,抖动的手指才拿起这张纸看。

突然,他哭起来,哭得那么舒心,那团堵在喉咙里的东西也被泪水冲掉了。

离婚申请上签着这样三个字:不同意。

原载于 1988 年第 4 期《白桦林》

旧　　事

　　人一辈子会结识许多人，也会忘却许多人，能在你记忆里立一块碑的人并不多。如果你总在想一个人，而你又没有任何企图，那么这个人一定是个很有个性的人。

　　我结识老曹是在十几年前铁道兵还没改编的时候，那时我在七十三团卫生队当卫生员。我们的队长便是老曹。我们卫生队驻在北京，卫生队的姑娘们几乎都是首长们的千金。这些金枝玉叶漂亮、开放，又带有一点任性，经常会闹出些风流韵事来。老曹嘴黑，每当这些女兵哭哭啼啼地来向他说些什么时，他就把眼一横："闲着没事干以后，你爷老子咋教的！"吓得这些动辄撒娇的女兵不敢怠慢他半点。

　　老曹的历史不太光彩，1948 年前他在国民党部队里当军医，1948 年冬被俘虏，后来便成了中国人民解放军的一名军医。他说话总爱带"以后"二字，剋起人来说出的话特硬，就像居庸关上的石头，不管你能不能接受，反正他一定要把他那堆"石头"抛给你。几个在他面前哭过鼻子的小卫生员背后骂他是"凶和尚"。当然，这称号只能在"地下"通用，要是传到老曹耳朵里，大伙儿的祖宗八代都会遭殃。

　　老曹从来没有怕过谁。据说当年俘虏他的时候，他正在给一个伤兵动手术，一个解放军连着喊了三声"不许动"，他理都不理，一直把手术做完。我们翟团长挂彩后能保住一只好眼珠就是他的功劳。我们团政委是个四川人，喜欢吃辣椒，却偏巧患了痔瘘，害得他盯着辣椒骂了几年的娘。老曹来卫生队后一番刀下功夫，使得政委能一顿吃上两盘红辣椒然后蹲在厕所里排泄自如。久而久之，整个铁道兵都知道七十三团有个光头老曹，连师首长割阑尾都派车来指名请他。

说实在的，第一次同老曹见面我对他的印象并不好，甚至感到这个人很粗俗。那天，我从集训队来卫生队报到，从办公室半开的门里我发现一个穿老头衫、头剃得铁青的红脸大眼的汉子正在喝什么。出于礼貌我敲了两下门，但屋里的老头毫无反应。我因背着行李，天气又热，一股火蹿上头来，便咚咚使劲儿擂了两下。

"咋这么多毛病？门不是开着嘛以后。"

"我来报到。"我以为这大概是个伙夫，或者退役打更的老兵，便问他，"首长在哪儿？"

"信呢？"老头把杯中最后一点东西喝干，并没回答我，而是向我伸出一只手来。他草草地看了一眼我的介绍信，便把信扣在桌子上，用那只空杯压住，然后拎起我的行李说："来吧。"说完，迈着八字步走出办公室。我发现此人虽然两臂盘满青筋，可肚子却在偷着胖，走起路来那隆起的地方上下直颤。

他把我领到一间干净的宿舍帮我铺好床，才对着我的眼睛说："我姓曹，是这里的队长。你是队里的第五个男兵。今天放你一天假了解情况以后，明天开始进病房。"我看看表，心想：都午后三点半了，还叫放什么一天假。他走到门口，像想起了什么，又回过头来："肖文国。"我愣了一下，出于本能立刻应了声"到"，心里却在想：这家伙只看了一遍信就把我的名字记下了。他端详了我一阵，像教训新兵一样说："你长了张惹麻烦的脸，咱这儿姑娘多，你要把着点魂儿以后。"

这话真损，我像吃了个生橘子，咽不下吐不出，只感觉一种涩巴巴的滋味儿。这家伙一定有病,要不怎么会这样挖苦人?后来我才知道老曹这话的药劲,因为一有那些眉目含情的女兵来找我去逛颐和园、遛王府井时,我总是想起老曹这句刺耳的话。能在卫生队侃上个首长的千金,这责任应该全归老曹。他那句话使我同这些女兵接触时总是控制着温度。

卫生队算我才五个男兵:老曹,与老曹形影不离的通信员,一个司机,再一个就是唇上长着一层绒毛的指导员。指导员为人木讷,当着姑娘们讲不出一句圆圈话,所以威信并不高。通信员是个鲁西兵,因散步时总是为老曹托一把紫砂茶壶,又喜欢把皮带扎得紧紧的,加上长着一副天生的娃娃脸,他自然就成了女兵们打趣的对象。司机是一个从不多说一句话的志愿兵,他全部的生活就是开车、擦车、修车,恒人很难发现他有什么业余爱好。通信员告诉我,原来队里还有个男的,是副队长,响当当的大学生,人长得像郭建光。谁知他来队里没俩月,就有几个女兵为他争风吃醋吵翻了天。这些女兵都是何许人物?他这个不知天高地厚的副队长怎能招惹得了?结果不长时间就有印着"某某司令部""某某总部"的机要公函雪片似的飞到七十三团,都要调查副队长的各种情况,有的首长甚至直接把电话要到七十三团要翟团长谈谈这个副队长。翟团长差点把那只独眼气出眼病来,因为他晓得副队长在农村的儿子都能打酱油了。他和政委一通气,都认为不能看着这小子惹是生非,给大家添麻烦,便一张调令把这个可怜的美男子支往别处了。听完通信员讲的这段故事我才明白,想必老曹说那句话也是事出有因。

在我们卫生队治疗的伤员都是地铁工程施工中的轻伤病号,重伤的都送去了师医院。这些伤员闲着没事干,就吊着胳臂拖着瘸腿到处乱走。伤员们总是吵吵卫生队的文娱生活太少,能把人闷出痱子来。有时护士去换药，病房里竟空无一人，老曹为此事伤透了脑筋。我忽然想起团部那台新买的电视，就向他建议能不能把团部的那台电视借来，活跃一下伤员们的文娱生活。那时电视是稀罕物，我们七十三团仅此一台，又放在团部里，我们这些当兵的眼馋得要死。老曹听了我的建议后一拍大腿："对呀！去搬他娘的。"说干就干，他命令司机开起救护车，带着我和通信员直奔团部。指导员要拦又不敢拦，待汽车驶出大门后，他就急急忙忙地去给团政委打电话。

团部的电视硬是给搬上了救护车，老曹顺便还把团长的皮转椅也给装上了车，只留下一张二指宽的纸条。值班参谋上前阻止，却遭到老曹一顿抢白：

"你去告诉翟团长吧，就说我老曹把电视借走了。你小子咋不想想以后？等你砸断了肋条住卫生队时不也有了电视看以后？"

值班参谋白了脸，气鼓鼓地去找团长。

我想这事一定闹大了，谁不知翟团长的狠劲儿？就在去年，翟团长还一个耳光把一个被卫戍区拘留的战士的嘴打歪了。我们那位指导员望着硬搬来的电视腿肚子直抖，就像电视上那不稳定的图像一样。看来指导员也钻研过《孙子兵法》，关键时刻他请了一周探亲假，来了个三十六计走为上。但出乎意料的是，团里竟没有追究此事，也许团首长们认为把电视让给伤员看是一件好事。因此，那台大电视也就堂而皇之地摆在卫生队的病房里了，翟团长那把转椅，老曹也坐得蛮舒服。坐木椅的指导员似乎不以为然，只是老曹不在屋时，他才常常走到转椅前，把椅子拨得直溜溜转。但他一直没有在上面坐一坐。

我们吊着的心刚放下几天，老曹又干出一桩震惊全团的大事。我们卫生队到城郊的部队农场去支援麦收。那天天特热，老曹赤着上身,与农场的几个战士较上了劲儿,不知老曹从哪儿学来了两手庄稼把式,几个农村入伍的棒小伙愣是割不过他。女兵们怕镰刀割了手脚,一齐直着腰为队长助威,老曹也愈加割得飞快,待割到地头,足足把同他较劲儿的几个小伙子抛下半截子。中午歇息的时候老曹却熊了,他趴在麦捆上让通信员为他捶腰。女兵们则像看猴似的围着老曹,说些令他满意的话。

两个送饭的来了,女兵们都蝴蝶般围过去。不多一会儿,女兵们却个个把嘴噘得老高地离开了饭挑子。

"怎么了?"老曹站起来,走过去一把掀开盖布,皱着眉瞅了瞅,脸色顿时阴下来。他指着农场连长的鼻子说:"等你以后挨刀子我给你们打麻药才怪呢。"

"伙食不好,多包涵。"农场连长有些不好意思。

"谁包涵?这些细皮嫩肉的割麦子容易吗?你的猪呢?不宰个吃还留着喂王八?"

农场连长的脸赛过关公,他争辩道:"曹队长,杀猪要由团里批准。"

"屁!都留着给他翟瞎子吃吗?干活的吃才对哩,不是总吵吵官兵一致吗以后?他翟瞎子吃肉让当兵的喝小白菜汤,谁家的道理!"

下午割麦时,女兵们都没了精神,老曹独自闷头在最前面割。他割了半截地才发现大伙都慢腾腾地不使真力气,他把镰刀一摔,双手叉腰站在那里骂开了:"都他妈没出息,一顿饭吃不好就打蔫了。我们是来支援人家割麦子的,不是来吃饭的,都明白吗?都使圆了劲儿干,谁偷懒我再给他加一根垄以后。"

大家互相瞅瞅,不敢磨蹭了,万一老曹发了脾气真给谁加上一根垄可就麻烦了。

晚饭时,农场破天荒杀了一只羊,这已经是农场连最大的权限了,要是团里知道了,农场说不定会挨批。

羊肉炖得特鲜,累了一天的女兵们欢呼起来,连几个平时怕闻膻味儿的小姑娘都吃了个沟满壕平。

唯有老曹一脸不高兴。农场连长拎来一瓶二锅头,脸上溢着笑:"来,曹队长,喝两杯解解乏。"

"喝个屁以后。"老曹的脸拉得很长。

"咋啦,曹队长?"农场连长满心疑虑。全团都知道老曹是个喝好酒、抽好烟、饮好茶的人,他的工资向来一分钱也不上交老婆。

"是不是嫌我的酒不好?"农场连长晃晃酒瓶。

"浑蛋小子,你成心和我过不去以后,我不吃羊肉全团哪个不知?"

农场连长暗暗叫苦,怎么把这茬儿给忘了呢? 啧啧,本来为他杀的他又不吃,一片好心全成了驴肝肺。

回城时,几个女兵被猪栏里的几头大猪吸引住了。这些自幼在深宅大院里长大的小姐像看怪物似的围着猪栏惊叹不已。我生来鬼点子就多,偷偷捅了捅身边的曹队长说:"这猪真胖,咱买一头回去改善一下伤员的伙食怎样?"老曹一听就咧开嘴笑了:"对喽,我咋没想到以后?"他搓了搓手,扯着嗓子喊,"小朱!"

农场连长姓朱,其实他年龄已不算小,但老曹还是叫他小朱。

"吗事?"朱连长跑过来。

"你的猪都派什么用场以后?"

朱连长眨眨眼:"八一、春节改善部队伙食,上级首长来咱部队时办生活。"

"给伤员吃行不行?"

"这个……"朱连长苦笑了一下,"这要团里批准。"

30

"今天我抓一头。"老曹挽起袖子，"你事后给团长打个电话，就说卫生队拉了头猪以后。"

朱连长还要拦，老曹一把推开他："来，咱逮那头花的。"说完他翻身跃进猪栏。几头大猪大概以为饲养员来了，哼哼着向老曹凑过来。老曹没有准备，慌张地摆出一副格斗的架势，声音有些变调儿地对我和通信员嚷："你们都死啦？还不快来帮我！"

老曹、我和通信员经过一番擒拿搏斗，在女兵们的加油声里，终于擒住了那头花猪。老曹弄了满身污秽，气喘吁吁地拍拍被捆住四蹄的花猪说："准是瘦肉型。"

我们的救护车开出很远，我还看见朱连长怔怔地立在猪栏旁。我忽然觉得我这主意出得不妙。

果然，第二天翟团长一个电话要到卫生队："老曹啊，农场的猪怎么能随便抓呢？"

"哪个随便了？伤员不吃留着谁吃？"老曹一句话把翟团长噎没了电。但事情没算完，一个星期后，团里给卫生队来了个通报批评，当然也点了老曹的名。

我拿着通报，心里不是滋味儿，因为抓猪这馊主意毕竟是我出的。我去找老曹道歉，老曹却没有一点不高兴的样子，他很认真地读着通报，不住地点着头："该通，该通，都去拉猪不是乱了套了吗以后？"

老曹受通报批评的当天晚上，我和几个卫生员到老曹家里想热闹一下，消消老曹的肝火。我们刚走到窗下，忽然一只皮凉鞋从窗子里飞出来，不偏不倚，砰地打在莎莎的头上。莎莎是某军区司令员的女儿，是个十足的调皮鬼，这突然的袭击把她打了个跟头，没等她惊叫出来，窗子里早传出曹队长夫人的叫骂：

"让你老没老样，看你还长不长记性，把脸都丢到师医院里了，

31

叫我怎么有脸见人?"一听这话就知道他们正在为通报的事情吵架。老曹的夫人是广东人,个子很小,脾气却特大,说起话来像放"喀秋莎"。她是个极要面子的女人,在师医院当总护士长。

我们偷偷地从窗子往里一看,只见战斗正处于白热化状态,老曹只有招架之功,没有还手之力,两手只知道护着脑袋,他爱人正拿着老曹的另一只皮凉鞋,挑着肉多的地方打。老曹抵抗不住了,抱头蹿出屋来。我们便装作什么也没看见似的迎上去。一见到我们,老曹的脸便红了。"天热,赤脚凉快凉快。"他因为赤着脚,不得不解释一下。但屋里传出了老婆的骂声,他便对着我们说:"想和我较量,三拳两脚就让我给收拾了。"老曹的胸挺起来,平息着紧张的呼吸,俨然一个胜利者。

几个女兵在偷偷地笑,只有莎莎委屈地揉着额角通红的一块,拖着哭腔说:"这皮鞋上好像钉了铁掌,要不怎么会这么疼?"我们都笑出声来。

送我们走的时候,老曹偷偷地拉我到一旁,小声问:"你们都看到了吗?"我摇摇头。他攥成个拳头晃了晃说:"广东人会武功啊。"

这一点我可从来没听说。"啊呀,怪不得你打不过她呢。"我一惊讶,竟泄露了机密。

"谁说的?"老曹激动起来,"我只是不稀得打。"

和老曹一起工作很有意思,他的坦荡使你用不着藏什么、遮什么,嬉笑怒骂都出自他的心里,又总是很快地被他遗忘,因此,你会得到极大程度的放松。

一天中午,我和通信员在宿舍里午睡正香,忽然走廊里一阵刺耳的响声把我吵醒了。我睡意正浓,而这刺耳的响声愈高起来,我蹦下床,一脚踢开门:"哪个王八蛋在吹!"

出门一看,我顿时傻了眼,原来是老曹。

曹队长晃着新剃的头，捧着一颗子弹壳正在津津有味地吹。"你骂谁?"他眼睛瞪得像牛眼。

"我不知道是你，队长。"

"谁也不能骂。"老曹脸拉下来，"下回注意点以后。"他把那只锃亮的子弹壳在下唇上贴了贴，又伸出舌尖舔舔，终于又不情愿地装到裤兜里，用眼睛狠狠地剜了我一下，踱着八字步走过去。待我回到屋里，只见通信员正笑得肚子疼："俺的娘哟，你敢骂队长，你真是……"

老曹也有让人下不了台的时候。师里负责防疫的卢科长要来检查工作，电话记录本扔在老曹桌子上已经有一周了，老曹没一点着急的样子。我向他建议是不是搞点临阵磨枪的动作，并说其他团都这样干，老曹满不在乎："甭怕他，该啥样就啥样，真的假不了，假的真不成。"

卢科长如期而来，我和指导员前去迎接，乍一看卢科长简直把我镇住了。啊呀! 莫不是哪位大首长来了? 我无意中发现指导员的太阳穴透出汗来。卢科长是搭一辆三排座红旗轿车来的，那时我们只知道部长级干部才配坐红旗。卢科长身宽体胖，很有将军的风度，两眼下各坠着块沉沉的肉，红彤彤的脖子和脸成为一体，使他的每一个动作都显得缓慢而持重。他四个口袋的军装整整齐齐，风纪扣严丝合缝，军帽故意向后摊过去，使前檐高高翘起来。他拎一只旧帆布包，内装一件塑料雨衣、一台不知缠了多少道胶布的半导体收音机，还有一本精装外文书。据说卢科长最大的本领是在北京市的大街上拦小车，不管是蓝色的"上海"还是黑色的"红旗"，只要他一摆手，保准停下来。司机们闹不清他是多大的干部，那年月官兵服装不分，不过从他的体重推断这可能是位大官。

指导员上前与他握手，卢科长像国家元首一样庄严地微笑着，把指导员唬得连腰都不敢直。

卢科长来到办公室,在指导员选择的最佳位置上坐好,有条不紊地抽出外文书、收音机,信手打开一个波段。也不管收音机里发出的是噪音还是乐音,更不管播音员说的是外语还是汉语,他翻开那本精装外文书,垂着两袋大泪囊,嘴中啊啊地攻读起来。我无意中发现:他把书拿倒了。

老曹走进来,身后的通信员为他揣着那把紫砂茶壶。指导员做过介绍后,老曹坐下来,拧着眉毛看卢科长那台发着噪音的收音机,好像在说:这是什么怪物?

卢科长仰起脸来,嘴里啊啊了两声,算是开场白。老曹开始汇报工作。老曹说一句,卢科长那里啊一声,老曹打住了话,卢科长还在那儿啊啊个不停。老曹有些不高兴,他怀疑这个卢科长是不是在听他的汇报。老曹抄着茶壶,对着嘴咕噜噜啜了一口。

卢科长合上外文书开始讲话了:"防疫工作嘛,啊,很重要啊,搞不好嘛,啊,是压下个葫芦上来个瓢,啊。"

老曹呼地站起来:"扯淡以后。"他摔门走出办公室。卢科长肥厚的大腮帮子顿时僵住了,张大的嘴半天没合上。

送卢科长走的时候,出了麻烦。卢科长走到大门口时忽然犯了冠心病,他捂着心口啊啊地瘫下来,指导员上前去扶居然没能扶住,卢科长像只大麻袋一样倒下来。好在这是卫生队,对这种事并不惊慌,大家一齐动手把这个"庞然大物"抬进急救室。老曹忙了个大汗淋漓,终于使卢科长脱离了危险。躺在病床上的卢科长面部毫无表情,他肥厚的下巴动了动:"老曹,我的心脏……啊?"

老曹捶捶后腰,摘下耳朵上的听诊器:"卢科长,你的心脏跳了四十多年了,也该歇会了。"

"啊。"卢科长没有一点难过的样子,"丧事从简,存款……存款

34

交党费。"

大家都忍不住笑出声来。我发现一边的莎莎正在翻卢科长那本厚厚的外文书,心想,人家还没死,你怎么就整理起遗物来了?我过去问她:"莎莎,卢科长这是本什么天书呀?"莎莎懂英文,我知道她妈妈在大学教外语。

没承想这一问倒把莎莎问红了脸,她伸出一个食指:"嘘——"她偷偷地瞅瞅卢科长,然后从我的上衣口袋里抽出圆珠笔,让我伸出手掌,在我掌心上写了五个字,我一看,原来是"性生活大全"。

我的脸也飞红了。那个年月连爱情都是禁区,更不用说性问题了。今天回想起来,卢科长还应该算思想解放的干部呢。

卢科长的检查结束后,七十三团的卫生防疫工作竟获全师第一。不久,师里传出消息:要提拔老曹当师医院的院长。

老曹常说他只能管几十人,因此他永远不能当大官。当小道消息真的变成一张盖着大印的任命时,他却死活不去。我们也不希望老曹走,几年来我们和老曹的感情像生在一起的藤萝,难扯难分了。老曹最终没去当那个正团级的院长,为此师首长给他一个"不计名利地位干革命"的评价。据说那个职务有不少人在争,首长们也很挠头。

"文化大革命"结束后,铁道兵改编,我们七十三团都被编入了北京地铁局,指导员官升一级,被分配到铁道部,我转业回东北,老曹则在地铁某站当站长。老曹在卫生队做的最后一件事是把通信员留了北京。通信员家在山东沂蒙山,他说宁可在北京淘厕所,也不愿回那穷得叮当响的鲁西山沟。通信员在最后一次向老曹递茶壶的时候,说出了自己的请求。老曹满口应允:"中,中,你就还跟着我吧以后,我去和团长谈。"通信员的眼泪当时就流下来,他毕竟没白侍候老曹一回。

最后一次看到老曹就在前几天,我去北京出差,在复兴门地铁站碰到了他。要不是老曹先认出我来,我恐怕要不认识我的曹队长了。他一向剃得铁青的头已不再发青,偷着胖的肚子也凹下去,只是背没有驼,最惹眼的是他的前额上多了一道泛着光的伤疤。我们都很动感情,好像有许多话要说,但什么也说不出来,四只手用力地攥在一起。

"你这伤疤……?"我一时竟问起了这个。

"转业头一年,在站里挨了一棍。"老曹苦笑着回答我,"不大习惯哟,地方和部队不一样,什么事都要拐几个弯儿。唉,管他呢,我也该退了以后。"他说话还喜欢带"以后"二字。

列车开过来了,还未停稳,蜂拥的人群嗡的一声拥向车门,把我和正说话的老曹重重地撞了个跟头,我急忙扶住他。我发现他额角的伤疤变成了深红色,又悄悄地淡了下去。我想,要是十年前,他非跳起来不可。

"走吧,到我家喝茅台。"老曹拍了拍我的肩膀。这个动作又使我感受到他十年前的力量,这可是拿手术刀的手,我想。

"犯什么寻思,小肖?"他接着又说,"酒是十年前买的,没假。"

我什么也没有说,出站后左拐右拐,跟着老曹走进一条忘了名字的胡同。

原载于 1989 年第 2 期《北方文学》

女　人　湖

　　浅滩上那个深坑挖好了,他挑开那拦水的泥坎,让湖水卷着浪花泻进黑黢黢的坑里。看着坑内渐渐淤满的水,他的心也感到了某种满足。昨天,看山老人死了,他认为这都是女人湖造成的。闷了整整一天,他想出了这个主意,天刚擦黑他就跑到女人湖来挖坑。"明天,等着瞧吧。"他喘息着说。借着黯淡的月光,他洗了洗粘满污泥的手脚,感到脊梁和大腿间像沾满了谷糠一样很不自在。他向四周望了望,周围静得像一张湿透的宣纸,水边的蒲草也仿佛进入了梦乡,没有一丝声响。他手忙脚乱地脱去衣服,捂着咚咚跳的心口蹲进湖水里。湖水还没有凉透,他舒心地把水撩上脖子和后背,搓洗着身体的每一个角落。突然,他的手指摸着了后颈上一道隆起的伤疤。他停住了撩水,耳边仿佛又爆出一声尖尖的女人的骂声:"阉狗!"

　　他爬上岸,顾不上擦一把身子就赌气般地穿起衣服来。两年了,每当他有意无意间触摸到后颈上那道隆起的伤疤时,耳边总会响起那句刺痛他神经的骂声——阉狗,总是会引起一段羞耻的回忆。

　　那年他刚满十六岁,跟着些山东汉子跑漠河淘金,整整一夏天,他像只小猴一样在泥沙里滚来滚去,秋后好歹攒了半烟荷包金沙。满脸胡子的工头因为未成年的儿子刚在沙洞里被砸死,对他这个孤儿也就格外怜悯,不收他一粒金沙就放他走了。

　　临走前工头把他叫到窝棚里。

"能找着你爹娘吗?"工头问他。

"不能。"他说。他听街坊的人说过,他娘是鹿场的知青,生下他后把他放在公社的走廊里就再也没有露过面。至于他爹,他还从来没有听到一点消息。可他没有对工头说这些,他已经十六岁了。

"把金沙藏好,要缝在背心里。"

"嗯。"

"拿金子是犯国法的。"

"嗯。"

"犯国法是要坐牢的。"

"嗯。"他答应着,心里却在想犯法坐牢有什么了不起。有次自己偷吃了公社食堂里炖好的一只鸡不就坐了三个月牢吗?也算倒霉,偏偏那只鸡是为县里来检查工作的领导炖的。

"再找个媳妇,要本分的。"

"嗯。"

"娶了媳妇别宠她。"

"嗯。"他听那些山东汉子说过,工头的老婆跟局子里的人好了,连儿子死在沙洞里都没来看一眼,只是寄来一沓钱。他亲眼看见工头像头惊牛一样把钱撕个粉碎,竟活生生地揪下自己的一缕头发来。工头还留着那婆娘的一张照片,头发烫得像鸡窝。他只看过一眼就不喜欢,他不明白工头怎么还要留它,他想,要是自己,准用这照片揩屁股。

"走吧,这金沟不是什么好地方,有一点奔头儿也别来这儿。"工头塞给他几个馒头,把他推出窝棚,就头也不回地回工地去了。金沟不是好地方,他早就听那些山东汉子抱怨过,因为金沟里的女人心眼黑,可就连这心眼黑的女人也少得可怜。他望着工头那宽大的后背,心想:这样壮的男人也管不住自己的老婆吗?

带着半荷包金沙,他回到了火山群中的故乡小村。像一个荣归故里的绅士,他不再躲避人们那鄙夷的目光。自己是个大人了,他想,应该买两间草房。他听一个老光棍儿说过:要想讨老婆,先要讨个屋,要不讨了老婆也是别人的。谁想到他草房没买到,还差点赔上一条性命。

那天傍晚,因为买房,他来到了离村子五里远的牛营子,住进一家灯光暗淡的个体客栈。在县城的集市上,他已经偷偷地把那半荷包金沙在首饰匠那儿兑成了钱。除了留些吃饭、住店外,他把钱都缝进了那件破背心里。他走进客店,模样马马虎虎的女老板打量了他一眼,告诉他,先交钱后住店是本店的规矩,让他先交两块钱。他二话没说,甩过一张大白边。那女人圆圆的眼睛顿时变成了一条线,脚下生风般地为他开门、送茶、端洗脚水。吃晚饭时,他向同桌的人问了许多关于买房子的事,这些问话早被站在柜台后的女老板听了个真切,连他不时摸一摸身上那鼓绷绷的背心都没有逃脱女老板黑溜溜的眼睛。

深夜,蒙眬中他被一阵窸窸窣窣的响声惊醒。"谁?"他忽地坐起来。借着从窗棂上透进的月光,他看见了女老板梳得光光的头。"你来干什么?"他用棉被紧紧地裹住身子。那女人并不作声,竟慢慢地解开丝绸衬衫的扣子,月光一下子明亮起来,他有些目晕,心只是咚咚地跳……

第二天清晨,他刚刚抬起有些昏昏沉沉的头,就听到一个男人沙哑地大骂:"臭小子,你干的好事!"他定睛一看:一个黄脸大汉叉腰立在门口,模样很像黑漆门上过年贴的门神。他惊坐起来,发现自己和女老板赤身躺在一起。"我的背心呢?"他失声叫道。

"娘的,还想穿背心。"大汉扑过来,像薅野草一样薅紧了他的头发,"老子把你送到乡里去。"他嘴里喷着酒气。

"呜呜……"被子里的女人哭起来,"看在夫妻的面上别送乡里了,判他十年八年不要紧,叫我怎么活呀?"那女人双手捧着脸,却不见泪珠掉下来。

"娘的,便宜了你。"大汉薅头发的手用了用力,他感到头皮好像不在自己身上了,眼球似乎要挤出来。我的背心,我的背心哪去了?他脑子里浑浊一片:这一切都是怎么回事?要判十年八年?这不怪我呀!

"你还有什么屁要放?"大汉的手一点儿也未放松。他看见大汉的左手里有一把明晃晃的柴镰。要杀死我吗?这镰刀好像昨夜才磨过。他怎么会这么狠?自己要是强壮些就不会在乎他了。可现在这大汉的力气太大了,也难怪,自己的老婆和别人睡,他怎能不发狠?可这不怪我呀!他的头开始发胀,连喘气都有些费力,一句话也说不出来。

大汉像拎小鸡一样把他拎到院子里:"滚!"

他屁股上挨了重重一脚后,客店的门哐的一声关上了。

"背心,我的背心!"他终于叫出了声。

他爬起来扑上去拽门,门从里面闩上了。他只听到女老板那尖尖的声音:"一条阉狗,还能占着老娘的便宜?!"

他感到血涌上头来,他使劲擂起门来。

猛然,门被擂开了,他还没有看清开门人的面孔,就觉得后颈上被狠狠抽了一下。"阉狗!"他最后只听到这两个叫他不能忍受的字就昏了过去。

当他醒来的时候,已经在焦得布山看山老人的窝棚里了。看山老人在回山的小路上发现了这个昏迷不醒的受伤人,把他背回山里,从此他成了老人的帮手。老人叫他长生,他称老人为师傅。

两年过去了,那天夜里的事还像刚刚发生一样,他耳边总是回响着"阉狗"这句刺耳的话,后颈上的伤疤也时常引起他对女人的憎恶和恐惧。随着年龄的增长,他知道自己得了作为男人不应该有的病,他痛苦极了,不愿在世上活下去。他偷偷来到镇里,买了三大包耗子药。卖药的是一个中年妇女,她说她的耗子药药力最强,可以药三辈。他回到山里,瞒着师傅吞下这三大包耗子药,躺在铺上等死。谁知三大包耗子药害得他拉了三天稀,但并未死掉。这卖假药的娘们,该遭雷轰!他简直怒不可遏,拉三天稀的滋味儿不好受,他不愿意再遭这洋罪了。从此,他越发讨厌女人。有时,一些进山采野蕨菜的村妇到窝棚来讨水喝,他就像躲瘟疫一样索性躲开。女人是祸害。自己的亲娘生下他就不再管他,工头的老婆和局子里的人好,客店的女老板骗去了他的钱,卖耗子药的女人卖给他假药。每次想起这些,他就回忆起淘金工人爱哼哼的一支歌:黄澄澄的金子最喜人,白净净的女人最狠……

回山的小路上,月光勾勒着他模糊而疲惫的身影。灌满水的坑一点也看不出来,他想。明天有好看的了,我也对得住师傅了。

他对女人湖有一种莫名的反感。在他进入焦得布山的第一天,满头银发的老人就告诫他不要到女人湖去。他不明白什么是女人湖,老人不愿告诉他,只是让他别去。后来从进山砍柴的人那里知道:女人湖实际上是一眼大火山泉,据说这火山泉能治各种妇女病,因此每年夏季总有女人不远百里来这里洗浴。这样火山泉就有了女人湖之称。好奇心使他想知道更多的关于女人湖的东西。一天,在巡山的林间小路上,他忍受不了心中疑惑的折磨,终于向老人发问:

"女人湖是怎么个样子?"

老人抽搐了一下,这突然的发问使他像赤脚踩上一堆野蒺藜。

"你怎么问这个?"老人盯着他。

"我想知道。"

老人不再看着他,目光像秋天的风刮过他的头顶,消失在远处一条雾蒙蒙的山涧里。他像是自言自语,又像是在告诫眼前这个涉世未深但又历经坎坷的孩子:

"女人湖会把人引向罪恶。"

他不再问什么。女人和罪恶联系在一起,他似乎早就理解了。他下意识地摸了摸后颈上的伤疤,至今他还搞不清这是用什么打的。

他尊敬这位慈祥、温和的老人,还没有谁像老人这样疼爱自己。老人给他敷过伤口,喂过米粥,还向他讲过一段深埋在心底的经历。原来,老人年轻时是钟灵寺的和尚,后来寺庙被毁,他就只身住进焦得布山。后来国有林场录用了他,委派他在这座人迹稀少的山中看林子。老人一生独身,性格怪僻,从不让人说半个"不"字。一次,有个上山采木耳的寡妇迷了山,快要饿死时被他给救了,一连三天,他又是熬山参汤,又是炖野兔肉,把个寡妇感动得非嫁给他不可,任他说什么也不再下山。他也真的动心了,但他不想就这样马马虎虎过日子,他要明媒正娶,非到林场去领个红本本不可。结果去领结婚证时坏了大事,林场的头头儿把他狠狠剋了一顿。原来这寡妇的男人是被专政的。老人无奈,三天不吃不喝,大病一个月,最后才对林场的头头儿说:"我老头子何时让人戳过脊梁骨?我不要不就结了?"林场的头头儿很赏识他,当年让他当了个劳动模范,偏偏又奖给他一床龙凤呈祥的红花被面。回到山里,面对孤零零的煤油灯,抚摸着那床红花被面,想着那个两眼哭得熟桃似的寡妇,老人好不伤心。现在,老人已经死了。他的心底像突然间出现了一个无底的深洞,空荡荡的,没有个着落。

师傅的死都怪自己。怪自己吗? 自己是无意的。对,都怨那个可恶的女人湖。他想起了师傅那有些发颤的声音:"女人湖会把人引向罪恶。"师傅不就是陷入了这罪恶的深渊吗?

老人的死是突然的。那天,他采集五味子,无意中来到了那条他从来没有到过的山洞。在没人深的蒿草中他忽然发现了一条隐约成形的小路,沿着小路他走了很远很远,忽然听到一阵女人的嬉戏声。循声望去,他没能发现女人,却看到一个穿着青衫的人伏在草丛里。是谁病了吗? 他来不及多想就跑过去。那人听到了身后的脚步声猛地回过头来,满面惊恐。

"师傅,是你?"他愣住了。

"……"

这时,前面又传来了一阵女人的嬉笑声。他这才看清,不远处一群赤身裸体的女人正在一眼呈深红色的大泉子中洗着身子。他惊呆了。

"师傅,这是……?"

"这……这就是女人湖。"老人半跪起身,面呈羞色,痛苦地闭紧了双眼。

他一切都明白了,他不知道自己是怎样扔掉了那筐五味子,也不知道是如何跑回窝棚的,他觉得自己犯了弥天大罪。他趴在板铺上,眼前闪烁着那活蹦乱跳的女人湖,脑子里回响着老人那句意味深长的话:"女人湖会把人引向罪恶。"

晚上,老人没有回来。

第二天,几个打猎的达斡尔族人在老黑山的火山口中发现了他。老人选的这个地方很幽静,这是一个喷过不知多少年的火山口。四周石壁陡峭,底部生满了曲曲弯弯的黑桦树,又被些织网般的山葡萄缠绕着,显得深邃莫测。老人衣衫整洁,坐在一片山葡萄秧上死去了。那些被他压碎的尚未熟透的山葡萄,使空气中充满了淡淡的酸涩。林场的白白胖胖的女医生说老人是自杀,她摇头说:"这个与世无争的老头子怎么会吃那么多狼毒草?狼毒草最苦最难吃,他是怎么吃下去的?真难以想象。"她还说,吃狼毒草自杀还不如找棵歪脖树上吊。

"放你奶的屁!"他听不下去了。都是因为女人,因为女人湖!师傅的魂儿是叫女人湖勾去了。

当天夜里,他就带着铁锹来到女人湖,他掘出了这个深深的大坑。淹死两个才解恨哩,他想。火山泉的水是红色的,鬼知道这浅水里会有个深坑。他想起了自己从未见过面的母亲,想起工头那个不要脸的老婆和后颈上那道一到阴天就瘙痒的伤疤的来历。他难以入睡,胸口像塞着一团什么,每一下心跳都能引起全胸腔的震动。

第二天清晨,女人湖的上空弥漫着一片湿漉漉的浓雾,一些不知名的野鸟的叫声从雾幕中传来,越发使不见一丝涟漪的女人湖显得宁静。女人湖的四周生满了又高又密的蒲草,几大块供女人们浴后晒太阳的青石板静静地卧在草丛里,一簇簇淡黄色的野菊花挂满了亮晶晶的露珠。长生趴在蒲草里已经快一个时辰了,他想看看将发生的一切。鬼使神差,他竟趴在了师傅曾经趴过的地方。

会有一声惊叫的,他想,或许会把所有的女人都惊跑的,再不会有人来洗。可惜师傅死了,要不和自己一起来看该多好。师傅叫女人湖引进了罪恶的深渊,师傅是不会反对我这样做的,师傅是好人。他不禁摸了摸后颈上的伤疤,眼前似乎又出现那个头梳得光光的老板娘。要是这个该死的女人掉进坑里才好呢。

远处两只鹌鹑飞起来,在女人湖上空旋了一圈,无声地向远方飞去。浓雾似乎被两只鹌鹑带走了,一条白沙小路渐渐地从绿草中划出来。沿着小路望去,几个身穿长裙的女人正向这里走来。

　　来了,他想,有好戏看了。

　　几个女人来到湖边,开始在青石板上脱衣服。她们毫无顾忌,天晓得蒲草丛里有一双男人的眼睛在盯着她们。

　　像是几个蒙古族人,他暗想,汉人是很少穿长裙的。

　　女人们脱光了衣服。太阳不知什么时候跃上东边的山顶,耀眼的晨晖使这些裸女变得神采夺目。他感到目光似乎短了许多,有些不够用。女人们并没有急于下水,她们在那些平坦的青石板上拍着巴掌有节奏地跳起来。他不知道她们在跳什么,只是呆呆地看着,他还是平生第一次像这样看脱去衣裳的女人。那些充满诱惑力的异性身体仿佛带着一种摄人魂魄的温馨,引起他体内一种发自本能的冲动,这是他在客店女老板那里没有体会到的感觉。客店之夜留给他的只有惊惧和羞愧,而现在他却感到一种来自精神和肉体的双重快感。他忘了自己在做什么,刹那间他明白了他一向尊敬的看山老人为什么会到这里来趴着。

　　石板上的舞蹈停止了。他刚刚定了定有些不太安分的脑子,一阵嘹亮悠婉的、充满着草原气息的歌声从女人湖畔传过来:"来哈依来格勒依格那……"他虽然听不懂她唱了些什么,却被这女中音的韵味和旋律带进一个广阔的天地。那是他在去漠河淘金的途中所见过的一个美丽的世界,那里没有幽深的山涧、低矮的窝棚和森林中散发着潮湿和霉味的枯枝腐叶;在那个世界里只有辽阔的蓝天、一望无际的草原、浮云般的羊群和星星般不知名的野花儿。听着歌声,他郁闷的心房像有一扇窗子在轻轻地开启,一股凉爽惬意的微风吹进来,他感到身体一下子轻松了许多。忽然,他想起了那个深坑,心骤然绷紧了,让这样美的歌和人淹没在深坑里,总算不上好事。

唱歌的是一个体态丰盈的女人,从她披散着的如黑缎般的长发上可以看出,这是一个拥有青春的年轻人。那女人把一条长长的淡黄色浴巾搭在臂弯里,那臂弯真好看。他想:把头枕在那里一定很舒服,或许枕在母亲的臂弯里就是那样。自己从来没有尝过偎在母亲怀里是什么滋味儿,想起这些,他不禁有些悲哀。

那个唱歌的女子跳下青石板,他的心也似乎被揪起来了。糟,她可别掉进坑里。他的手指深深地抠进泥土里,开始为自己的行为感到羞愧。我怎么会这样呢?好端端的一个人就这样被我毁了吗?天呀,在这个女人面前,我对女人的仇恨都哪儿去了呢?那个美丽的身体正在向水面靠近,前面不远的水面就是他昨晚掘的深坑。女人的脸上还带有唱歌后的兴奋,红润静美,像药泉山上的芍药。

他记得在漠河淘金时听一个戴眼镜的人说过,能看着一场罪恶的发生而又无动于衷的人是伟人。当时他不屑一顾,这有何难?身为孤儿的自己什么难堪的场面没经历过?他一直为此沾沾自喜,他想:起码在这点上,自己算个了不起的人。现在,面对眼前的情景,他才觉得能容忍一件罪恶的事情是多么难。"我不过是个草包!"他暗暗骂自己,"我作损哪!"

扑腾!那女子跳进女人湖。啊,离那个深坑只有一步远了。他仿佛看到了这女子在水中挣扎,看到了一串串可怕的水泡和一蓬在红色的水面漂动着的头发。

"别过来!"天知道他怎么会喊出这么大的声音。随着这声变调儿的叫喊,他像一只惊鹿猛地从蒲草丛里蹿起来扑向女人湖。蒲草一阵哗哗啦啦地摇动,像是在为什么欢呼。

那个年轻的女子惊住了。但他收不住自己的脚步，他只说了句"这里有深坑"，就栽进昨夜自己掘出的那个淤满水的深坑。在水面上他听到的最后的声音是女人们的一阵惊叫。

他感到自己在下沉，整个世界都在下沉。女人湖、师傅痛苦的面容、破背心、工头那音调浑厚的话和老板娘那叫人无法忍受的骂……都一起灌进他的脑子，他晕了过去……

蒙眬中，他感到自己的头被一只软绵绵的臂弯托着……

原载于1989年第10期《白桦林》

豆　腐　王

　　店集人又能吃上罗家的豆腐了。这是豆腐罗四死去八年之后,店集人第一次吃上具有独特风味的罗家豆腐。罗家豆腐是四乡闻名的。那豆腐看起来细白如玉,吃起来鲜嫩有味,放进锅里百炖不碎。买一方热乎乎的罗家豆腐,撒一撮红辣椒末,然后再浇一勺清酱,用来下酒待客,是店集人家家必不可少的一道菜。清晨,天刚透亮,便可见早起的女人端一钵豆儿,匆匆赶往村西的豆腐坊换豆腐。开豆腐坊的是豆腐罗四的独生子——从县城辞职回乡的豆腐王罗子奇。

　　三十五年前的一个冬日,戴一顶狗皮帽的豆腐罗四,冒雪顶风奔走了三十里小路,从店集赶到县城,窃贼一般把一截用黄表纸包着的东西偷放在县政府大门边的雪窝里。这是一截他儿子的脐带。为了将来儿子不怕县官,能经得起场面,也为儿子将来不像自己这样走街串巷吆喝一辈子豆腐,他听信了一个牛鼻子阴阳先生的话,鼓了十二分的勇气,才有了这平生第一次冒险。他惴惴不安地将那截带着自己体温的东西偷放在那威严的大门边后,便鬼也似的逃离了这使他心惊胆战的地方,直到赶回自己那间充满了豆腐香味儿的茅草屋,他才如推完一磨豆腐般喘出一口长气。望着女人怀里尚未满月的儿子,豆腐罗四的心里如赤炭般火热。罗四平生最怕见官,连在村主任面前小腿肚都经常转筋。这种胆怯和自卑折磨了他一辈子,所以他寄希望于自己的儿子。从自己女人的肚子刚刚隆起时,他就希望自己的儿子将来能是条顶天立地的汉子，能不怕见官。现在，当他想到儿子的脐带已经准确无误地放在县政府那高阔的大门边时，他仿佛看到自己的儿子正昂着头一脸严肃地跨进那威严的县衙大门。陡然间，他感到腰骨似乎硬了许多。

经过一位年逾古稀、曾教过私塾的老秀才的指点，豆腐罗四给儿子起了个罗子奇的大号。名字的寓意自然不必明说，单就文绉绉的"子奇"二字，就足以使罗四感到荣耀万分。店集孩子们的名字大都是狗剩儿、二牛之类的农家俗语，突然间出现个罗子奇的大号，唬得人们不知里面藏着几多学问，所以见面都甜甜地恭维。每当这时，罗四便为儿子感到一种鹤立鸡群的骄傲。

罗子奇三岁时死了娘，四岁便懂了事。当罗四推着木轮车走街串巷卖豆腐时，小子奇便跋双他娘留下来的大鞋跟在爹腚后，任他爹怎样央求、吓唬，小子奇就是不回去。小子奇学会的第一句话是他爹喊的"豆腐"。不知从何时起，小子奇经常在屋前房后学着爹的样子喊上几声，到了五岁时，这小子便会直着嗓子满大街吆喝"豆腐"，只不过声音太细太嫩。但到了七岁，罗子奇喊出的"豆腐"声韵皆似他爹罗四。每当有事无事，小子奇喊出一声少年老成的"豆腐"时，罗四的心头便会腾起一股怒火，呼地一掌扇过去，骂声："闭嘴，浑蛋！"为此，小子奇的屁股蛋不知红过了几次，却无济于事。小子奇和罗四一样，高声地吆喝声"豆腐"已经成了他的一个嗜好，不吆喝出来心里就憋得难受。

罗四绝不希望自己的儿子将来还去卖豆腐，他坚信儿子的魂儿已晾在了县政府那威严的大门上。吸取儿子学吆喝豆腐的教训，罗四做豆腐时不再上儿子看。鬼知道儿子怎么对豆腐有一种天生的好奇，十三岁时，竟偷偷地学会了做豆腐。虽然做出的豆腐卤水点得有些嫩，不如罗四点得恰到好处，但在外人眼里足能以假乱真。罗四暗暗叫苦，尽管有时也佩服儿子的悟性，但因这份聪明和他所希望的东西相去甚远，所以儿子对豆腐懂得越多，他的肚子就越是发胀。儿子已经十三，他不忍再打屁股，气得火盛时便总是骂一句："狗改不了吃屎。"

或许是脐带的灵验，罗子奇十六岁那年，倒真的遂了罗四的心愿。县文化馆的李馆长来店集选人，月光下几百人黑压压地坐了一地，村主任命预定的几个后生唱歌，谁知几个往日山歌迷人的后生却忸忸怩怩，上了台子两只手不知放在何处，唱出的山歌调子早已飞到爪哇国，全没有了往日的韵味儿。李馆长把头摇得像拨浪鼓，两条眉毛拧在了一起。村主任脸上无光便不死心，冲瞧热闹的后生喊："别都缩着龟头，哪个上来试试？"

谁也没想到罗子奇会试上一试。罗子奇旁若无人地登上台子，声情并茂地唱了首《天上布满星》。也许是吆喝豆腐练就了一副洪亮、圆润的嗓子，罗子奇的一曲《天上布满星》竟然博得满场掌声。村主任乐了："店集是他娘的藏龙卧虎的地场，啥人才没有？"李馆长也连连点头，当即选中了罗子奇。

消息传到罗四那里，罗四顿时心花怒放，他喜滋滋地逢人便说："我儿子哪是块卖豆腐的坯，说不定是第二个梅兰芳哩。"罗子奇打点行装跟李馆长奔赴县城那天，罗四减价一半卖了三磨豆腐以示祝贺。

罗子奇到县里后，馆里的几个头头儿一商议，决定让他学拉京胡。尽管他对这京胡是擀面杖吹火——一窍不通，但领导还是派给他一把紫弓黄柄半成新的京胡。他想找李馆长谈谈，可这个李馆长自从把他带到这里，就像忘了他一样，偶尔见面也只是点点头而已。罗子奇举目无亲，年龄又小，和那些嘻嘻哈哈的男女青年合不上群，便常自己抱把京胡，到护城河边的大柳树下罗格儿罗格儿地拉个没完。拉累了他便望着那清澈的河水或河堤上那黄色的小花想家，想那总是热气腾腾的茅屋和爹卖豆腐用的那辆吱呀作响的木轮车。

一日中午，罗子奇吃罢午饭，又拎着京胡到护城河的树荫下闲拉。他刚坐定，忽然见河心有一团乌发在一起一伏地顺流而下，他定睛一看，原来是个落水的人。罗子奇急了，甩开京胡便往河里扑，那京胡被他甩出八丈远，触上河石折为两截。罗子奇只识点狗刨，水中救人的本领还远不够，他刚接近那人，便被死死地抓住了一只手。霎时，他感到手上似乎被系了块石头，平衡的身子一下子倾斜起来，身子随着那块"石头"下沉。咕噜噜，他连灌几口河水后倒有些沉着了，憋足一口气，在河底拼命往岸上爬。好在河不宽，他终于薅到了岸边的水草。有人发现了这两个还有一半身子泡在水中的昏迷者，把他们送到医院，连同一把摔断了杆的京胡。

事后，当一个腆着将军肚的红脸老人来同他握手时，他才知道原来自己救的是县长的女儿维维。县长姓陆，老八路出身，走姿坐态都是硬邦邦的，颇有军人风度。县长请罗子奇到家中吃辣子鸡，并送他一顶新军帽做礼物。维维对自己的救命恩人很热情，一直不停地为他夹菜，把罗子奇面前的小碟儿里堆得像座小山。

饭后，罗子奇瞧见了客厅墙壁上挂的一把铜柄黑鞘的大刀。"这刀真帅，我只在电影里见过。"他指着那把刀说。

"噢，那是一把日本军队用的指挥刀。"陆县长的脸上顿时扩满了光彩，"打小日本时，我亲手缴获的。"说完，陆县长过去摘下刀，唰地一下抽出寒光闪闪的战刀，舞了一个雄赳赳的动作，"怎样？"

"好，好！"罗子奇不住地叫好，心中充满了对陆县长的崇敬。

自从罗子奇在维维家做过客后，维维便经常去文化馆找罗子奇谈天说地，话题扯得最长的当然是豆腐了。兴致一来，罗子奇把做豆腐的绝活儿神侃一通，什么如何才能将豆浆磨得匀细，怎样才能将卤水点得不老不嫩，打刀时怎样八八六十四块块块相当，连在大街上怎样吆喝才能响亮动听，都绘声绘色地讲给维维听，直讲得维维听故事般神情入迷。讲过做豆腐的绝活儿后，罗子奇却生出几分遗憾，他感慨道："豆腐虽是人人喜爱的东西，可就是上不了大席，听说国宴上从来不吃豆腐。有的讲究点的场面即使上了豆腐，也非在油锅里一炸一烹不可，别看那样有一层黄灿灿的表皮，豆腐味儿却早没了。不过，老百姓还是离不开豆腐的，尤其是出门在外的人，到一处生地第一顿饭喝上一碗豆腐脑，包你服那里的水土。"

两人接触多了，交往中自然增添了许多豆腐以外的内容。陆县长是个很有新观念的父亲，他一手抚着维维的脑袋，一手拍着罗子奇的头，很慈祥地说："两个娃娃很般配嘛！"就这样，罗子奇和陆县长的女儿光明正大地恋爱了。

很快就有人出面把罗子奇调进县政府大院，安排在办公室当文书。文化馆对罗子奇的调走很是惊奇，李馆长和他握了三分钟的手，说真不愿忍痛割爱。李馆长还小声地告诉罗子奇，上次那把摔折的京胡，如果不是他反对，就让罗子奇赔偿了。

罗四进城来看望儿子，眼睛直往大门柱子底下瞅。回忆当年偷放脐带的事，罗四心里美滋滋的，他认为这是他一生办得最值得骄傲的事。

罗子奇工作颇为出色，对办公室的每个人都极有礼貌，打水扫地任劳任怨。一年过去，罗子奇竟然入了党。

"你是有政治生命的人了，凡事要先考虑政治影响。"书记这样说。

罗子奇兴奋得心率过速，宣誓大会后回到宿舍，竟然高声吆喝了三声"豆腐"。

维维来向他表示祝贺,一时动情,竟偎进他的怀里。罗子奇顿时惊慌失措,想起书记那句话,他慌忙把维维推出怀去:"没结婚不要这样,外人看见会有影响的。"气得维维一连三天不理他。

正当罗子奇少年走运春风得意的时候,这座并不偏僻的县城仿佛在一夜之间患了癫痫一样,生出许许多多令罗子奇想不通的事,许多部门的头头儿被揪到电影院弯腰示众,有人甚至把大字报糊到陆县长的家门上。罗子奇发现自己未来的岳父常拧着眉头两眼看着饭碗出神,有时冷不防往饭桌上猛击一掌,震得碗盏满桌乱蹦。罗子奇想不通便不去想,有空便捧本语录神背一通。

支部书记找他谈话了。罗子奇对这个书记很是敬畏,入党时的谈话至今萦绕耳际。

"你要同走资派划清界限呀。"书记第一句话便开门见山。

"当然。"罗子奇决不含糊。

"要是你亲人中有走资派你怎么办?"

"揭发批判,划清界限。"罗子奇心中好笑,自己的亲戚都是庄稼人,没一个吃官粮的。

"好!"书记一拍罗子奇的肩膀,"组织上就等你这句话呢。"书记把椅子向前移了移,说,"那你就向组织反映一下老陆头的情况吧。"

"什么?"子奇没料到书记来这一手,一时不知道该说什么。

书记运用循循善诱的本领,直把个罗子奇启发得满头蒸汗,可罗子奇怎么也想不起来陆县长有过什么反动言论,便锁着眉挠头。忽然他的手碰到了自己的帽子,想起这是县长送给自己的,进而又想起那把漂亮的日本指挥刀。

"没听说陆县长有什么反动言论,真的,我只看过他有一把日本军刀。"罗子奇本想敷衍一下,没想到书记却瞪圆了眼,像个小报记者一样把日本军刀的事记了下来。

第二天,县政府大院贴出一张大字报:《走资派正在磨刀霍霍》。罗子奇做梦也没料到,在大字报的末端竟然是自己的大名。他问书记,书记拍拍他的肩膀:"斗争需要嘛。"

为此,陆县长却断了三根肋骨。

于是,维维和罗子奇的恋爱也就宣告结束。维维不听他一句解释,只扔给他一句挖苦话:"看你挺厚道,没想到还有根花花肠子。"罗子奇有口难辩,一夜间便乌了两个眼圈儿,一个特大的火疖子突兀在鼻尖上。

因为检举有功,罗子奇成了县革委会的委员,参加了大小不少会议,虽然座位总被安排在一些光线不强的地方,但一种躁动的光荣感使他夜里不得不吞下两片安定才能昏然睡去。他也时常想起维维,尤其是维维微笑时那光洁美丽的玉齿和那头蓬松的散发着紫罗兰香味儿的柔发,使他心神迷乱。

不久,陆县长官复原职。一个有相当地位的将军在他的材料上批了两个字:扯淡!这案子便不再扯下去。后来有人传下话来,说那位战功显赫的老将军发了好大的脾气,说留把日本军刀算个屁,老子还有把美国撸子呢。陆县长在四野给这位将军当过作战参谋,正在本省支左的老首长自然不会看着部下蹲"牛棚"而不管。只不过那把日本军刀已无处寻找,若干年后,公安局在破获一起流氓斗殴案后,这刀才有了着落。

罗子奇又回到办公室当他的文书。使他激动了多少个日日夜夜的委员地位像狂风中的肥皂泡一样,五光十色地闪烁了一下便破灭无存了。若不是维维念及旧情为他说了几句好话,怒发冲冠的陆县长差点把他投进那足可使人脱胎换骨的"学习班"。这突如其来的打击使罗子奇正在发育挺起的胸肌萎缩了,走路时两肩不再抬起，一双眼总是牵着地面。他的脑壳像是被人塞进了一团棉絮，膨胀而又空虚。同事们常常发现他盯着一本语录两眼发直。

"别灰心，小罗，年轻人犯点错误很正常嘛。"当时启发他检举陆县长的书记这样说。书记虽然满腹韬略，表面上却永远老成持重，他已经由机关工委的一个小书记被提拔为县里的副主任，常常谈笑风生地和陆县长一同出入县委招待所的大门。

几年后，陆县长被调往专区，临别时办公室的人都去送行。出于能看上维维一眼的目的，罗子奇也硬着头皮前去送行。陆县长为官一方，堪称两袖清风，所有家当不过几只皮箱，早有耳聪目明的给提上了汽车，罗子奇无忙可帮，只好搓着两手站在一边。他发现维维连朝这边看一眼都没有就上了汽车，心头便涌出万般惆怅。陆县长同每个前来送行的人握手告别，到了罗子奇这里，县长的手没有伸出来。罗子奇在那个瞬间感到自己的手成了一个多余的东西，一时无处可放。回来时，他感到有一口恶气堵在胸口，街两旁黑乎乎的楼房似乎要挤过来。他想起了在店集时一手好豆腐所换来的街坊的夸奖，想起那支《天上布满星》和除夕爆竹般的掌声。他憋足了全身力气，把闷在胸腔里的所有怒气化作一声长长的吆喝：

"豆——腐——"

满大街的人都愣愣地望着他。

陆县长被调走后，专区派来一个比陆县长年长两岁的陈县长。陈县长为人颇爱面子，讲话办事向来都是不苟言笑，两道眉毛经常拧在一起，似总是在忧虑全县百姓的生计一样。一次，陈县长到办公室检查工作，发现罗子奇文件管理得井井有条，便对主任说："小罗该挑副更重的担子吧。"把办公室其他人惊得瞠目结舌，心想罗子奇这家伙怎的把县长给勾上了？有人便开玩笑："小罗,何时又救过陈县长的千金?"这一问,罗子奇便动了感情,眼圈儿有些湿。看着他这副样子,同事们便收住笑,知他又在想维维,便摇摇头走开了。

陈县长吩咐不过三天,办公室一名老政务秘书突然中风不愈,嘴歪眼斜,实在不适合迎来送往,只好提前办了病退。因为县长有话,罗子奇便很自然地当上了代理秘书,只等组织部的正式批文了。罗子奇抑制不住内心的激动,主任与他谈话时,他竟孩子般地泣不成声。

罗子奇上任第二天,店集传来豆腐罗四去世的口信,说是一夜为公社民工食堂做了八磨豆腐,累的。恍若晴天一声霹雳,罗子奇两行热泪直泻而下。请过假,他连夜赶回店集。店集人都为豆腐罗四的死感到惋惜,因为响当当的罗家豆腐恐怕再也吃不上了。村里所有的人家都送来了黄烧纸,公社领导经过研究也送来了一个匆匆扎就的小花圈。罗子奇发现花圈上有一个错别字,"敬挽"居然写成了"敬免",心里便觉得别扭。不过,看到那些乡亲送来的烧纸和那满满一大盆纸灰,他似乎看到了父亲一生的价值,心里又产生一丝慰藉。

安葬了父亲后,罗子奇回到这装了他童年梦幻的豆腐坊。他推出一磨豆儿,烧水过包,点卤水,有条不紊地压出一屉不同凡响的豆腐。自己的手艺并不生,他想,这手活儿爹虽不喜欢他做,但这毕竟是跟爹学的,是爹留给自己的永恒的遗产。他把这包豆腐连同豆腐坊一并托付给自己的堂叔:"豆腐给忙了几天的乡亲们吃吧,所有家当就都托你照顾了。"七天假,罗子奇只用了三天半。

也真是祸不单行,罗子奇上班的第二天便捅了个娄子。

全县专武干部集训,陈县长为表示重视,要亲临开班式,同全体人员见面。他向办公室要一份名单,任务便交给了罗子奇。罗子奇向集训班要来签到簿,逐个名字抄下来。哪知甘南公社一名叫熊祥的老兄,签名过于潦草,把个"熊祥"写成了"熊样",罗子奇没加思索,来了个照葫芦画瓢,就抄上了个"熊样"。开班那天,陈县长手执名单,逐个点名相识,当他点到甘南的"熊样"时,台下无人吱声。

"甘南的熊样。"

"……"

"甘南的熊样来了没有?"

这时,底下站起一个铁塔似的汉子,黑着脸说:"报告首长,我叫熊祥,不是熊样。"

台下哄堂大笑。

陈县长的脸变成了猪肝色。

台下这笑,笑掉了罗子奇的代理秘书职务。县长说这影响无法挽回,主任批评他马马虎虎,同事们则说他这玩笑开得够国际水平。

罗子奇追悔莫及,尽管还在办公室当文书,可见了陈县长便像欠了债似的远远地避开。

这个玩笑一直伴随罗子奇长到三十岁,还是在机关中久谈不衰。因此,陈县长对罗子奇的成见也像这个玩笑一样久久不能消除。终于有一天,陈县长荣转他方另有重任,罗子奇才感到灰秃秃的前程中透进些灿烂的东西。

接任陈县长的是一位比他更老的老头。这老头有过当右派的资本,所以做起什么事买总像要讨债似的。他的面容极有趣味,一只西红柿般光洁鲜亮的酒糟鼻子给他的五官增色不少,只是充满狐疑的眼睛亮了些,流露出的东西与他的年龄不太相称。他虽年高,却有一个年轻貌美的妻子,据说是平反那年从苏州讨的。罗子奇征途中最大的一个跟头,就栽在这个女人脚下。

这时的罗子奇已是三十有一,年逾而立,却仍是一个小文书,这使他这个五尺男儿总是长吁短叹。平心而论,他想博得每个人的好感。尽管他不吸烟,但每天上班他都要揣包"大前门",大亨般地把烟散发给办公室的每个同事,以至于办公室主任吸了几年烟,竟从未自己花钱买过一包。罗子奇的勤勉的确也感动了不少热心的同事。综合组的朱大姐看他年过三十仍孑然一身,便动员了几个机关里的大姐大嫂为他搭线说媒,虽说介绍的都是有着离异、失足或生理缺欠等曲折经历的女子,但模样还都过得去,怎奈罗子奇竟如唐僧进了女儿国一样无动于衷。朱大姐怎么也没料到罗子奇的心坎还被陆县长那个多愁善感的女儿占据着,这是她偶尔发现罗子奇工作证里夹的一帧一寸小照后才明白的。朱大姐又气又恨又可怜地劝他:"你真是鬼迷心窍,人家的孩子都上小学了,你还烧火棍烧火一头热的哪个劲儿!"这样一说,罗子奇的眼圈儿便有些湿。他来到这个世上所感到最温暖的日子就是初恋时那段难忘的时光,和维维在一起,他就像一个旷野中的弃儿步入一个爬满牵牛花的小木屋一样,充满心田的是恬静和鲜花的芳香。

热心的朱大姐保媒不成,便又关心起他的工作。文书这活儿怎好由一个大男人来做呢?看哪个单位的文书不是些刚出校门的女孩子?朱大姐愤愤不平却又无可奈何。其实她的综合秘书也做了好多年,几次很有希望提拔,不知怎的偏偏又没有她,她便借罗子奇的事来诉说胸中的不平。她悄悄地给罗子奇出主意:"听说新来的老头子挺实际的,你是不是心眼活点?"

"怎个活法?"罗子奇的脑袋的确需要点破。

"现在兴什么你还不晓得?外贸局那个保管员怎么当的副局

长？还不是十条鹿鞭？……"朱大姐红了脸。

送礼。罗子奇的脑子里跃出两个大字。

"再说了，小李子怎么当上外办主任的？"朱大姐神秘地眨眨眼。小李子原是办公室的事务秘书，除了豪饮神吹之外实在没有别的本事，鬼晓得这样一个酒囊饭袋一夜之间竟当上了外办主任，看来小李子的酒真喝到了点子上。

可是，给县长表示点什么呢？拎着大包小包，别人看见怎么办？罗子奇暗自佩服外贸局那小子精明，十条鹿鞭太方便了，老头子又喜欢。忽然，他想起县长夫人，那个年轻的苏州女人。对了，老夫哪个不爱少妻？可不投其所好，送条金项链给她？夫人吹吹枕头风，岂不比组织部写一本子材料还管用？不能太死性了，他想，朱大姐的话不是没有道理。

第二天，罗子奇破例在工作时间办了一件私事——他用所有的积蓄买回一条光灿灿的金项链。不知怎的，他却没有胆量把这东西送出去。他一看见县长那只硕大的酒糟鼻子就有一种恐惧感。

机会终于来了。一天，他接到专区电话通知，要县长速去专区开会。罗子奇掩饰不住内心的喜悦，他想：借县长外出开会的机会把东西送去，会免去许多面子上的事。当他把电话记录送给县长时，一向明察秋毫的满县长微笑着问："什么事这样高兴呀？是不是有了对象啦？"

罗子奇的脸腾地红起来："不……没有。"他不知说什么好。他的吞吐倒使满县长的目光在他的红脸上多画了一个圈儿。

当罗子奇准确地注视着县长的桑塔纳驶上通往专区的柏油路时，他有些吊着的心终于放下了。草草地吃过晚饭，他用一只新手帕仔细地包好那条金项链，从床下翻出一件洗净压平的中山装穿上,然后像个胆小的侦探一样,避开马路,穿过一条狭长的小巷,走向县长的家门。

果然是县长夫人一人在家。夫人穿一件粉红色的连衣裙,领口很低,手拿一本车站码头常见的那种通俗杂志,显得有些疲倦。当她发现穿一件厚厚的中山装的罗子奇拘谨地站在门口时,她先是惊奇地打量了这位腼腆的小伙子一眼,便开玩笑似的问道:"大热天,干吗穿这么厚的衣服?"一句话把个罗子奇问得支支吾吾。夫人侧开身,用一个很妩媚的微笑把罗子奇迎进客厅。

客厅里灯光柔和,充满了类似美容店味道的香水味。对于平生第一次送礼的罗子奇来说,这香味儿并不惬意。他忘了寒暄两句,像中学生赠送纪念品一样双手把那串金项链举过去:"请您无论如何也要收下它。"他的请求竟然带有命令的色彩。

夫人的眼睛不禁为之一亮。"为什么?"她问。她和罗子奇虽不算熟,但平常也是经常见面,她对这个和自己年龄相仿却孑然一身的小伙子并不讨厌。

"不为什么,不为什么。"罗子奇有些心慌地说,"只是一点小意思,小意思。"

夫人面色赧然,便说自己还没有吃晚饭,请罗子奇无论如何也要陪她吃点东西。她的请求也带有命令色彩,让罗子奇感到受宠若惊并根本无法拒绝。

四个很讲究的凉盘、一瓶红葡萄酒摆上了茶几。罗子奇只瞅一眼那酒的颜色便有些头晕,他想起只有电影里出现酒吧间的镜头时才有这种颜色的酒。

"怎么还不找个对象呀?是不是挑花了眼?"夫人睨视着他,一杯红莹莹的酒擎在手上。罗子奇发现夫人端杯的手很好看,纤细的小指高高地跷起来。一时,他竟忘了回答夫人的提问,只是呆呆地盯着夫人的手。

夫人一甩披散开的柔发,将杯中的酒一饮而尽。"怎么不喝点?"她问。罗子奇尴尬地搓搓手:"我不会。"

夫人又斟满一杯,她的目光痴痴地融进那闪烁的酒光中,口中喃喃地说:"也好,一个人够新潮的,自由自在,无拘无束,无牵无挂,像天上的鸟儿,愿意在哪儿落就在哪儿落,多逍遥啊!"

罗子奇觑了夫人一眼,没想到两人的目光恰好碰在一起。他忽然发现夫人的眼睛中有一种令他陌生的神采,这种神采令他变得严重缺氧起来,额头上沁出一层细密的汗珠儿。

"热就把外衣说掉嘛。"夫人很开放地望着他,脸上浮出酒色。

"噢,不热,不热。"罗子奇很清楚自己是为什么来的,即使借个胆子他也绝不敢在县长的府内偷香窃玉。他经过一番推敲,心想还是把话挑开为好。

"满县长对我一直不错。"他惴惴不安地说,"我是想,今后还请他多关照,我这个人生活上少心计,在工作上还想做出个样子来……"他在低着头说这些话,根本没有注意到夫人的脸上退去了酒色,竟泛出一层青光。

他走出县长家的大门,像离开伏天的温室一样感到一阵轻松,同时,他又感到一丝隐隐的遗憾,夫人眼光中那种异样的神采总在他的脑海里闪烁,使他魂不守舍。县长真有福气,他这样想。

满县长开会归来,踏进家门的第一件事就是发现夫人雪白的颈上多了串光灿灿的金项链。当他得知这是罗子奇送来的礼物时,他忽然想起临去开会前罗子奇那令人纳闷的神态。生性多疑的满县长在罗子奇和自己的夫人身上想了许多许多,唯独没有想到罗子奇送这份礼物的真正用意。满县长一夜间闷头猛抽了三包大重九。

第二天,那串金项链被摆上了县直机关干部大会的主席台。满脸清正廉洁的满县长在痛陈了不正之风于国于党的种种危害之后,罗子奇的这串金项链自然就成了最有说服力、最有震动性的实例。当几百人的各种颜色的目光都集中到罗子奇身上时,毫无准备的罗子奇犹如触上了高压线一样一下子僵在那里,满脑子都充满了电击的蓝色火花。有人往地上啐了一口他才如梦初醒,他下意识地循着那吐痰的方向望去,竟是朱秘书一双充满鄙夷的白眼。

　　事情的结果是罗子奇被全县通报批评,而满县长则因廉洁拒贿而光荣地登上了省报的头版头条。满县长深知这份荣耀可不是一条金项链所能换来的,所以,尽管夫人几次骂他假正经,他总是伸出两指向后将一将头顶上那几根稀疏的头发,然后不紧不慢地吟道:"风物长宜放眼量嘛。"

　　倒霉的罗子奇急火攻心,引起感冒发烧,不得不请假休息。朱秘书以支部委员身份给他送去了一纸处分决定。回来后朱秘书逢人便说:"别看罗子奇两眼发呆,手劲儿可不小,在处分决定上签字时,愣是把钢笔摁断了。"

　　过了几日,办公室日趋恶化的文件管理和卫生状况,使人们想到了罗子奇,于是烟瘾极大而又断烟数日的主任提议去看望罗子奇。当一群人浩浩荡荡地开进罗子奇的单身宿舍时,人们发现的只是一张寥寥数语而又态度坚决的辞职报告——宿舍早已人去屋空。

　　几年后,已荣升副县长的办公室主任乘坐崭新的伏尔加去店集检查工作。飞快行驶的伏尔加驶进村口时,忽然来了个急刹车。坐在前面打瞌睡的副县长冷不防头砰地撞在风挡上,风挡未坏,副县长的前额倒充气似的鼓起来。他定睛一看,原来是村口大路的中央坐着三个玩石子的光屁股孩子。

副县长呼地推开车门,恼怒中竟忘了身份,探出半个身子冲三个孩子吼:"找死呀,没看见车吗?"

三个孩子被吓跑了两个,只有一个剃着鬼见愁头型的孩子依旧坐在那里,听到骂声,他斜翘起头回敬道:"这道儿是你家的?"

副县长气成了一只大青蛙,可想想自己的身份,又无法冲一个四五岁的孩子发作,便哐地关上车门,没好气地对司机说:"开车!"华丽的伏尔加绕过这个岿然不动的孩子,哼哼着驶进村里。

进了村,从村三任那里得知,几年前回店集的罗子奇豆腐坊开得远近闻名,回乡当年就娶了个瓷瓷实实的媳妇,而那个剃鬼见愁头型,竟敢骂他堂堂副县长的孩子,竟然是豆腐王罗子奇的独生子。

原载于 1990 年第 9 期《北方文学》

啤酒厂子夜投产

裴万山一上午接了二十个电话，这是他从部队转业到地方最忙的一个上午。

他盯着那台嘟嘟作响的红色电话机，像在盯一个无法揣摩的红色幽灵。他知道这幽灵又要传给他什么信息，因为二十个电话内容几乎一致：明天上午来啤酒厂参加投产典礼。

裴万山扫一眼他记在台历上的来电话的单位：工商局、税务局、经委、食品公司、轻工局、乡镇企业局等等，总之都是些需他笑脸仰视的"衙门"。本来，他作为这个乡办啤酒厂的厂长，在连流动资金都是职工预交两千元风险抵押勉强凑齐的情况下，本无心搞什么典礼、剪彩之类的东西，鬼知道县广播站那个尖鼻子记者从哪条阴沟捞到了这条消息并给张扬了出去，花开自有蜜蜂来，结果不费一张请柬，啤酒厂就要宾客如云了。

看来不搞典礼也得典礼了。

"明天多准备些酒菜吧，子凡。"裴万山向伏在桌上拨着算盘的管理员吴子凡说。因为是小厂，裴万山干脆没设副厂长，后勤管理员吴子凡便成了他的厂长助理。

"另外再买点水果。"

"可是，钱……"吴子凡面露难色。

"先赊账吧，我们投产后马上还。"裴万山紧皱着眉头说。吴子凡点点头后又无可奈何地摇摇头。

吴子凡是个两腮无肉的中年人，着一身肥肥大大的灰色西装，脚穿一双新胶鞋。他原是乡供销社的采买,不知得罪了哪位山神,一次出差归来,承包后的职工名册再也找不到"吴子凡"三个字,从此,他便开始了漫长的上访生涯。两年过去,上访无结果,老婆却离了婚,弄得好端端一条汉子整天神情恍惚,逢人谈不上三句话便眼圈发红。一次饭后闲聊,裴万山听说了此事,他气愤地一拍桌子:"黑良心的,这不是把人往绝路上逼吗?"次日,裴万山派人把吴子凡找来,攀谈一番后,便让他当了啤酒厂的后勤管理员,感动得吴子凡竟孩子般抽泣起来。吴子凡上任后很是勤勉,只要是厂长吩咐的事,困难再大他也想尽办法办得圆满。

"投产前的准备工作还差什么?"裴万山望着吴子凡问。

"只差卫生许可证了,不过防疫站答应明天给办。"

"说定了吗?"裴万山还有些不放心。

"是站长亲自答应的,没问题。"管理员蛮有把握。

裴万山长出一口气。电话又嘟嘟地响起来,裴万山眉头跳了跳便微闭起两眼,索性不去接它。

裴万山是条硬汉子。

有一次,他到县城那家唯一的浴池去洗澡,见三四十个赤条条的男子都挤在一个污浊的热水池里,而另一个清澈的热水池却无人问津,便问一个长着鸡胸的青年:"这个池子怎么没人洗?"鸡胸人尖着嗓子道:"那是留着烫猪的。"裴万山本来想下这池子泡泡,听到这话顿时一股火蹿上头来:"浑蛋!"他猛地在那瘦骨嶙峋的鸡胸上捣了一拳,也不管那人怎样栽进那池热水,便一步跨进去,捏着那人的胳膊:"咱俩就当一回猪吧。"那人如何受得了这份"福气"?挨了刀般弹出池子,屈着像只煮熟的大虾一样的身子,哎哟几句后也只好抚着鸡胸自认倒霉。裴万山一动不动地泡了十分钟,也不搓一下身子,在众目睽睽之下穿起衣服就走。事后,他的屁股生起一片水疱,害得他一周没敢坐椅子。该他不走运,他跳进池子里的时候,恰好坐在输送热水的管道口上。

乡长正是考虑酒厂地处城郊,揩油生事的人多,才委派这个连长转业的裴万山当厂长。可自从裴万山当上这个厂长,就像脊骨被人抽走了一截,该硬的时候却硬不起来。他像一只气球,被四面八方的来风吹得团团转,无论他抵挡哪面风都会有破灭之灾。

与他素昧平生的县爱卫办朱主任打来电话,说自己的小女婚期临近,请他帮忙解决婚宴所需的啤酒问题,并说这点小事对于他这个啤酒厂厂长来说实在是九牛一毛。裴万山却感到十分为难,心想老子还没长出毛来哩,怎么能说是九牛一毛?

"我们还没投产呀。"他连忙解释。

"那就想想别的办法嘛。"电话里传出的声音很缓慢,像是在布置工作一样。

裴万山左思右想,实在没有别的办法,只好亲自登门道歉。朱主任是个患有甲状腺囊肿的秃顶老头,他最大的嗜好是吃肥肠,不管是炝是熘,一顿没有两斤肥肠是解决不了问题的。也许是肥肠吃多了,朱主任的肚量也变得大起来,对裴万山的登门道歉,他表示出一种弥勒佛般的宽容与大度,他递烟、沏茶,脸上溢着厚厚的笑。

"不打紧,不打紧,我再到别处想想办法嘛。"因脖子多肉,说话时朱主任的头仰得很高。

送裴万山走的时候,朱主任很热情地握着他的手说:"你有困难需我老朱帮忙,尽管说,一定办。"这样一说,倒使裴万山涨红了脸,感到十分尴尬。

裴万山暗暗记住了朱家小姐的佳期,离开朱家后他便直奔商店,顶着满头汗水扛回两箱啤酒,响当当的雪花牌。老头子蛮仁义,人家张一回嘴不容易,总不能让人家骂我老裴小气,他想,待朱家小姐结婚那天,再亲自把这啤酒送去,到时候一定和这个老朱干两杯。

朱主任千金的婚期未到,县爱国卫生检查团倒先开进了啤酒厂。经过一番走马观花般的检查,带队的一位满脸蝴蝶斑的中年女人亮出了检查结果:"罚款五百块!"

裴万山像被人抽了一鞭子般跳起来:"凭哪条罚这么多?"

"就凭不合格。"女人并不惧他。

"哪里不合格?"裴万山向那女人逼过去,他真想在这张花脸上掴上一个耳光。

那女人冷笑道:"态度不好,要加倍罚款!"

裴万山顿时感到脑后冰凉,仿佛有一把刀架在颈上。他倒吸一口气,然后慢慢地从鼻孔里呼出来,稍稍平静下激动的情绪说:"对不起,我不该发脾气。"可他心里却在骂:怪不得你他妈长一脸黑斑呢。

大概是裴万山的道歉使这个女人的肠子变得细起来,她不再音高八度,说话恢复了一点女人味儿:"其实我也不想这样,哪个女人的心不是软的?可不知你怎么把我们的头儿给得罪了。"女人责怪地飞了他一眼说。

"我根本就不认识你们的头儿。"裴万山感到很纳闷。

"可朱主任却认识你。"

"什么?朱主任?"裴万山恍然大悟。他的脸由黄变紫,上齿深深地咬入下唇,忽然他疾步奔向办公室。检查团的人怔怔地望着他。

片刻,从他办公室的窗子里飞出一箱啤酒,接着又是一箱,碧绿色的碎玻璃在阳光下显得光怪陆离,流出的啤酒四处溅着泡沫,

在一片砰啪的响声里,传出一句气出丹田的骂声:

"我×他祖宗!"

啤酒厂被罚款不过三天,裴万山无意中又犯了个不该犯的错误。

县防疫站的马站长在上午十一点来啤酒厂检查。马站长之所以选择这个时间来啤酒厂并无他意,只是出于不在家中吃午饭的习惯而已。裴万山向这位长着只硕大的酒糟鼻的马站长谈了三十分钟啤酒厂的卫生防疫工作,直听得马站长哈欠连天。未等裴万山介绍完,他便抬腕仔细地看着手表:"噢,快十二点了。"

裴万山不再谈下去,他看出马站长已无心再听:"十二点正是饭时,今天马站长赶上了,就请到食堂吃点便餐吧。"

马站长对于这样的措辞并不陌生,他半推半就,最终还是很主动地步入食堂。

"不要搞太多的菜,吃不了浪费。"马站长倒背着手说。

"不多不多,简单四个小菜。"裴万山回答。

"不要饮酒,烟酒对人都无益处嘛。"

"不饮不饮,我去告诉管理员。"

马站长的表情僵在脸上。

服务员端上两素两荤四盘菜,外加一盘腾着热气的白面发糕。马站长的目光慢悠悠而又不屑一顾地在那四盘小菜上瞄了一圈儿,便不自然地坐在椅子上,他那只硕大的酒糟鼻不知何故越发红起来。

饭菜,马站长一口没动。

"我胃不好,裴厂长,你的盛情我领了,多谢了!"说完,马站长起身告辞。

裴万山急了:"喂!马站长,您不能饿着肚子走哇。"

"我有地方吃饭，饿不着。"马站长拂袖而去。

裴万山感到厂长这个职务真的改变了自己的性格，要是在过去，他一定会将这个挑食的酒糟鼻子骂个狗血喷头。可现在自己变得懦弱起来，他害怕出名，凡事总想息事宁人。如果说农民企业家都喜欢花上大把的钱买枚奖章或证书之类东西的话，起码裴万山不是这样的人。他讨厌沽名钓誉，他害怕表扬，害怕参观，之所以能顺利投产，是因为这里有他本人东挪西借才交上的两万元风险抵押金。有时他觉得自己窝囊，不得不笑脸迎合那些他讨厌的人，做些自己感到空虚的事。每当这时，他就回忆起他在部队时站在队列前喊操或布置任务时的情景。那时的裴万山才是条汉子，他这样发出由衷的慨叹，然后下意识地摸摸衣领上的风纪扣，用力捏紧两腮，粗粗地叹一口长气。

第二天，啤酒厂坎坷不平的院子里排满了大大小小几十辆汽车，各方要人陆续赶来参加投产典礼。身材瘦小、笑容可掬的乡长忙得满头大汗。乡长是个连续两年被县里评为农民企业家的小新闻人物。他荣获这一美称的唯一经验是：逢庙便进香，见佛就磕头。所以经他办的事情都能做到八面玲珑。经过他的指点，裴万山在院子正中摆上一字长桌，算作典礼的主席台。主席台上摆好茶杯、暖壶和一台旧式的麦克风，广播站那个尖鼻子记者正在煞有介事地调试着话筒。一切就绪后，裴万山请来宾一一入座，几个临时从车间抽来的女工拘谨地走上来倒茶，一条系了三个大结的长幅红绸已经拉好，专等关键人物上来剪断它。为了选择剪彩人，裴万山和乡长费了好一番脑筋，经过认真权衡利弊，最后乡长拍板，决定由工商局、税务局和轻工局的三位局长剪彩。为了避免乡企局的局长产生想法，乡长连夜派人写了篇讲话稿交给他，安排他在典礼仪式上作一番讲话。尽管讲话稿的内容显得空洞了一些，但经过这一折中,总算平衡了关系。

时针指向上午九时,裴万山从主席台的一端站起来。他清了清已有些沙哑的嗓子正欲开口,忽然,吴子凡急急忙忙地跑过来。他喘息着小声说:"厂长,千万不能试车投产,马站长说没有卫生许可证不允许开工,否则产品都要销毁。"

"那许可证呢?"裴万山忽然间感到自己的脑袋大起来,声音有些变调儿。

"马站长说他们一会儿派人来检查,检查合格后才能发证。"

裴万山心里明白了,上次那顿午饭算是得罪了那位马站长,这是专等这天来找碴儿的。事到如今,是杀是罚也只能硬挺了。可他又一想,不行,真要是让马站长卡个十天半月,我裴万山可就赔惨了。他狠狠心对管理员说:"子凡,你马上去防疫站,无论如何也要把他们请来。"

管理员点点头,刚要走,又被裴万山叫住:"别空手,买条好烟带着。"管理员注意到厂长说这话时声音更加沙哑了。

望着急匆匆远去的管理员,裴万山呆呆地立在那里,一边的乡长捅了捅他的后背他才如梦初醒。

"各位领导……"他顿了顿又说,"由于我们工作考虑不周,现在暂时还不能开始投产典礼,请各位到办公室休息,我们略备古巴柑橘,请大家品尝。"裴万山急中生智,发表了绝不会引起来宾们乏味的讲话,他暗自庆幸多亏事先派人买了些水果。

来宾们并无怨言,都迈着悠闲的步子走向办公室。对于他们来说,改变一项计划就像改变一顿家常便饭那样随便,所以没有人对延期举行典礼大惊小怪。他们虽然工作都很忙,但谁也不会中途告辞,因为谁都知道典礼仪式之后,按照惯例,每人都可以得到几箱试车生产的啤酒算作纪念。正因如此,有的人干脆屈尊不坐小车,而是带着客货两用车来参加投产典礼。

时间绝不会等待焦急万分的裴万山,转眼已到中午。裴万山心中骂了一百遍娘,终于骂来了马站长等姗姗来迟的一行人。"对不起,我们来晚了。"马站长不失风度,酒糟鼻子泛着神采奕奕的红光,"这不,来之前还有人请我去吃午饭,你想,有你老裴在等着,别人就是有山珍海味炖个王八汤我也不能去呀。"

裴万山觉得嗓子里似乎堵了块脏抹布,胃里一阵搅动,但他脸上并没表现出什么。也许是对方的话提醒了他,他便拉着马站长的手道:"就等着您呢,这回一定要多喝几杯。子凡,去叫各位领导都到食堂,咱们开饭。"

人们离开布满橘皮的办公室,都拥到食堂,大家你推我让,满满地坐了五桌。裴万山首先举杯,感谢各位领导光临。接着便是乡长战战兢兢、甜蜜蜜地讲了几句,内容除了欢迎还是欢迎。然后,各局局长都仗"酒"执言,纷纷表态说,如果啤酒厂有困难,一定鼎力相助决无他言,使酒桌气氛浓烈,高潮频频涌起。乡长则感激涕零,一再拱手鞠躬相谢。

裴万山知道今天这场午宴的关键环节在于何处,所以他一直坐在马站长身边不停地斟酒劝酒,对上次的怠慢表示了十几次抱歉,自罚三杯并当即许下诺言:"以后如果马站长需要啤酒,我裴万山全包,有半句假话,让我掉进大啤酒罐淹死。"

也许乙醇能使人的思想升华。酒过三巡,马站长变得十分义气起来,他拍着裴万山的肩膀说:"你老裴还算是个明白人,咱俩今后就是朋友了。"裴万山发现:酒糟鼻子的色彩已蔓延到马站长的整个面部、脖子和两只充满自负的眼睛。

"马站长,是不是让来的几个兄弟去检查一下,把许可证办了?"

"咳,检查个屁!小王、小张,你俩把那个给老裴办了。"马站长如此仗义,这倒出乎裴万山的意料。

被称为小王、小张的两个青年,几分钟后就把早已签好的许可证送到了裴万山的手中。裴万山两手捧着这张印着绿色花纹的硬纸,心头涌上一阵酸楚。

裴万山无论如何也没有想到,忙乱中会出现一个致命的疏忽。在管理员把大家都让到食堂的时候,恰巧供电局的牛局长去厕所大便。牛局长因患有痔瘘,所以对大便特别仔细,从来不敢有半点马虎。这样,他就耽搁了十几分钟,待他从厕所中出来时,发现办公室已空无一人。走出办公室,他听到远处的餐厅已传出干杯的喧闹声,而自己却落个无人理睬,心中顿时火冒三丈。妈的,我老牛何时受过这个?真是欺人太甚!一气之下,牛局长跳上三轮摩托,拖着一路尘土疾驰而去。

喧闹的午餐过后,便是大家在一起神聊,聊倦了便栽在椅子里各自做些主题大致相似的梦。裴万山的大脑被酒精泡得几乎要肿起来,但他不能像其他人那样去呼呼大睡,他是这场戏的主角,无论如何也要把戏唱完。

下午二时,裴万山一一唤醒睡意正浓的各位来宾,投产典礼仪式该开始了。

人们都缓缓地踱出办公室,在那排长桌后一一坐定。三个女工又把那幅长绸拉开,另一个女工则用圆盘托着三把剪子侍立一旁。

由于许可证已经到手,裴万山的情绪特别振奋,他向一旁的电工喊:"把录音机打开,放个舞曲热闹热闹。"

谁想电工却无可奈何地摊开两手:"没电,厂长。"

"什么?"裴万山心中一惊。他这才开始寻找牛局长。糟糕,他想起来,午间喝酒时好像就没有见到牛局长。

裴万山意识到了问题的严重性，真要是停电，那就一切全完。"快给供电局打电话找牛局长。"他快步跑进办公室。

"牛局长不在，人家说要停电十五个小时。"吴子凡已接通了供电局的电话，面呈难色地对裴万山说。

"那怎么行？"裴万山抢过电话。

"喂喂，我是啤酒厂，请你们帮帮忙吧，我们正在开投产典礼仪式，牛局长是知道的呀。"

"牛局长刚告诉我们，说农村抗旱电力紧张，要重点保农村。"电话里传来个小伙子的声音。

"我们已经拖了一上午了，实在无法再拖，我裴万山求你们了。"

"你和我们说没用，要电得找牛局长批准。"对方挂断了电话。

话筒从裴万山的手中落下来。他喃喃道："我真该死，怎么只顾了马却忘了牛？"

没有别的选择，只能去找牛局长。裴万山把这个任务又交给了汗淋淋的吴子凡。

典礼仪式只好延时进行，来宾们带着不悦的神情又回到办公室，古巴橘子早已吃光了。

下午四时，去找牛局长的管理员还未回来，来宾们都憋了泡尿一样焦躁不安。乡长建议能不能先典礼剪彩，试车生产明天再说。乡长的建议没有得到来宾们的拥护。裴万山知道，这些先生光临如果仅仅是为了剪彩，那么早就告辞了。他们等的不是剪彩，而是试车，试车就有啤酒，有啤酒自然大家都不会空手走；如果只是典礼而不试车，大家岂不是白等了一天？

下午五时，满头尘土的管理员气喘吁吁地赶回来告诉裴万山，牛局长好歹给啤酒厂一个面子，今晚零点开始供电。

裴万山只差没有哭出来。

晚餐的时间又到了，裴万山对站在面前精疲力竭的吴子凡说："子凡，再辛苦一点，赶紧安排晚饭，标准不能低于中午。"他心想，千万别再得罪哪个。

晚餐自然又是高潮迭起，安慰声、许愿声，甚至还有抱不平声，乱糟糟地塞满了裴万山的脑子。他只觉得眼前金星闪烁，喝下去的每一口酒都又咸又苦，带有一股倒胃的血腥味儿。

晚餐结束了，时针已指向晚十点。来宾们纷纷打道回府。工商局局长走过："老裴，别上火，常言说好事多磨嘛，投产典礼仪式明天再搞吧。"裴万山没有听到他说什么，只是看到局长那灰色的制服上沾满了斑斑酒渍。

"明天再搞吧老裴，大伙都累了。"税务局局长喷着酒气，把帽子斜扣在头上摇摇晃晃地走过来说，"反正有我一剪子，我责无旁贷。"

"明天，我们一定都来捧场。"轻工局局长拍着裴万山的肩膀说。

"对，咱们都来。"

"凭老裴这份感情，咱们能不来？"

……

裴万山瘫坐在椅子里。透过窗子，他看到闪着大灯的车队正缓缓远去，那车队看起来就像月夜里闪着寒光的长蛇。他想起小时候有次在坟地挖野草，伙伴们发现一条盘成苦菜状的蛇。那蛇怎么打也打不死，身子总在蠕动……想到这儿，他浑身激起一层鸡皮疙瘩。

他站起来，拉起神情沮丧的乡长走出办公室，来到那排长桌前。工人们都怔怔地站在一边望着他俩。

"我们等到零点。"他说。

工人们没有人回家,今天发生的一切都在他们的眼里,这些刚刚离开庄稼地的农村孩子远远没有想到办事情竟会这样难。他们也都坐下来,看到自己的厂长,他们都清楚:厂长交的风险抵押金比工人多十倍。伴着夏虫的悲鸣,院子里工人们的叹息此起彼伏。

时间在一分一秒地逝去。供电局也算是说到做到,子夜零点,啤酒厂院里的电灯亮了。

"来电了!"寂静的院子里忽然欢呼起来,人们的眼里噙满了泪花,几个女工竟抽泣起来。

裴万山却表现出异常的冷静,惨白的灯光像秋霜一样挂在他的脸上。他从桌上抓起那幅红绸子,掏出打火机咔嗒打着火,然后,慢慢地把火苗移向那幅红绸子。红绸子被点燃了。闪烁的火苗跳跃在他的脸上,他痴痴地盯着这燃烧的红绸子,直到他的手成为一团火焰,他才奋力一抛,将那团哗哗作响的火球抛上夜空,然后,他使出全身的力气大声喊道:

"试车!"

原载于1992年第6期《解放军文艺》

并 非 虚 惊

　　小城春节的酒香尚未散去,不时还有零星的爆竹在巷子的深处响着。这座青灰色的县城在经过了节日的兴奋之后,本来应该沉入疲惫的宁静,然而,从县委那幢暗红色的大楼里传出的一则消息,却使它再度变得亢奋:在即将召开的县十一届人代会上,县长韩梁将不再是下届县长候选人。据说这消息来源绝对可靠,红头文件已经到了市委组织部。于是,一向受小城人们仰视的县长韩梁,在这消息风传的半个月里,体验了无数连他自己也无法说清楚的烦恼。

　　韩梁是在县委徐书记的电话中证实这一消息的,尽管徐书记的电话很含蓄,他已经听出下一届县长易人的暗示。徐书记告诉他可以暂时放一放工作,多休息几天,县政府的工作可由现在的常务副县长主持。韩梁很清楚,这是为了选举顺利,在树立下一任县长的威信。他很吃惊,因为在此之前,市里的几位领导对他的工作一直很肯定的,怎么会突然发生变化呢? 他在自己的家中向市委的一位领导要了个长途电话,想问问事情的原委。长途台的值机员让他稍等一下,他便放下电话耐心地等。坐在沙发里,韩梁下意识地环视着客厅的四处。自从他荣任县长以后,就从机关家属区那两间红砖瓦房搬进了现在这栋宽敞明亮的独院小楼。担任爱卫办副主任的妻子在持家方面卫生标准极高,她手下的活儿就好像喋喋不休的话一样多。许多人都知道,她当初之所以能征服韩梁,主要是她的嘴上功夫在解除韩梁的苦闷上起到了积极的作用。搬进小楼后,她把每个房间都收拾得一尘不染,又铺上红茸茸的地毯,家中每次来人,总是在客厅门口踯躅不敢举步。尽管备了一些拖鞋,但那些脱掉鞋子,尤其是缺乏思想准备未能着一双新袜的人,总是面红耳赤地将两腿夹紧,把两只脚尖整齐地并着。为此韩梁曾动员妻子将地毯撤去,但妻子的理论是:既然是县长的家,就该有个县长家的样,连自己家都管理不上去,怎么能把全县的工作管理上去? 拗不过妻子,他也不再坚持。时间一久他渐渐感到,铺上地毯的家的确与硬邦邦的水泥地的家感觉不同,走在软绵绵的地毯上,总有一种惬意的舒适感。

韩梁的目光在客厅的诸多摆设中缓缓地滑着,在靠墙的书架上他停住了目光。书架里摆着一本本簇新的《领导科学》《政治思想工作概论》等精装书,这些书都是妻子弄来的,除了妻子每天掸掸灰尘外,再没有人去碰它们。他似乎想起了什么,起身来到书架前,在一个角落里,他抽出一本封面已经发黄的《建筑工程学》。翻开书,扉页上写着两行隽秀的钢笔字:

不要为岸上的闲风细雨去空摇你青春的臂膀,
在无边的海洋中畅游才能铸造健美的心灵。

署名是笔画很轻的两个字:朱杉。两行赠言就像小时候从田野里挖来的刚刚萌出两片嫩叶的蒲公英一样,尽管每一次咀嚼都充满了苦涩的回味,但每年春天总还是禁不住去挖它。

朱杉是他建工学院时的同学,是个酷爱哥特式建筑的苏州姑娘。她那双在镜片后亮闪闪的眼睛总是很认真地望着你,使你马上联想到水晶之类的东西。她和韩梁悄悄地相恋又悄悄地分手,两年多了,他们总是避免谈起对方,又总是在关注对方,既为对方的成功而振奋,又为对方的不幸而烦恼。就这样互相折磨着,他们从这痛苦的折磨中体验爱的幸福感。许多人都知道,朱杉嫁给了建筑设计所一个沉默寡言的工程师后,自己也变得沉默寡言了,而韩梁则娶了现在的妻子。朱杉和她的丈夫一直在从事建筑设计工作,邻近几个市县的许多大楼都起于他俩的图纸。韩梁曾提名让朱杉的丈夫担任建筑设计所的所长,但被他拒绝了。

韩梁在对往事的追索中度过了一个上午,长途电话没有接通。妻子下班回来,一改往日的快言快语,两只交织着惶惑和疑虑的眼睛不时偷偷地瞄一下丈夫。吃午饭时妻子终于沉不住气了:"到底为了什么?怎么会这样安排?外面的闲话很多很多,你就这么受着吗?"妻子一口气把憋在心里的话全说出来了,她主张该去市里走一趟,是清白不能当屈死鬼。

韩梁也在猜测被免职的原因。他知道近半年来自己和县委书记在工作上存有分歧,这也许是市委决定调整班子的原因,除此之外他实在想不出别的原因。面对激动的妻子,他慢悠悠地说:"急什么?我已经向市委要了电话。"

下午他催问了一下长途台要的电话怎么还没接通,值机员说线路不好,让他等一等,他只好耐心地等。以往要长途,几分钟便可接通,今天,他已经等了五六个小时了,电话机反常地沉默着,并不响一声。他忍着性子相当客气地催问第四遍长途台后,他这个一清早要的长途电话才得以接通。那位领导在电话中对他的答复极简练:这是换届,不是免职,组织上会正确安排一切的,要他充分相信组织。

韩梁并不满意这个答复。要相信组织,这话他也曾不止一次地对别人说过。今天,这话用到自己身上,他才懂得这是一句令人心中极不托底的话。

他散淡的目光飘过很多模糊的东西之后,集中在案头那本发黄的《建筑工程学》上。专业已经扔了十几年了,自己还能设计楼房吗?他忽然这样问自己。

韩梁是耐不住寂寞的,从紧张的工作岗位上下来一下子变得无事可做,使他产生一种沉重的失落感。他往市委挂了几次电话,结果总是一个:对他的安排正在考虑之中。他开始抱怨市委的工作效率,有什么需要考虑的呢?该怎样安排就怎样安排嘛,没考虑好怎么就匆匆忙忙地把一个县长给免了呢?

实在闲得无聊,韩梁便想找几个过去感情一直不错的朋友聚一聚,一来借酒解解闲愁,二来想听听外面都有些什么议论。韩梁平时一个人没有饮酒的习惯,只有朋友们聚到一起时他才会勃发出酒兴。

因妻子上班,他反正闲着无事,那本《建筑工程学》他看了几天竟然一个字也没记住,便决定亲自去农贸市场买些菜。他平时不管钱,拉开抽屉把所有的零用钱都翻出来,数一数,也有几十块,便拎着菜篮走出家门。

路上,总有三三两两的行人驻足看他,样子就像在看一个天外来客,有几个人竟然指指点点地说着什么。他检查了一下自己的穿戴,确信并无标新立异之处,那只白色的塑料菜篮也极为普通,便稍稍有些安心。但路人这异常的表现犹如在他汗津津的后背上撒了一把稻壳,让他很不自在。

两排简陋的油纸棚南北相对排开,便夹成了一条窄窄的农贸市场。市场拥挤不堪,泥泞的地面上堆满了烂菜叶和各种各样的垃圾,散发着难闻的腥臭味儿。小商小贩的海口要价和购买者坚持不让的还价声混合成一股令人头昏脑涨的噪音流。置身于这嘈杂混乱的市场中,韩梁感到很内疚:工商局打了三次报告要求修建这个县城唯一的农贸市场,报告都压在了自己的案头。县财政固然紧张,但压缩一下其他开支,挤出点钱修建一个农贸市场还是不难办到的。他想,如果能早一些来这里买趟菜就好了。

他来到一个卖黄瓜的小贩前:"黄瓜怎么卖?"

"一斤两块八。"小贩正在给一位中年妇女称黄瓜,那黄瓜脆绿水灵,还带着鲜刺儿。

"这么贵?"韩梁脱口道。

"嫌贵?"小贩白了他一眼说,"嫌贵到国营商店里买去。"

"你说国营商店没有黄瓜?"

一边的那位中年妇女叹了口气说:"我就是蔬菜公司的,单位都快黄了,职工都放假在家,还能卖什么黄瓜!"

"没有我们这些吃大苦耐大劳的哥们儿姐们儿,你们连黄瓜的影儿也看不到。"小贩得意地说,"怎么样?你老头儿要是诚心买,每斤便宜五分钱。"

韩梁似乎听到一些反映,说食品公司和蔬菜公司没能起到应有的主渠道和蓄水池作用,致使冬季市场副食品供应和蔬菜供应价格飞涨,市民对此极为不满。他曾责成商业局局长去解决这一问题,而商业局局长两手向他一摊说:"没钱。"他也感到财政紧张,这两家公司又亏损严重,此事便搁置下来。

花了个两衣兜空空,那只并不算大的菜篮还不见丰满。在离开市场时,他无意中听到了两个人的对话:

"听说县长被撤了。"一个穿黑棉袄的老年人坐在市场门口的一只木凳上,从袖子上那个脏兮兮的红箍上可以看出他大概是个管理市场的。他的身边,蹲着个看上去像个退休工人的老头儿,两人正在闲唠。

韩梁不由得停下脚步,这是他第一次听到别人议论他免职的事。

"撤了也不枉他。"蹲在地上的老头儿说,"我的退休金三个月没发了,他这个县长咋当的?"

"县长也有县长的难处哇,厂子都停工,他这个县长哪来的钱?"

"没钱?没钱怎么又建个大宾馆?听说里面洋气得很,我一个月退休金住不上两个晚上。"蹲在地上的老头儿并不服气。

"也真是,听说上几天搞了个什么烟火晚会,一次就放了几万元的烟花。你说少放点烟花,省下钱修修咱这破市场多好。"

韩梁的腿有些软,手中的菜篮子好像突然加重了分量。他一向以忙于工作而感到自慰,自从任县长以来,他没有休息一个星期天。就说修建那座宾馆吧,跑省里跑市里作了多少揖、进了多少香,此中甘苦他韩梁是无法诉说的。他感到自己为工作是尽了全力,那么为什么人们还是不满意呢?

"要是县长也能到咱这儿走走就好了。"穿黑棉袄的老头儿充满渴望地说。

"谁让你这地方这么窄巴?小轿车开不进来,县长怎么来?"

"……"

韩梁不再深听下去,回首望了一下杂乱而喧闹的市场便默默地离开了。路上的积雪刚刚开始消融,走上去冰一般滑。韩梁滑了几个趔趄,好在没有摔倒,菜篮里的一只西红柿被甩了出去,在满是泥水的路上滚了很远,一直滚到路边的沟里。

正月里韩县长的门前遭受冷落这是第一次。

今天是正月里第一个星期日。清晨,妻子特意烧了满满两瓶开水,为了给来访的客人沏茶。沉闷而漫长的一天过去了,两瓶开水并未倒出一杯。晚饭后,韩梁无精打采地看了一会儿电视,电视中那些万变不离爱情的节目令他越发烦闷。他起身披上大衣说："我到大鲁家坐坐。"走到门口他又回来说，"要是有客人来就让他等等，我去随便坐坐就来。"

大鲁是他一手提拔起来的工业局局长，梳一头不乱一丝的分发，两眼总是充满活力地观察着一切，他身材并不高大，却有着"大鲁"的称号。韩梁对他很是赏识，曾想调他到商业局挑头儿，但大鲁不同意，原因是平调而不是提拔。因大鲁是自己手下的一员大将，韩梁不想强求，此事便作罢。大鲁家和韩梁家相距不远，有事无事大鲁总爱到他家坐坐，韩梁也经常到大鲁家饮几杯，县政府机关的人都知道大鲁和韩县长的关系非同一般。这话的传出并不是没有缘由：大鲁在工业局是个很有争议的人物，在确定工业局局长人选的常委会上，他拍着胸脯向常委们介绍大鲁如何有能力有办法，振兴工业非大鲁不可。为此，他和一些常委争了个面红耳赤。后来他接到过几封群众反映大鲁弄虚作假问题的上访信。他把大鲁叫到办公室，指着上访信逐一责问大鲁，大鲁捶胸顿足指天起誓说绝对是诬告，他就把信批给大鲁处理，让他有则改之，无则加勉。他一直很相信大鲁。省、市领导来检查工作，大鲁那头头是道的汇报给他这个县长争了许多面子。他曾在全县中层干部大会上表扬过大鲁，他在批评一些中层干部时总爱说："你这工作咋干的？不会看看人家大鲁？"

傍晚，街上的行人很多，韩梁缓缓地在街上走着。以往每次在街上走，总有些似曾相识的人和自己打招呼，他往往是应付性地点下头；今晚，却没有一个人和自己搭话。他见到对面走过来一个精瘦的老头儿，目光在路灯的照射下鬼火般地一闪一闪。韩梁在一次会议上好像见过他，似乎是什么站的站长。他迎着这人的目光走过去，谁知那两道鬼火一样的目光倏然闪灭了，那人两手插兜和他擦肩而过。

见鬼！韩梁心想，我究竟什么地方得罪了他？

他闷闷不乐地走向大鲁家。在离门口几十步远时，他突然发现县委和县政府的几辆小车都停在大鲁家的门口。大鲁家出事了吗？他心中一惊，正欲疾走两步，大门开了，县委和县政府的几位主要领导谈笑着走出来，一看便知是酒宴刚散。满面红光的大鲁正搂着常务副县长的脖子在耳语着什么。小汽车都徐徐地开走了，两腿有些发软的大鲁还在热情地摆着手。

韩梁意识到自己来得不合时宜。他似乎不相信眼前的这个场面会是真的，大鲁请了所有的领导，唯独没请他。

回来的路似乎变得很长，他的两只脚也变得格外沉重。他才四十七岁，这个年龄不应该是边走路边想问题的年龄。此刻，他的脑子里好像塞上了一团脏兮兮的棉絮，使他感到堵闷而又空虚。不知不觉中，他偏向了马路中心，一辆吉普车吱地刹住车，司机探出头怒冲冲地吼道："瞎眼啦？想找死啊？"

韩梁在恍惚中清醒过来，他还没有听到有人这样责骂过自己，他双眉紧皱地抬起头。司机大概认出了他，猛地关上车门开走了。韩梁不认识那个年轻的司机，但司机身旁坐的那个白白净净的中年人却是他认识的一个局的副局长。

回到家里，妻子问：'大鲁不在家？怎么这么快就回来了？"

他摇了摇头。

"大鲁也不到咱家来坐坐，年前还两天不来三天早早的。"妻子边打毛衣边说，"过了春节今天都初七了，连他个鬼影都没见到。"

韩梁苦笑了一下，走过去把两暖瓶水都倒进洗脚盆。他甩掉皮鞋，扯下袜子，把两只脚狠狠地踩进水里，一阵钻心的疼痛霎时传遍全身，他感到眼角有些湿润的东西将要涌出来，便紧紧地闭上双眼。

"你不要脚了！"妻子惊慌失措地去舀凉水,待一瓢凉水端过去,他却伸手挡住妻子。

"好舒服啊。"他有些哽咽地说。

当韩梁不再被提名下届县长候选人的消息传到朱杉夫妇所在的建筑设计所时,所里的人都保持了一种少有的沉默。没有人议论什么,也没有人为韩梁抱不平,好像韩梁下野已经在他们的意料之中。

消息传播的这些日子,朱杉因病休假在家,她的丈夫邵亚平,那个沉默寡言的工程师下班后对她说:"老韩被免职了。"

正在床上看书的朱杉心头一震,扶了扶眼镜淡淡地问:"什么原因?"

"听说和徐书记闹掰了。"

朱杉手中的书抖了一下,哗啦啦翻过一面,像是很专注地看着。

邵亚平进了厨房。他不仅搞建筑设计,而且精通烹调,家里来客人总是由他负责烧菜做饭。午饭做好了,他走出厨房,忽然发现朱杉手捧一本《建筑工程学》正呆呆地望着窗外。他咳嗽一声,用围裙擦擦手说:"吃饭吧。"

两人默默地吃着饭,谁也不说一句话。自从他们的独生子毛毛上了大学后,他们两人的吃饭就像各自在完成一项设计一样,显得单调而富有程序。邵亚平知道朱杉和韩梁的关系,朱杉大学毕业之所以留在北京而没有回苏州,就是因为她和韩梁的相爱。他做梦也没有想到,他的那次代人受过竟然赢得了朱杉的爱情。邵亚平是个自学成才的设计员,和朱杉、韩梁在一个办公室工作。韩梁的心思一直不在搞建筑设计上,他一心想改行到机关工作,但他的这一想法却得不到朱杉的支持,朱杉希望他们两人都从事建筑设计,她认为读了四年大学,扔掉专业去搞政治并不是件好事情。为此,两人常常暗地里争吵。一年后,韩梁刚刚调整到县组织部,朱杉、韩梁、邵亚平三人合作设计的一栋楼房在一个风雪之夜轰然倒塌,造成了重大的损失。责任追究下来,当时二十三岁的邵亚平承担了全部责任,结果被判两年徒刑,邵亚平的母亲一急之下病倒在床,只有靠左邻右舍的照顾才能维持生活。韩梁去看望邵亚平,久久地握着他的手说:"我心里有数,我一辈子都忘不了你。"邵亚平摇摇头说:"何必毁了三个人呢?你们两个都很有前途。"

朱杉去看望他,告诉他自己准备去找组织把问题说清楚,责任由三个人来负。邵亚平流泪了,说他不忍心朱杉和韩梁这么有前途的一对大学生就这么毁了,还说他一直爱着朱杉,他没有任何企求,只是爱,为自己所爱的人做出牺牲也是值得的。朱杉噙着泪走了,她找到韩梁,希望三个人一起来承担责任。韩梁不同意,他认为邵亚平的意见是正确的,何必毁了三个人呢?将来他们可以用其他方式给他以补偿。两人谈不拢,又吵了起来。朱杉说出了她本来不想说出的话。"邵亚平是为了我才去坐牢的。这个牢如果要坐也该你韩梁去坐,因为你是我的未婚夫。"朱杉激动地说。韩梁沉默了好久,坚定地说:"我不能因为感情而在事业上功亏一篑。"朱杉呆住了,她望着韩梁那张泛着青光的脸,喃喃地说:"这是你自己放弃的权利,这权利是你自己放弃的。"她走时,韩梁气冲冲地说:"你不要太感情用事了。"朱杉摇摇头说:"你做事太缺少感情了。"就这样,朱杉毅然地去照顾邵亚平的母亲。两年后,她嫁给了邵亚平,这使已升任组织部副部长的韩梁几乎悔青了肠子。

吃过午饭,邵亚平提议朱杉下午去看看韩梁。他说:"人在这个时候最需要安慰,韩梁在这里就你一个同学,你应该去看看他。"

朱杉理解丈夫的一片善意,她微微地点点头。

自从韩梁升任县长以来,朱杉从没有到过他家,也很少同他单独谈过话。有时在一些会议上,朱杉发现韩梁那两道敏感的目光总是在搜寻着什么,她感觉到一旦两人的目光相遇,正在讲话或是做报告的韩梁,就会变得声响音高,越发激情豪迈,妙语连珠。朱杉的造访完全出乎韩梁的意料,当她真真切切地站在客厅门口时,韩梁手中的书啪地落在地毯上,朱杉注意到了,那是一本《建筑工程学》。

朱杉看了看洁净的地毯,又看了看自己的皮鞋。韩梁意识到了什么。"快请进吧,不要换鞋。"

朱杉走进客厅,她是春节后到韩梁家的第一个客人,也是唯一穿着鞋子走进韩家客厅的人。她俯下身,捡起地上的那本《建筑工程学》递过去:"怎么看这种书?"

"随便翻翻。"韩梁接过书,轻轻地说,"没想到你会来。"

"是亚平让我来的,他告诉我一些消息。"

"噢,下届我不再当县长,怎么安排还不清楚,我想可能让我归口工作,当然还是按正处级安排。"

朱杉坐下来,望着韩梁手中的那本书。

韩梁也不再说什么,轻轻地抚摸着那本书。两人仿佛都在倾听对方的心跳,在默默地感受着一种理解,语言在此时是多余的。不知过了多久,朱杉站起身:"我走了,老韩。"她转过脸,背对着韩梁说,"你要多保重。"

韩梁的心头顿时涌上万种凄凉。

朱杉走了,她那身合体的米黄色西装显示着她的高雅。韩梁站在门口,目送她很远很远。

韩梁挂了四个电话。邀请的第一位是接待处的乔主任。乔主

86

任是韩梁的老酒友,每次韩梁举办家宴总是封老乔为"桌长",老乔劝酒颇有功夫,倒在他杯下的壮汉不计其数。邀请的第二位是农研室的老赵。老赵有电脑般的记忆,熟背全县方方面面各种数字,汇报工作时张口即来,仿佛那些阿拉伯数字是他的发明和专利。他和韩梁谈问题一向很投机,对农村政策以外的问题也研究得头头是道。邀请的第三位是办公室主任老胡。邀请的第四位是退休的文化馆馆长范怀远。他是韩梁的棋友,每次对弈总能在处于劣势时转败为胜,所以每次韩梁输了棋便拍着脑门喊"遗憾"。范怀远经常笑眯眯的,为人爽快,但下起棋来却如雕塑一般,有一种坚韧不拔的精神。

韩梁本来想邀请大鲁,电话已经拨通了,大鲁在电话里喂了半天,韩梁一句话也没说,又啪地把电话挂断了。

韩梁亲自动手,忙了小半天,一切都准备就绪。不巧的是,在切菜时食指被菜刀切了一下,他胡乱用卫生纸包了包。约定的时间是傍晚五点,看着时间尚早,他便沏一杯浓茶,细细地品尝那茶中的苦味儿。

妻子下班回来,见满桌丰盛的菜肴,心里很是惊喜。自从同韩梁结婚以来,韩梁下厨做菜这还是头一回。可是,当她发现韩梁手指的伤时,眯成一条线的眼睛顿时圆起来,她抢过韩梁的手就哎呀呀地埋怨起来,说怎么不等她回来,切菜怎么不小心,伤着了怎么不上点红药水。韩梁有些不耐烦地抽回手说:"擦破点皮死不了。"妻子愣了一下,收住口,系上围裙进入厨房。韩梁意识到自己的失态,他是一向不对妻子发火的,刚才妻子这一愣,使他感到一丝隐隐的内疚。

时针很缓慢地指向了五点。韩梁往窗外张望了几次,四位朋友都没有按时赶来。

妻子从厨房中出来,一边擦手一边说:"这些人怎么这么磨蹭?一会儿一人罚三杯。"

五点过十分了,韩梁从椅子上站起来,在客厅里来回踱着步。妻子有些焦急,不时向窗外望着。天色已黑,昏黄的路灯显得无精打采,路上匆匆的行人很多,不时有小汽车鸣着喇叭驶过。

五点二十分,范怀远来了,一进门便双手抱拳:"抱歉抱歉,迟到了迟到了,与郭麻子一盘棋杀了个天昏地暗,最后还是和棋。"他脱下鞋,趿一双红色的拖鞋走到客厅。韩梁心想:妻子干吗买些红拖鞋呢?范老头儿一把年纪了,穿双红拖鞋显得很滑稽。

因为其他三人尚未赶到,范怀远非要和韩梁杀一盘不可,韩梁便只好摆开棋盘和他下棋。

走了几个回合,范怀远不干了:"韩县长,你自己拿着卒子当车使。"韩梁不好意思地笑笑说:"哦,我看错了。"

范怀远棋路古怪,韩梁一着不慎,被打掉一炮。焦急中韩梁双车推进,又被对方隐藏在兵后的马踩翻车。于是,双方力量对比悬殊,范怀远并不急着赢棋收盘。他笑眯眯地这里剿一马,那里杀一卒,最后韩梁只剩一个老帅在底中动弹不得,韩梁额头沁着汗说:"要是不被你踩掉那只车,这棋就难说了。"

"再来一局。"范怀远棋兴未尽。

韩梁看看表:"咱们喝酒吧。"

"不等了?"

"不等了。"

妻子走到电话旁,刚刚抄起电话,韩梁摆摆手说:"不要打电话。"

两人开始喝酒。一瓶剑南春见底后,两人的脖子都涨得通红。范怀远开始大讲他的象棋,讲到最后竟蛮感慨地说:"韩县长呀,其实干工作就是下棋啊。"

韩梁轻易是不赞同别人意见的。今天,范怀远的话令他鼻子一酸,他点点头说:"杀到最后,我只剩一个老帅。"谁知范怀远并不罢休,瞪着两只红红的眼睛说:"那老帅又能剩下吗?"

酒后,韩梁一直把两腿发软的范怀远送到家。分手时,范怀远拍着韩梁的肩头说:"你县长能亲自送我这老头子,我……我就是喝死了也心甘。"

"可我不是县长了。"韩梁很清醒地说。

节气已近惊蛰,走出屋门,迎面拂来的风带着丝丝暖意。韩梁度过了被免职后的第十五个夜晚。清晨,他忽然发现大门里侧放着一个圆鼓鼓的面袋,打开一看,竟是一袋黄澄澄的小米。因谷子产量低,承包后的农民很少种谷子,市面上小米的价格也就一涨再涨。是谁送的呢?而且是在自己被免职的今天。韩梁好生纳闷,再一看,小米中还有一封信。信是用圆珠笔写的,笔画很硬,有不少错别字。信中说感谢韩县长帮他办了开面粉加工厂的营业执照,现在面粉厂办得很好,一年能进几千元,说早就想来表示谢意却又不敢来,听说韩县长不当县长了,心情可能不太好,心情不好饭菜就不会香,今天特意送来一袋小米给韩县长补补身子。还说这小米是自家种的,没上化肥,吃起来又香又补身子。信末署名:郊区李永田。

李永田?韩梁想了半天也想不起这个李永田是个什么样的人,他也不记得帮谁办过什么执照。他只依稀记得有一次他到工商局检查工作,见门口的台阶上蹲着一个抄着袖的汉子。他看这人冻得发抖,便对工商局局长说:"大冷天,那个人蹲在那里干什么?有事赶紧给人家处理嘛。"韩梁思来想去,觉得这个汉子可能就是送小米的李永田。

妻子走过来,抓起一把小米放在鼻子下闻了闻道:"用不用拿去化验?"妻子有过这方面的教训,有一次几位上级领导在他家吃饭,妻子打开一瓶别人送来的茅台酒,一喝,原来是普通白酒,弄得他们夫妻二人好生尴尬。显然,妻子怕别人在小米中做手脚。

他把信递给妻子:"这小米不能吃,要给人家送回去,我没帮人家办什么执照,凭什么吃人家的小米?"他回屋披上外衣,决定去工商局问问,这个李永田住在郊区哪个村。

在工商局问清李永田的地址后,他顺路叫了一辆人力三轮车,准备把这袋小米送回去。

走近家门时,他忽然发现门口停着许多车,有白色的丰田车、黑色的桑塔纳,还有几辆绿色的北京吉普。韩梁以为家中出了什么事,惊异间,一台黑色的皇冠轿车刹住在他身边,县委徐书记微笑着从车上下来。

"恭喜你,老韩。今天一早接到市里电话,我调到市里任职了,由你接替我的工作。"徐书记神采奕奕地说。

韩梁点点头。这突如其来的消息并没使他格外振奋,他只是用力和徐书记握了握手。平心而论,在政治上韩梁是很佩服徐书记的,同徐书记相比,他感到自己不是一个健全的人。

这时,韩梁家的大门里拥了许多人,走在最前面的正是大鲁。

"哎呀呀,老县长您大清早上哪儿去了? 让我们好等啊。"大鲁快步变作小跑,两只手热情地伸过来,"大家都在等您,向您表示祝贺呢。"

韩梁很冷静,他并没有去接那双热情的手,而是回头朝刚刚领来的那位三轮车师傅招招手,然后,便领着那辆人力三轮车径直走向自家的大门。

南太平洋的冤魂

一

光绪二十八年深秋的一天,满载三百名华工的法国圣保罗号轮船在南太平洋上缓缓地行驶。这是一艘专门由亚洲往南美贩运劳工的轮船,船体涂着红白相间的颜色,船头有一个蓝色的鹰的图案。船长苏比是个看上去十分慈祥的法国佬。他原在天津卫经营鸦片生意,后来用经营鸦片赚来的银子买了一条旧船,专门做起这种贩卖劳工的一本万利的生意。

夕阳将深青色的海面溅上一层污血般的残晖,站在驾驶舱里的苏比忽然发现远方有一条横陈在海面上的黑线若隐若现地逼过来。"上帝,这是到了什么地方?"他惊出了一身冷汗,快步扑到航海图前,左量右画,终于在新几内亚陆地的边缘,找到一行小字:路易珊瑚岛!天哪,偏离航线二百海里!他全身的血仿佛都涌到了脑子里,连蓝色的眼睛都变得幽幽发红。他几乎是从嗓子里挤出这样一句他从来没有下过的命令:

"最低航速,准备好救生筏。"

然后他屏住呼吸一动不动地站在舵手身边,全然不顾那些慌作一团的水手,只是死死地盯着那条愈来愈浓重的黑线。

这是一片被称作"魔鬼方阵"的海域,表面似乎平静的海水下面隐藏着数不清的暗礁。这些暗礁被航海者称为"死神的牙齿",它们毫不留情地把所有误入这片海域的船只咬住,像章鱼般拖入海底,很少有幸运的船只能够逃出这个魔鬼方阵。凭航海经验他知道,轮船一旦闯进这样的海域,一切只能由上帝来安排了,更何况圣保罗号是一艘早就应该退役的旧船。苏比清楚地记得,一年前和自己搭伴贩运劳工的那艘英国海神号,就是在这片海域触礁沉没的,全船两百多人竟无一人生还。

苏比像铁钉一样钉在舵手身边,他很恐慌,但他强装出一副冷静沉着的神态。他不想把这恐慌的情绪传染给其他人,因为一旦这种恐慌的情绪蔓延开,就会引起全船的骚动,那后果将是不堪设想的,因为圣保罗号的船舱里载的是三百名华工,这是些没有丝毫海上经验的中国农民。

圣保罗号离开香港已经十三天了,十三,在欧洲人的心里是个不吉利的数字。苏比暗暗祈祷,但愿死神之口不要在今天这片海域里张开,上帝保佑可怜的圣保罗号能够逢凶化吉!

一群群海鸟在船的上空发出阵阵奇怪的惊叫。苏比感到这是一种不祥的征兆,他刚要提醒舵手注意,突然脚下猛地一颤,接着便是一声沉闷的轰响,他被重重地摔在船板上。"死神之口张开了。"他喃喃地说。

苏比的担心变成了可怕的现实,圣保罗号触上了暗礁,船底被尖利的礁石犁开三条裂口,海水疯狂地蹿进底舱,圣保罗号喘着疲惫的粗气开始缓缓下沉。

除了弃船逃命,苏比别无选择。好在海面上那道若隐若现的黑线,已经在不知不觉中化成一片黑色的海岛。救生筏把一片哭声的华工运往这个海岛,站在救生筏上的苏比,呆呆地望着下沉中的圣保罗号。苏比非常喜欢船头那个蓝色的鹰的图案,这图案一直给他征服一切的渴望。眼前,这图案正渐渐地没入水中,使他感到一种穷途末路的悲观。他不住地在胸前画着十字,救生筏上其他十名船员也都跟着他画着十字,他们都清楚,在这茫茫的南太平洋上,在淡水和食物都很有限的情况下,几百人的生命将会是什么样的结局。

他们登上的是罗色岛,这是南太平洋路易珊瑚岛中一个较大的岛。岛上地形复杂 生长着茂密的热带雨林。苏比脸色阴郁,面对着空荡的大海对他的船员们说:"唯一的生路就是去找采参船了。"他知道这片海域盛产海参,如果走运,也许能遇到采参船。

救生筏载走了所有的淡水和食物,只把恐慌和灾难留给这些一无所有的华工。苏比临走时,把一张折好的纸递给一个满脸麻子的五十多岁的华工,说:"这是你们的名册,你就是工头了。"

海面无风,给人一种沉重难熬的寂静,这寂静充满了恐惧。三百名华工都怔怔地站在海滩上,除了急剧的心跳,世界仿佛不再有声音。救生筏很快就消失在远方,罗色岛上那黑色的森林像一张正在收拢的魔网,想把这三百名华工网紧吞噬。

人群里忽然传出一个女人的嘤嘤啜泣。

二

三百名华工全都来自闽西大镇杨家堡。

杨家堡是一个由杨、潘两姓人家组成的古镇,自从有了这个古镇,就有了杨、潘两族的不合。偌大个杨家堡,姓杨的居镇西,姓潘的占镇东,几百年来竟无一户联姻,两姓之间的事情无论大小均由族长出面商议。但因姓杨的人多,尽管姓潘的人顿足捶胸,这个镇子还是有了个杨家堡的名字。但潘姓人也有自己的骄傲,那就是杨氏家族虽然人多势众,却没有一家富户,镇上最有家产的几户人家都姓潘,这又叫姓杨的人感到不安。于是,在茶余饭后,杨氏家族的几个头面人物就常常聚在一起商量些光大杨家门楣的事情。

杨家人想的第一个办法就是迁移祖上的坟茔。提建议的是辈分很高的杨麻子。杨麻子祖上三代开当铺，积蓄了些家产，在杨姓人中说话办事很有腰劲儿。他因幼时患天花，落了满脸麻子，但他为人精明，肚里的心眼儿像他脸上的麻坑一样多，镇上的人给他送了个名号叫"麻鬼杨"。杨麻子迁移祖坟的理由是，杨家祖坟地势洼于潘家，官运财运都被潘家占了上风，不迁祖坟杨家就绝无抬头之日。

杨麻子的提议在几位辈分大的老人那里简直是大逆不道。老人们痛骂杨麻子是鬼迷心窍的不肖子孙，祖坟是迁得的吗？老祖宗在那里睡了几百年了，怎敢去惊动他们？几个老态龙钟的先辈更是呼天抢地，说到激动处竟流出浑浊老泪。于是，杨麻子的建议便沉没在这老泪之中。又有人提议塑一座金佛镇守祠堂。这建议更行不通。倒不是塑金佛的银两难募，问题是塑了金佛就等于招来了强盗，南山青云庵就因有个银香炉结果招来恶贼，两个老尼被双双投到水井中，尸首泡了三天才被进庵烧香的百姓发现。几个办法都没通过，最后，族长杨子儒一锤定音，那就是集资翻建杨氏家庙，要把杨氏家庙修得雄伟庄严，比潘家高出十倍！

姓杨的人家虽然穷，但千儿八百户勒了三年腰带后，一座气势非凡的杨氏家庙终于从杨家堡的青砖黑瓦中拔地而起，为杨家堡增添了不少风光。姓杨的人仰视着那些雕梁画栋，都感到一种吸足了烟土般的慰藉。于是，每个为家庙捐过银子的人都感到脑后的辫子似乎沉甸甸的，走路时不自觉地仰高了脸。

高高的杨氏家庙像潘姓人们眼中的一根长钉，他们大骂杨姓人穷威风。痛骂之余，他们又感到寒酸简陋的潘家祠堂的确令他们脸上无光，于是他们也开始商议如何修缮一下自家的祠堂。杨家堡虽说潘姓人中富豪颇多，但要修一座似杨氏家庙般宏伟的建筑却不是件易事,尤其那几家首富更是躲躲闪闪,一两银子也不肯多捐,并再三坚持银两要均派平摊。镇上又风传族长潘天财要用捐上来的银子纳一房小妾,潘姓百姓就更加失去了修祠堂的热情,这潘家祠堂最终没能修成。

高大的杨氏家庙虽然没能让姓杨的人家富起来,但潘杨两家的关系却越来越恶化。终于有一天,潘姓人中一个上雁荡山学过几天武艺的后生潘狗子惹下了一场大祸。

潘狗子是一个教私塾的穷秀才的独生子,十三岁时,父母被霍乱双双夺去了生命,而他却有幸活下来。他从父亲遗留的书堆里,没有弄通之乎者也,却把什么《三侠五义》《说唐》等武侠小说背了个滚瓜烂熟,他崇拜书中那些侠客几乎到了走火入魔的地步。十六岁时,他变卖所有的家产,只身奔赴雁荡山跟一个牛鼻子老道学武艺。初时,老道不肯收留这个毛头孩子,狗子便以跳崖和放火烧山相逼,老道无奈,便答应教他几套棍术。至于那出神入化的剑法,老道却无论如何也不肯相传。狗子练功颇能吃苦,几个月时间便能把一根烧火棍舞得虎虎生风。老道见他学武如此用功,便萌生了想真正收他为徒的念头。谁知也该狗子倒霉,一天,狗子下山买盐,遇到盐商故意抬高盐价,两句话不投机,盐商口出不逊,狗子火上头来,抡起扁担只一下,盐商从此便多了一条木腿。老道赔了不少银子,狗子自然被老道赶下了山。

回到杨家堡,狗子上无片瓦下无锥地,只好栖身于潘家祠堂,靠为族人打些短工过日子,闲得无聊时,常把根槐木扁担舞得呼呼作响。他光棍儿一条无牵无挂,又天生的拼命三郎性子,所以姓杨的年轻人都远远地避着他。潘狗子觉得没有对手,就越发抖起来,常常在路口街头寻点事端。中秋节的晚上,他喝了几碗黄酒,把扁担舞到半夜感到实在无聊,便到街上闲逛。无意中,狗子发现杨氏家庙在月光下幽幽的影子正覆着大街，便涌上酒劲儿，从一家门口扯下一只灯笼，奔向那高大的建筑。于是，这座寄托着杨姓人无数愿望的家庙，一夜之间便化作灰烬。

姓杨的当然不会罢休，一阵急促的锣声响过后，杨姓的壮丁便集合在被焚毁的家庙前，族长杨子儒一声令下，舞叉挥棒的杨姓男儿便浩浩荡荡地开往镇东。潘姓人毫无准备，结果吃了大亏。抚州提督带兵赶来时，双方已有十几人死于刀棍之下，族长潘天财生生断了两腿，正在一块门板上鬼哭狼嚎。

抚州提督原是朝廷招安的海盗，是个性情暴躁、五毒俱全的烟鬼。他带兵赶到杨家堡时又恰巧犯了烟瘾，根本没有精神过问械斗的起因，便不分青红皂白，命人捉了二百姓杨的、一百姓潘的，押解着凯旋。

三

在海滩上哭泣的是杨幺妹。

杨幺妹是所有杨姓人的骄傲，被称为杨家堡的一枝花。她绣得一手好山水，人长得也像她绣的山水一样清秀，也正是这份清秀，给她招来了这场灾难。潘杨两姓发生械斗那天夜晚，她到姑妈家送月饼，回家时在一条胡同里遇到了身着白绸马褂、捏一筒水烟袋的潘天财。潘天财年事虽高，又是潘姓族长，但生性好色，倚仗儿子在彭州做官，家产又丰厚，纳了三房妻妾仍不满足，常常到外面拈花惹草。这晚，他在一个年轻的寡妇家碰了个软钉子，正垂头丧气地往回走，恰巧在胡同口碰上了杨幺妹。潘天财对她的姿色已经觊觎了好久，如果不是潘杨两姓祖上互不通婚的古训，他早就对杨幺妹下手了。现在，他见杨幺妹袅袅婷婷地从对面走来，中秋之月映衬着她的一张妩媚的脸。潘天财虽然眼花，但在窥探女色方面却毫不含糊。杨幺妹在月光下一副朦朦胧胧的神态,越发激起他的色心贼胆,他见四下无人,胡同又窄,便横身拦住杨幺妹的去路。

"妹伢子好靓哟。'潘天财嘴上说着,一只细黄的手已经伸过去,冷不防在杨幺妹的脸上捏了一把。

杨幺妹一惊,见是潘天财这条色狼,又气又羞,急忙往一边躲。潘天财死皮赖脸地逼上去,把杨幺妹挤在一个墙角,又往杨幺妹的脸上摸去。杨幺妹见躲不过,焦急中竟一口咬住了潘天财的手。随着潘天财的一声惨叫,她感到嘴里充满了又腥又咸的东西,朝潘天财那张扭曲的脸上啐了一口,扭头便跑。而潘天财却在那里捂着伤手,哎哟哎哟地叫唤个不停。杨幺妹还没有跑回家,杨氏家庙便腾起了大火,她又跟着救火的人流奔向家庙。胡同里的潘天财捂着伤手跌跌撞撞地往家走。路上,遇到了几个红了眼的杨姓青年,几个人每人一扁担,潘天财的两条瘦腿便断为四截。当潘姓的人把潘天财抬到提督马前时,他的一双贼眼忽然在人群中发现了杨幺妹的身影,便一口咬定是杨幺妹打了他。提督本来无心押个女子回城,但是杨幺妹容貌标致出众,他便来了浑劲儿,亲自下马擒了杨幺妹,然后打马回城。

杨幺妹是三百名华工中唯一的女性,杨家男子们都死死地护着她。圣保罗号驶达吕宋岛时,苏比船长才发现人群中混有一个女人。船上载有女人对于这些欧洲船员来说是件忌讳的事,苏比几次想把杨幺妹留在沿途的海岛上,都被杨姓华工断然拒绝了。苏比很清楚众怒难犯的道理,只好同意留下杨幺妹,让她做些洗米、脠鱼之类的活计。现在,面对这可怕的遭遇,杨幺妹第一个抽泣起来。不少人也跟着唉声叹气。

"还是黄毛子船长说得准,船上有女人就是不吉利。本来咱爷们儿可以发洋人的大财,这下子全完了。"人群中一个叫潘富的中年汉子气哼哼地说。潘富是个以好吃懒做而闻名乡里的屠户,由于贪吃嗜睡,长了圆滚滚一身膘。从登上圣保罗号开始,他就做起发洋财的美梦,因为苏比船长几次向华工们保证:到美洲后三天能赚一块金元宝。尽管华工们都半信半疑,但苏比的这套鬼话对稳住华工们的情绪还是起了不少作用的。

杨麻子是杨姓华工中辈分最高的,理所当然就成了杨姓华工的领袖。他感到保护晚辈是自己应尽的责任,更何况杨姓人一方又人多势众,他毫不含糊地骂了潘富一句:

"放你娘的屁!"

"你骂哪个?"潘富并不示弱。

"呸!"杨麻子狠狠地啐了一口,"骂你个杀猪仔又怎样?"

人群猛然一阵骚动,眨眼间分成对立的两帮,人们都攥紧拳头,大有一触即发之势。

突然,不远处的森林里发出一声呼哨,呼啦啦,冲出黑压压一片人。华工们都呆住了。杨幺妹惊惧地捂上了眼睛。冲出来的人几乎都赤身裸体,棕色的皮肤在黄昏中泛着光亮,他们每个人的脖子上都挂着一串兽齿或鱼骨之类的东西,走起来哗啦啦直响。有的人腰上系一圈树叶,有的干脆就裸露着棕黑色的下身,他们手持长矛弓箭,好奇而又凶狠地盯着华工们。

"糟了,遇上野人了。"杨麻子吃惊不小。海岛上的野人是万万惹不起的。听说,野人就是尚未脱离兽性的人,是集兽的凶残与人的狡猾于一身的特殊动物。苏比船长不止一次说起过,凡是有同类进入野人的领地,都免不了一场厮杀,他们对待被俘的同类,从来都是杀死吃掉,不留一个活口。

双方对峙着。华工们一大一小的两个人群也都靠在了一起。

忽然,一个高大健壮的土人打出一个令华工们毛骨悚然的呼哨,土人们纷纷收起了长矛和弓箭。这时,海面上从一片珊瑚礁的后面划出几条独木舟飞快地驶向这边。土人们从独木舟上卸下一些干鱼和用皮袋装着的淡水,那个首领模样的土人向华工们打了个手势,便领着土人退回那片神秘的森林。

华工们只是愣了片刻,他们没有拒绝和怀疑土人的惠赐,尽管杨麻子一再劝阻众人,饥饿的华工们还是把这些食物一扫而光。

四

海岛的黎明来得急速而突然,本来还是极湿重的雾气转眼间就被那片神秘的森林收了回去,跃出海面的太阳把阳光射向蜷缩在海滩上的华工,华工们被晨露打湿的身上,升起丝丝缕缕的水汽。

一直保持警醒的杨麻子发现密林边有几个鬼鬼祟祟的土人不时往这边张望,他心里极不安,似有一条银枪鱼在窜来窜去。他曾经听到过许多关于南洋海岛中土人的传闻,尤其是土人吃人的故事他小时候就从老年人那里听到过。他曾担心昨晚的食物中土人会投毒,提醒人们不要吃。但饿急了的人们没有听他的劝告,纷纷吃了起来,吃后也并没有中毒,结果那些听他的劝告没敢吃和少吃了的华工都暗暗地埋怨他。杨麻子也很纳闷,他猜不出土人的意图,凭感觉他认为这是一个阴谋。他低声告诉周围的人:"孩子们,遇到麻烦都别拆帮儿,三百条汉子拧成一股绳,谁也扯不断。"

太阳升起丈余时,从那片吞吐着雾气的森林里走出一群土人,他们虽然手持长矛弓箭,却没有要厮杀的样子。他们走过来,赤裸的双脚都特别有力,叉开的脚趾深深地踩进海滩。昨天打呼哨的那个土人首领在离华工十几米的地方站下后,向华工们做起邀请他们进入森林的手势。

土人首领比画了半天,华工们都木然地站着,神秘黑暗的森林在华工们的心头形成了巨大的阴影,使人感到凉森森的。杨麻子低声嘱咐着:"千万别拆帮儿,千万。"

土人见大群的杨姓人毫无反应,就走到了小群的潘姓人那里。土人首领比画了一会儿,从腰中系的皮袋里掏出一块暗红色的干肉,他向林子里指指,又摇摇手中的干肉,接着就把干肉塞进嘴中大咬大嚼。

人群有了一些骚动。经过一夜的消化,他们的肚子又开始唱空城计了,一些人不禁想起昨夜土人送来的那些美味的干鱼。潘富贪婪地盯着土人手中的干肉,他想:那肉一定像家乡的腊肉一样好吃,说不定还带点辣味儿呢。

土人首领继续向他们打着手势。

潘富盯着土人手中的干肉,咽下一口口水,又说了句:"人家昨天送来的干鱼也没下蒙汗药嘛。"

"就是,昨天的干鱼挺好吃。"有人小声地附和。

"我们又没得罪他们,人家为什么要害咱们?"又有人小声嘀咕。

潘富发现有人支持自己的意见,胆子顿时壮起来,大声吆喝道:"走啊,咱们跟土人走吧,进去吃点东西。"

潘姓的人群有了更大的骚动。杨姓的人群都把目光投向了杨麻子。

"潘富,你他妈去找死呀!"杨麻子抻着脖子朝潘富大骂。

潘富捅了捅身边的潘狗子:"你嗓门高,回这个麻鬼杨两句。"潘狗子自从闯下那场大祸后,一直耷拉着脑袋,他感到是自己连累了潘姓老小,心里总有一种负罪感。听到潘富叫他回杨麻子几句,他便歪着脖子道："我们潘姓的事用不着你这个麻子来管。"

杨麻子气得差点背过气去。

在潘富的鼓动下，潘姓华工心活了，他们被土人簇拥着向林子走去。几个年轻的土人似乎对不走的杨姓华工很气恼，边走边向他们挥动着手中的长矛。但是，他们并不勉强这一大群华工。也许他们心中有数，在这座属于他们领地的海岛上，无论这些人走到哪里，都是他们的囊中之物。

待土人远远地消失在缭绕着白雾的森林里后，杨麻子带着杨姓华工向附近的一片棕榈林走去，在林子里总比明晃晃地站在海滩上要隐蔽些。

南太平洋海岛上的森林沉闷而奇特，在这片湿漉漉的棕榈林中，人感到奇热却又流不出汗来。那盐分极高的汗水仿佛都从皮下涌向了心脏，在一点点地浸透着心脾，令人感到一种被腌卤般的折磨。林地上生满了灌木和杂草，一些古怪的野花上爬满了红蚂蚁，不时有野兽的叫声从林子深处传来，提醒着华工们警觉的神经。

走在前面的几个华工忽然发现了一些叫不出名字的野果，那野果紫红紫红，果树不高，叶子却奇大，像山葡萄一样一串串垂下来的野果，使华工们的口中都涌出酸酸的口水。很快就有人大把大把地吃下去，待杨麻子赶上来制止时，一场惨剧已经无法挽回了。

只见吃下野果的几个壮汉捂着肚子弯下腰去，豆粒大的汗珠儿从额上沁出来，他们的脸色由红变黄，由黄变青，栽倒在草地上，手脚痉挛不停，口中吐着白沫。不知他们是怎样死去的，因为他们直到身体变得僵硬，两眼还在惊恐地睁着，难以言状的痛苦在他们的瞳仁里缓缓散开。

杨麻子布满深坑的蒜头鼻子抽了抽，说出一句断断续续的话："就埋这儿吧……带几根他们的头发，要是能回去，就把头发埋在坟茔地里，娃儿们不能当野鬼。"

几个年龄较大的人走过去，噙着泪水拔下几根死者的头发，仔细地塞进怀里。杨麻子折下一张棕榈叶走过去，一边在死者的身上轻轻地拍着，一边拖着哭腔唱道：

拍拍惊，一身轻，迈过鬼门丰都城。

拍拍寒，送盘缠，见了阎王给礼钱。

拍拍土，攥把谷，阴间不受饥荒苦。

人们跟着杨麻子，在这远离故土的荒凉的海岛上，进行着古老而又特殊的送葬仪式，为死者超度。每一个生者都从死者的身上看到了自己，他们都在体验生与死的情感。其实，他们既在为死者超度，又在为自己生死未卜的命运祈祷。

一张张硕大的棕榈叶盖上去，不一会儿，一座绿色的坟墓便垒起，有人跪下去磕头，有人在抽泣。杨幺妹则从内衣上撕下一缕白色的家织布系在头上。死去的这些人都是她的长辈。

杨麻子带着神情黯然的华工们向棕榈林的深处走去。人们也不敢再吃任何野果子，每次遇上那可怕的紫红色的野果时，华工们都感到脑后的辫子似乎要倒立起来。

在一块林间空地上，他们发现了一座木阁楼。阁楼很奇特，像渔人建在水中的房子，四根粗粗的柳树干把阁楼架得很高很高，远远望去，像一座军用的瞭望塔。

"这一定是野人的房子。"杨麻子示意华工们都悄悄地蹲下来，仔细地观察着阁楼的动静。

阁楼很静,几只管天翁悠闲地落在楼顶上,看来上面没人。

"说不定上面有吃的。"有人猜测说。

"像个仓库的样子。"杨麻子点点头。

"咱们爬上去。"有人跃跃欲试。

杨麻子两眼死死地盯着阁楼,脸上的每一个麻坑都贮满了血色:他在犹豫,该不该动野人的东西。

"杨爷,偷人家的东西好吗?"旁边的杨幺妹惴惴地说。

杨麻子皱皱眉,"偷"这个字眼他听起来极不舒服,土人昨天已经给大伙送来了一些食物,如果恩将仇报,再偷人家阁楼上的东西,那还算个人吗?

杨麻子正犯寻思,突然,一声声瘆人的惨叫声从远处传来。华工们心里一阵发毛,这惨叫声持续了好一会儿才渐渐弱下来,他们都想到,准是潘姓的人遭了难。

杨麻子感到事情不妙,这惨叫声印证了他的担心。"都寻个家什拿着,对野人们不能不防备点。"他折了两根树枝,把其中一根递给杨幺妹。望着杨幺妹那副惊惧的样子,他拍了拍杨幺妹那戴着孝布的头说:"别怕,天塌下来有男人顶着呢。"他仰起脸高声对大家道,"都记住,就是拼死也要保护幺妹子不受欺侮,咱杨家的男人不做孬种!"

杨幺妹眼圈一热,竟不由自主地抽泣起来。她的抽泣使所有的人都感到心酸,同时,也都涌起一种男人的责任感。

忽然,他们听到一阵急促的脚步声由远而近,华工们都攥紧了手中的树枝。不一会儿,密林深处跑出一个浑身是血、手持长矛的人。

"是潘狗子!"杨幺妹眼尖,看出这个狂奔的人原来是潘狗子,一急竟叫起来。

潘狗子也发现了这边的华工,他没命地向这边跑来,径直跑到杨麻子跟前,扑通跪下去,气喘吁吁地说:"快……杨爷……快去救命!"

杨麻子一把揪起潘狗子的前襟:"怎么啦?快说!"

"野人吃人哪,潘富让野人活活给吃了。"潘狗子哭诉了潘姓华工的遭遇。

潘姓华工一走进森林,就被土人分散开了,土人把他们五六人一组关进一个个木制的栅栏里,然后便点起了篝火。一个土人把长得最胖的潘富拉出来,一句话不说便把长矛刺进了潘富的心脏。接着,土人就用砍刀把潘富的尸体剁成小块,在火堆上烤一烤便如狼似虎地吃起来。就这样,不到一个时辰,已有十几个人被吃掉。潘狗子倚仗一身功夫,跃出栅栏,抢过一根长矛,刺死几个土人后逃脱出来。

"救命要紧呀杨爷,不管怎么说,咱们是一条船来的,你不能见死不救啊。"潘狗子涕泪横流,跪在杨麻子面前苦苦地央求着。

杨麻子脸色煞白,把辫梢紧紧地咬在嘴里,两只惊骇的大眼愣愣地望着前方,家庙的硝烟仿佛在远处升起。

"我们去能抗住野人吗?就这样赤手空拳。"一个年龄较大的华工小声说。

"救人要紧,杨爷。"潘狗子在哭求。

"都怪潘富这个杂种,我说别拆帮儿,他偏偏要去送死。"杨麻子的脸上依然没有血色,两目由惊骇转为愤怒。

"杨爷,我给您磕头了。"潘狗子抹一把脸上的血污,哀怜地望着杨麻子那张冷酷的脸。

杨麻子张口吐出咬紧的辫梢,伸出一张大手盖在潘狗子的头顶,一字一句地说:"杨潘两家,自古水火不相容,潘家的事杨家从来不管。不过,你狗子今天求到了姓杨的门下,我也就不计前'怨',积点阴德,留你和我们在一起,至于其他人,我不能管。"

"你……怎能见死不救?"潘狗子的一张溅满血污的脸变得扭曲起来。

"潘家的事用不着我这个麻子来管。"杨麻子的嘴角浮起一丝冷笑。

"杨爷,好歹咱们是一起出来的……"杨幺妹挤过来说。

"休得多嘴!"杨麻子瞪了她一眼,"你懂什么? 去还不是白送死?"

杨幺妹不再说什么,两只泪眼焦虑地望着遍体鳞伤的潘狗子。她不能忘记,这个莽撞的小伙子在船上曾解救过自己……

潘狗子彻底绝望了。他猛地扬起头向杨麻子的小腹撞去,杨麻子毫无防备,一个后仰栽在草丛里。

潘狗子从地上站起来,狠狠地看了看杨姓的一群人:"我狗子宁可去死,也不和你们这些姓杨的在一起!"说完,他拖着那支血迹斑斑的长矛,踉踉跄跄地向林子里走去。走出十几步,他又回过头来:"我狗子给你们下跪,真是瞎了眼。"说这话的同时,他看到了一双饱含同情和忧虑的女人的泪眼。这泪眼,使他的内心微微颤动了一下,他知道那是杨幺妹,是在轮船上被自己骂过的女人。

华工们默默地目送潘狗子消失在密密麻麻的树林里,远方时时传来的令人毛骨悚然的惨叫在拨动着他们绷紧的神经。人群中有人在叹息,有人在骂黑良心的官府,骂蓝眼睛的传教士,骂扔下他们不管的黄毛子船长苏比。

"孩子们,咱要央点离开这地方。"杨麻子说,"往林子里走走说不定会寻到一条生路。"

有人仰脸望着那高高的阁楼,提出是不是看看阁楼上有没有吃的东西。杨麻子咬咬牙："推他个狗娘养的。"人们拥上来，一齐发力，轰的一声，阁楼被推倒了。人们惊喜地发现，阁楼上装的全是干肉和干鱼。眨眼间，华工们便分光了这些食物。杨幺妹站在一边，她没有挤上去抢，她还在怔怔地望着潘狗子消失的那片树林。当华工们发现杨幺妹两手空空时，他们便从自己的怀里分出一些塞给她。

太阳从大海中升起，又在大海中沉落。恐怖的黑夜里，华工们希望太阳早些升起，好驱散那黑漆漆的夜幕；当太阳如赤炭般悬在当空时，华工们又恨不得让它早些沉回大海。

杨麻子和他的伙伴们开始在丛林中漫无目的地游荡。饥渴、毒蛇和土人为猎取野兽而挖设的陷阱时时在减少他们的队伍。不时有人倒下去，倒下去没能再起来。更可怕的是，由于他们误饮了一条涧水，不少人都患上了毒性痢疾。死亡，在吞噬着这些精神已趋于崩溃的华工。

五

潘狗子像只受伤的饿狼，在充满了霉腐气味的原始森林里流浪。两天过去了，有幸的是他只是遇到了两只美洲豹而没有同土人遭遇。他用那柄长矛刺死了那两只凶恶的野豹，那腥热的豹血使他获得生存的力气。他的辫子蓬散开来，上面落满了尘土和草叶，他感到自己成了这座海岛上的一个恶鬼。

他离开杨姓人群后，想回去同土人拼个死活，或许被杨麻子气昏了头，在林子里走失了方向，不知不觉中他走进了一片连土人都极少涉足的原始森林。林子里死一般寂静，空气沉闷而潮湿，除了蛇缓缓地从一些横枝上垂下来外，似乎再没有活的东西。阳光仿佛是从四面八方穿过来，在眼前织成一只只五色的光环，当他疾步走近这些光环时,它们又突然不见了。潘狗子感到一种无边的恐惧,他渴望有一个同伴,哪怕这个同伴是个聋子瞎子都行,只要是一个人,他空落落的心就会有一个依托的支点。

不止一次,潘狗子将手中那柄沾满血污的长矛对准自己的心脏。但是,每当他闭上双眼,准备将长矛狠狠地刺进去的时候,他的脑子里总是浮现出他离开杨姓华工时,杨幺妹那双饱含同情的泪眼。奇怪,这双女人的泪眼,已经几次把他对死的决心融化为对生的渴望。他从没有见过这样一双令人难忘的泪眼,尤其是这泪水是为他而涌出的。以前堡里的人都夸杨幺妹模样俊俏,他并不以为然。那天在船上他偶然碰见水手欺侮杨幺妹,他未加思索就教训了那个水手一顿。至于杨幺妹,他连一眼都没多看。而现在,每当他想到死的时候,他竟想起这个异姓女人,想起那双能融化心肠的泪眼。也许,人在死亡前最先想到的总是女人;也许,自己始终在渴望一个女人的爱。潘狗子想不通这些事情,他只感到自己在恐怖的大自然面前精神即将崩溃时,总有一双女人的泪眼把他从绝望的边缘拉回来。

潘狗子已经忘却了时间,当他的衣衫变成只是在身体的某几个部位缠绕着的布条时,他终于走出了那片噩梦般的森林。出现在他面前的是烈日下的一丛丛张牙舞爪的仙人掌。

烈日在肆无忌惮地吸吮着他的汗水和伤口上的脓血,潘狗子感到无数的仙人掌刺儿在刺着他的周身,他尽力避开这些高大的仙人掌,他觉得自己又走进了一个魔地。

六

杨麻子的队伍在森林里游荡的第三天夜晚,发生了一起使杨麻子捶胸顿足的事。

夜幕遮上海岛后,他们选择了一块干燥的林间空地停下来。饥渴疲惫的人群在空地上东倒西歪地躺下来。杨麻子让人拔了一些青草铺在一片灌木丛边,把杨幺妹安顿在那里。自从登上海岛后,每晚他都特意为杨幺妹安排一下,他担心在这样一群男人和这样一个环境里会发生什么意外。凭感觉他知道杨幺妹在这个队伍里起着什么作用。那些年轻后生不管多么饥渴多么劳累,只要杨幺妹说上一句话,他们就立刻变得精神振奋。

　　躺在潮湿的草地上,杨麻子没有一丝睡意。他在想着种种逃生的办法,因为在这个可怕的海岛多留一天,就多搭上几条性命。这两天,他们经常遭到土人的暗算。有时,突然飞来一阵竹箭,便有人在这箭雨中倒下去;有时,人群走着走着,只听一声惨叫,便有人落进深深的陷阱。杨麻子猜测:土人大概惧他们人多,不敢来直接厮杀,等到他们的队伍大量减员后,就会来直接袭击华工了。杨麻子曾设想捆扎一些木筏来渡海逃生,但苦于没有工具,要捆扎载乘一百多人的木筏,谈何容易?他派几个人专门瞭望着海面,并堆了几十堆干木柴,一旦发现有船就点火发信号。几天来,海面上只有海鸟在悠闲地飞着,没有一丝船的影子。他还想到了土人的独木舟,和几个年龄大的同辈商量怎样去抢来一些。可几个人的意见并不一致,担心一旦惹恼了土人,局面怕会更糟。再说一个独木舟顶多载两个人,这种独木舟华工们又不会划,说不准会翻进海里。实在想不出办法,只好听天由命了。杨麻子这个被人称为麻鬼杨的当铺老板,也无咒可念了。但他不死心,天无绝人之路,他信奉这句话。所以,他每天都领着人群在海岛上转,希望能找到一条逃生之路。

　　杨麻子正痴痴地望着星空想心事,忽然传来一声杨幺妹的惊叫。杨麻子猴子般跳起来,往杨幺妹睡觉的地方一看,一个黑影正兔子般逃走，没容杨麻子发话，便有几个惊醒的人追去。人们围住杨幺妹，不用问，谁都清楚发生了什么事。杨幺妹两手交叉护着前胸，低着头在抽泣。

"天杀的畜生！"杨麻子狠狠地跺了下脚说，"逮回来给我狠狠地打。"

一会儿，那个闯祸的人被抓了回来。这是一个叫杨柱子的十七八岁的后生，在几个壮汉的推搡下被带到众人面前，他知道自己闯了祸，站在那里抖成一团。

"浑蛋！"杨麻子一掌扇过去，"竟敢侮辱自家姐妹！"

杨麻子话音刚落，便有无数的拳头落在杨柱子身上，杨柱子软软地倒了下去。杨幺妹挤过去劝住众人："快别打了，他还小，不懂事。"人们这才住了手。杨麻子向大家阴沉地扫了一眼道："再有此事，按族规沉潭，在这里就沉海。现在都去睡吧。"众人议论着散开了。

天亮后，人群中不见了杨柱子。杨麻子心里不免有些忐忑，杨柱子毕竟是个未成年的孩子，于是，他便让人四处去找。

其实，杨柱子并没走远，落满露水的草地上有一条明显的爬痕，沿着爬痕走出几十步，有一棵枝杈横出、盘根错节的阔叶树。杨柱子用腰带把自己很"悠闲"地吊在树上。他的撕开许多裂口的裤子褪落在脚踝上，两条尚未发育丰满的腿上满是青紫的伤痕，两腿间那个惹祸的东西已经缩得很小，像放了很久的青橄榄。

因为经常死人，人们已经没有泪水可流，只是轻轻地叹着气，把目光都投向杨麻子。杨麻子铁青着脸，出现这样的结果，也出乎他意料。

杨麻子走过去，亲自把杨柱子解下来，给他提上裤子，平平地摆放在树下，然后拧了下酸涩的鼻头说："你这孩子，能这样死，也不枉姓一回杨。"

华工们离开那块宿营的林间空地,在茂密的热带树林里走出不远,惊奇地发现了一大片水草茂密的沼泽地,草地水泽里花开鸟啼。从闷热的林中来到这样开阔如草原般的沼泽地,华工们都感到很轻松。

不远处长满了一片片嫩绿的水葱,这对饥饿的华工们来说,无疑是一大诱惑。

"去采些水葱来吃吧,那东西没毒。"有人向杨麻子建议。

杨麻子点点头。十几个年轻的华工挽起裤子走进沼泽地,大把大把地采起水葱。其他人都坐在岸上等着,热带林地已经把他们折磨得精疲力竭,许多人已经无力跋涉。

突然,一个采水葱的华工在一片水地里陷下去,他越是挣扎陷得越深,转眼间,泥水已陷到胸部。

"快拉我一把。"他胡乱地摇着两只手喊。

岸上的华工都站立起来,杨麻子焦急地喊道:"快手拉手把他拽上来。"

沼泽地里的华工没有人返回岸上,他们谁也没有想到自己也在危险之中,他们一个挨一个,手拉手拉住了那个下陷的华工。这时悲剧发生了,十六个手拉手的华工脚下的草地都在下沉,水没过了他们的膝盖,没了腰,但是,他们谁也没有松手。岸上腾起一片哭声。有人还要下去,被杨麻子拦住。杨麻子几乎是哭着说:"这是漂筏,下去多少人都会白送命啊!"

岸上的华工们眼睁睁地望着水中的同伴在下沉,不少人都忍不住捂上眼睛。只是片刻间,那一汪被搅浑的水面,只浮有十六根粗黑的辫子和一串串咕咕作响的气泡儿。杨麻子清楚地看到,最后沉下去的那个华工,右手紧攥着一把水葱。

110

七

当筋疲力尽的一百多名华工绕过那片吞噬了十几条华工生命的沼泽地，穿过茂密的棕榈林，走近平坦开阔的海边沙滩时，他们被远处海滩上的场面惊呆了：一群呼叫着的土人正在围追十几个华工。杨麻子定睛一看，原来竟是十几个潘姓华工。

土人每追上一个华工，便一齐用长矛往身上乱戳，眼看着两个被追上的华工死于乱矛之下，其余的华工也很快被包围起来。华工们背靠着背站成一团，手握长短不齐的树枝怒视着逼上来的土人。

"野人杀潘家人呢，杨爷。"这边一个汉子急红了眼，把胸前的辫子往脑后一抛，"反正是难逃一死，跟野人拼了吧!"

"拼吧!""拼吧……"

不少人都爆出了火性。

杨麻子回头巡了一眼身后黑压压的人群，又开两条手臂拦住骚动的同乡，低着嗓子闷闷地说："莫急，望望再说。"

众人静下来，望着远处的屠杀场面，他们每个人的眼睛都似乎要瞪出血来，汗渍渍的拳头攥得吱吱有声。远处，站成一团的十几个潘姓的人顽强地挤在一起，而土人们似乎也并不急于厮杀，他们围着这些华工有节奏地唱着跳着，像是在举行什么祭祀仪式。每到一个停顿的节拍，他们便齐刷刷地向华工刺出一矛，外围的华工已经被刺得鲜血四溅。

这一定是死里逃生的十几个潘家娃子了。杨麻子心想，他们逃出了几天，又同土人遭遇了。此时他正在决定是否冲过去救这十几个异姓的华工，他知道凭自己这一百多个疲惫不堪的老弱病残去和这些骁勇的土人相搏，肯定是凶多吉少。更何况眼前被围的又是潘姓人,豁出性命去救焚毁杨氏家庙的潘姓人,他不能不犯寻思。但是,土人发出的声声怪叫在刺激着他的神经,那十几个狼群中羔羊般的潘姓华工又使他萌生出一种责任感——杨姓人是没肚量的吗?杨家的男人不该做条顶天立地的汉子吗?在经历了片刻的思忖后,他的脸由苍白变得铁青,每一个麻坑里都窝起一股杀气。

"你,还有你,"他指了指两个年岁较大的华工,"你俩留下照顾好幺妹,记住,咱杨家男人只要有一口气,就不能让女眷受欺侮。"

他又把脸转向杨幺妹,脸上的麻坑抖动着嘱托一句:"你要是能活着出去,将来在这个死岛上想法子竖一块碑,咱杨家人不能当无名鬼。"说完,杨麻子从怀里掏出一沓皱巴巴的纸递给杨幺妹,"拿好,这是三百人的生死簿。"

杨幺妹双手接过华工名簿,泪水像断了线的珍珠一样滚落下来。蒙眬的视野中,她发现杨麻子像一只发疯的老猿弓着背蹿出去,接着耳边响起一声:"杀——"华工们一窝蜂般跟着冲了出去。

一场恶战开始了,一百多个饥饿疲惫的华工疯也似的同土人扭打起来,海滩上腾起一片沙尘,喊杀声、惨叫声、呻吟声充满了整个海滩。

尽管华工们在数量上略多于土人,但体力和厮杀功夫却远远抵不过这些尚未脱离荒蛮的原始土人。尤其是土人手中都持有长矛,群居的茹毛饮血的生活使他们毫不惧死,他们像一只只凶残的美洲豹,疯狂地攻击着华工。

杨幺妹的目光一直在牵着杨麻子的身影,她身边的两个华工什么时候离开她也冲上去加入厮杀她都没有察觉。杨麻子分明是一只暴怒的老猿,一根树枝左刺右劈,打伤了好几个土人。混战中他竟夺得了一根长矛,就在杨麻子抖动长矛向一个高大的土人冲去时,一支短箭迎面刺向他的喉部。杨幺妹发现那根长矛被抛出很高,杨麻子的两只手向身后划了个圈儿,便仰面倒下去。杨幺妹感到那短箭分明是刺进了自己的喉咙,眼前一黑,便什么也不知道了。

待她苏醒过来时,土人早已离去,海滩上除了哗哗拍岸的涛声,再没有其他声响。她抬起木桶般发胀的头,努力使模糊的视线变得清晰,闯入眼帘的惨状再次使她感到眼前发黑。

杨幺妹踉踉跄跄地走过去,她没有去辨认那些尸体,她一直向大海走去。在这样一个居住着野兽般的土人的海岛上,一个独身女子的命运是可想而知的。她忘了杨麻子对她的嘱托,她想让自己的灵魂和族人们一起在另一个冥冥世界中返回遥远的故乡。

然而,没等她扑入大海,她的步子已经抬不起来了,在一块突兀的礁石前,她软软地到了下去。

午后的毒日,把海滩上一群群纷飞的绿苍蝇照得熠熠生辉。

八

潘狗子走出森林,还没有调整一下急促的呼吸,海风就把一股刺鼻的恶臭迎面泼来。这恶臭使他预感到了某种不幸,他加快了步子向海边走去。

走出仙人掌林,他首先看到了大海,他还没来得及兴奋,便发现了那个万分惨酷的战场。

横七竖八的华工们的尸体布满了海滩,从尸体的样子判断出,这里的厮杀相当激烈。有的尸体腹部被长矛挑开,有的胸前插着长箭,还有的尸体已被戳成蜂窝状。杨麻子伤在喉部,胸前一片污血,他的两眼还在怔怔地望着天空,一条弯过来的长辫子死死地咬在嘴里。潘狗子下意识地为他合上了两眼。

不远处,海浪在拍击着珊瑚礁。他跑过去,把头狠狠地扎在海水里。许久许久,当他把头从海水中拔出来,长长地吸进一口气的时候,他发现礁石后还躺着一个人,一个半裸着上身的女人。

"杨幺妹!"

他跳起来,他认出这个女人就是在杨麻子面前为自己求过情的杨幺妹,三百名华工中唯一的女人。

他试了试杨幺妹的心口,感觉到还有微弱的心跳,便抱起她,走向远离这个尸横遍野场面的另一片礁石。那里靠近一片棕榈林,比较隐蔽,土人不容易发现。

树荫下,杨幺妹缓缓地睁开了双眼,当她认出抱着自己的是潘狗子时,眼睛忽然睁得很大,接着,嘴角撇了撇,泪水涌出眼窝。

"我怕。"她喃喃地说。

杨幺妹的泪眼使潘狗子一瞬间涌上一种难以名状的情感,这种复杂的情感片刻间便交织成一种男人的责任感,这种责任感使本已疲惫的躯体充满了力量。

"别怕,还有我呢。"他扶起杨幺妹,"我有力气,我会照顾你的。"

杨幺妹又一次晕了过去。

潘狗子看出杨幺妹晕倒是因为干渴和饥饿,他焦急地环视一下,在这陌生而恐怖的荒岛上,到哪里去找淡水和食物呢?

涨潮的海水扑上他的脚面,啊,这海水要是能喝该多好呀!他真的弯腰掬起一捧海水喝下去。顿时,他感到喉咙里像塞了一把盐,猛烈地咳嗽起来,吐出一口鲜红的血。

血?他眼前一亮。他想起了在林子里被自己刺死的那两只美洲豹,胃里涌起啜饮豹血时那股热腥味儿。

血不就是生命吗?

潘狗子把目光缓缓地移向自己的左臂。虽然经历了几天的饥渴和劳顿，但他的胳臂仍然呈现出条条肌肉，肌肉上隆起的青筋正隐隐跳动。他看了看杨幺妹那苍白的面颊，随即紧闭双眼，在自己的左臂上狠狠地咬下去。

这是世界上最悲惨也是最伟大的哺育，一个满身是伤的男人用嘴吮出自己的鲜血去喂一个饿昏的女人。

他忘记了自己吮出多少体内的鲜血，当杨幺妹的脸上泛出两片象征着生命的红云时，他却感到一阵目眩。

他用手掌轻轻地拭杨幺妹的嘴角。他发现自己身上已实在撕不下一缕布条，因为他几乎是光着身子。无奈，他只好从杨幺妹的衣衫上撕下一块布条，扎上沉重的左臂。

当他重新打量杨幺妹时，他的心跳忽然变得猛烈起来：由于他撕下那片布，杨幺妹本来已半裸的上身几乎全部敞开，一对洁白而光滑的乳峰诱惑着他，一个扑上去的念头倏然从脑际划过。

杨幺妹苏醒过来，软软的目光从潘狗子脸上滑下来，落在他缠着布条的左臂上。

"在海边是饿不死的。"潘狗子望着她说。

杨幺妹的嘴角抽动了两下，没有说什么，却点了点头。

午后的海滩，正是海龟产卵的好地方。潘狗子无意中看到不远处的海滩上，有一只大海龟正缓缓地爬着。潘狗子抄起长矛，蹑手蹑脚地走过去，用长矛猛地一掀，大海龟被掀翻在海滩上，任四只爪子怎样挣扎，再也翻不过身来。潘狗子在家中捕河龟用过此法，没想到在大海边，这办法同样好用。潘狗子微笑着走回来，坐在杨幺妹身边，高兴地说："我俩有晚饭了，海龟可是大补哩。"

杨幺妹把脸埋进潘狗子怀里，她的上身几乎全部裸露着，但她全然不顾这些，因为此刻这座海岛上已经不再有别的眼睛了。

"是你救了我。"

"是你的命大。"

"我们……咋办?"

"人不死总有救,天无绝人之路。"

……

海滩上,两个人紧紧地搂抱在一起。夜幕像条巨大的棉被悄悄地覆盖在两个人的身上,他们都感到了相互的需要,也都忘记了自己的姓氏。反正都是要死的人了,他俩都这样想,明天,就是躲过野人的袭击也会渴死、饿死。他们不再有顾忌,在朦胧的夜色里,两个饱受颠沛之苦的身躯融为一体。

绝望中的生命是最强烈的生命,死亡前的爱情是最强烈的爱情。

九

黎明的阳光照亮了罗色岛的海滩,几只信天翁悠闲地在天空盘旋,并不时发出声声呼唤。

杨幺妹被信天翁的叫声唤醒,她用褴褛的衣服遮挡起身上最关键的几个部位后,端详着正在酣睡的潘狗子,不禁想起了在轮船上时那难忘的一幕。

一个闷热的黄昏,在舱里忙着烧了一天饭的她正欲到甲板上吹一吹风,一个生着满脸酒刺的水手在舱门口拦住了她。当时,舱中无人,这个长着满胸黄毛的水手像头棕熊一样把她扑倒在地,一只满是腥味儿的大手死死地捂住她的嘴,使她透不过气来。眼看这个色狼就要得手,这时,潘狗子突然闯了进来,他愣了愣,当他明白过来眼前所发生的事情之后,猛奔过来飞起一脚,将那个膀大腰圆的水手踢了个四仰八叉。没等水手起来,潘狗子又骑上去一阵拳脚,打得那家伙躺在地上直告饶。潘狗子在离开船舱时盯了杨幺妹一眼,丢下沉沉的两个字:"活该!"杨幺妹知道这是狗子在骂她,但她还是非常感激潘狗子。

天空中的信天翁向远方的海面飞去,海滩开始热起来。杨幺妹推了推还在酣睡的潘狗子:"起来吧,天都近晌了。"

潘狗子伸了伸右臂,坐起来。他重新打量了一遍身边的杨幺妹,憨憨地说:"你长得好俊。"杨幺妹红了脸。

"现在,就是中了野人的箭我也值。"杨幺妹把脸低下去。

"可我不能死,为了你我也不能死,要死,就一齐死。"

杨幺妹偎依在他的肩头,什么也没有说,她被一种幸福感陶醉着。

潘狗子遥望着空旷的海面,静静地梳理着纷乱的心思。尽管生死未卜,但自从拥有了杨幺妹之后,他的心里就有一种踏实感。作为一个孤儿,一个很少得到亲情温暖的孤儿,还有什么能抵得过一个少女的爱呢?

"都说是你打断了族长的腿。"潘狗子说,"你哪来的那么大的力气?"

"我没打他,我只是咬伤了他的手。"

"你干吗咬他?"

"那个老不正经的欺负我,捏我的脸。"

"那不会是族长吧?"潘狗子摇摇头。

"潘天财那张驴脸,就是染上桐油我也认得清。"

"当时那么乱,怎能分得清?"潘狗子不愿再听下去,杨幺妹大骂潘家族长令他心里不是滋味儿,便岔开话题说,"不过,你们杨氏家庙盖得太高了,这不是夺我们潘姓人的面子吗?"

"我们修家庙又没用潘家一个铜钱,怎么夺了你们的面子?"杨

117

幺妹很不服气地说。

"反正，那家庙让潘家的人无法抬头。不过，细想想也没什么……"

"好了，不说这些事情了。"杨幺妹打断他的话，用食指在他的裸胸上轻轻地画着什么。潘狗子觉得有一只小虫在自己的胸膛上爬着，一直爬到他的心里，使他感到阵阵内疚。潘杨两家到底有什么冤仇呢？他想：自己这一把火招来了多大的灾祸啊！

"你会待我好？"杨幺妹轻轻地问。

潘狗子的目光像雾一样洒向海面，他的手紧紧地抱着杨幺妹的肩头，心里更加感到内疚。他从来都把自己看作一条硬汉子，心里也确实容不下令他不安的东西。自从他在那种不可抑制的疯狂中拥有了杨幺妹，他就觉得欠了杨幺妹多年的债。放火烧庙的事总使他处在悔恨的痛苦之中，这种痛苦从昨夜开始越发加剧了。纵火后，他一直认为自己为潘姓人出了口恶气，但一登上圣保罗号，尤其目睹了族人的遇难，他的自豪感和英雄感就一扫而光，他发现自己犯了一个不可饶恕的罪过。现在，他更加感到这一切都是多么荒唐，几百年来的潘杨之争究竟给哪一家带来了好处呢？

"你怎么不说话？"杨幺妹仰起脸，充满柔情地望着他说，"不是嫌我姓杨吧？"

"不，我是怕你……恨我。"

"憨鬼，我不已经是你的人了？"杨幺妹再次把脸贴在潘狗子的胸脯上，倾听着他急促有力的心跳。

"可是……"潘狗子欲言又止。

"可是什么？"

"杨氏家庙是我放的火。"潘狗子终于把这块折磨他许久的心病吐了出来。

"什么？你放的火？"杨幺妹跳了起来，两眼的柔情顿时化作冷冷的冰霜。

潘狗子缓缓地点点头。

"畜生！"杨幺妹一个耳光打在潘狗子的脸上，潘狗子的嘴角沁出血来。他一动不动，任那血滴在赤裸的胸腔上。

"天哪，我这是在作孽啊！"杨幺妹双手捧住脸，向着远方那片华工的尸体跪下去，痛哭起来，"让我有什么脸面见祖宗啊！"她哭喊着，两只拳头狠狠地捶着胸口，她晕了过去。

潘狗子抱起她，背倚着礁石，呆呆地望着涨潮的海水渐渐地涌上来，几只信天翁在他们的上空凄凉地叫着。

忽然，他发现不远处的海面上有一只船正向这边行驶，他感到心脏突然跳到嗓子眼。他拼出最后一点力气把杨幺妹抱上礁石，然后跪起一条腿向那艘轮船挥动手臂。他想喊一声什么，却一头栽在杨幺妹身上。

当他醒来时，他已经躺在英国的蓝钟号采参船上。圣保罗号的船长苏比也在这条船上，他正端着一杯淡水在胸前画着十字："我的上帝，我的上帝。"显然，苏比已经发现了海滩上那一大片华工的尸体。

潘狗子醒来后第一件事就是寻找杨幺妹。

杨幺妹躺在不远处的甲板上，英国船员为她近乎赤裸的身体盖上了一条毯子。当潘狗子看到她时，她也正在用目光寻找潘狗子，两人的目光同时相遇。杨幺妹气愤地甩开了目光，她甩开的目光恰巧落在潘狗子从土人那里夺来的那支带血的长矛上，长矛上的血迹像一粒火种点燃了她为家族复仇的火焰。

突然，杨幺妹站起来，抄起那支长矛踉踉跄跄地向潘狗子扑来。被她掀起的毯子像一面灰色的旗帜飞扬起来。她高高地举

119

起长矛对准了潘狗子的胸膛。

船上的人都惊呆了，谁也没有想到去阻拦这个忽然变得疯狂的女人，都怔怔地望着她。

潘狗子的眼睛眨都没眨，他盯着杨幺妹那双红肿的眼睛说："动手吧。"

杨幺妹高举的长矛停在半空，潘狗子的话像一阵风，使她的手抖动起来。她不知长矛是怎样从手中滑落的，她痛苦地闭上眼睛。她想纵身跳进大海，让汹涌的波涛吞噬自己，但她已经没有力气跃过船舷上的栏杆，她只是疯也似的将头狠狠地向坚硬的铁栏杆上撞。轰的一声，她感到自己的一切都超脱了。

在《泰晤士报》把这一惨绝人寰的事件披露于世后，一位西班牙探险家证实：罗色岛上仅有七十几个土著。

十

十九年后，一对英籍华人夫妇，领着四个儿女，辗转澳大利亚，行程万里，来到这座已属于法国殖民地的路易珊瑚岛。他们创办了岛上第一个华人农场。从此，在这遥远的南太平洋上，有了一个讲闽西话的小村落。后来，经常有一些讲粤语和闽南语的人渡过茫茫南海，来这里定居。第一次世界大战期间，这里已成为一个中等规模的华人城市。在城市滨海公园那白色的海滩上，有一块巨大的黑色大理石石碑，石碑面向大海，碑的下面刻有"冤魂不死"四个大字，而碑的背面，则刻着二百九十八个华工的名字。

历史的积怨似乎应该被流失的岁月所风化，尤其在这远离故土的异国他乡。然而，这积怨就像一条不死的僵蛇，一旦有机会，它就会缓缓地游动起来，在那些本来应该愈合的地方，用它的毒齿重新制造些伤口。几千年来，它已使这个民族体无完肤，满目

120

疮痍。

这个坐落在南太平洋上的华人城市,它的市长居然是一个葡萄牙人。因为竞选市长时,讲粤语的华人和讲闽南话的华人争得誓不两立,形成了相互敌视的两派。

原载于 1992 年第 1 期《章回小说》

帽　　子

我这是第三次去采访老皮。

我和老皮同是林学院一九七四年毕业生，单提这个一九七四年，人们便会知道在"大学生"之前一定会冠有倒霉的三个字"工农兵"。毕业后，老皮去了位于小兴安岭腹地的一个叫作乌斯力的林业局，而我，经过一番"回炉"，却有幸进了省城的林业报社。当然，倒不是我有才干，这完全是因为我在学院"回炉"时，和一位也在"回炉"的漂亮女同学好得简直一塌糊涂，后来这位女同学成了我的妻子。而我的岳父则远非一般工农兵所能比，他不愿让女儿独守空房，就不得不把我留在省城。但他一直用眼睛的余光看我，每次我们见面，我总感到周围氧气严重不足。

我虽然留在省城，却时时忘不了老皮。因为和老皮相处，你不用藏什么掖什么，更用不着把意见当成希望来谈，他喜欢直来直去却从不顶撞人，他那善意的目光我相信足可以使海盗的心肠变软。上学时，老皮是我们班的生活委员，他为人仔细，说话好带一句口头语"说实在的"。每次给同学发助学金，他总是不厌其烦地数三四遍，大家笑他迂，他便认真地说："说实在的，麻烦点没大紧，发错了对谁都不好。"老皮是在一个偏远的垦区推荐上林学院的，家庭生活很清苦，他上学三年，春夏秋冬总是穿一套垦区发的肥肥大大的劳动布制服，这使他本来就不高的身材越发显得矮。好在当时提倡俭朴，穿工作服还很时髦，班里并无人低眼看他，大家倒是都愿意和他接触，并且每学年都评他"五好"。

记得刚入学不久,学校组织学生到郊区帮助农村生产队铲黄豆,一向木讷的老皮可算出尽了风头。他铲地既快又干净,总是最先铲到地头,再返回来帮助那些娇弱落后的女同学铲。这使那些汗流满面的女同学很是感激,也使那些膀阔腰粗却怎么也赶不上他的男同学好生嫉妒。中午休息时,辅导员让老皮讲讲这铲地有什么窍门,老皮憋了半天,最后憋出一句:"没啥窍门,就看你使不使真力气。"一句话把同学们气个半死,好像谁铲地藏了奸似的。

老皮憨而不蠢,遇事还很有自知之明。临毕业时,班里的一个女同学对他很有点意思,偷偷塞给他一张纸条,上面写着一首小诗:

我们即将毕业
毕业就意味着分别
分别总是令人苦恼
因为这苦恼,我愿永远上学

老皮并不笨,他读董了这位女同学的心思,只是一时拿不准如何对待,便悄悄地问我怎么办。当时我们都未涉足这一禁区,只觉得该慎重处理才是。我说:"人家写得含蓄,回答也不能太明朗,你就把你的想法写首诗给她才好。"晚间睡觉时,我忽然听到老皮在被子里偷偷地抽泣,我以为出了什么事,就把他叫到操场上问他怎么了。老皮泪花闪闪,可怜巴巴地说:"这诗我没法儿写,我喜欢她,可这事肯定不行,她爸爸是我们垦区的头儿……"

老皮到乌斯力林业局后,被分配到技术科,工作干得蛮不错。那是我到报社第二年的一天,总编来到我们通采部说:"你去那个林场走一趟吧,弄个专访特写之类的东西。"就这样,我受命第一次去采访老皮,尽管那个山高皇帝远的乌斯力交通十分不便,我还是欣然前往。

蒸汽火车在茫茫林海中爬行了一夜,爬到了铁路的尽头,再换乘一辆车窗奇小、噪音奇大的土黄色公共汽车。颠过了七七四十九道山梁,我带着满面尘土钻出车厢,便看见一条狭长的山间谷地。山谷中散落着一些并不紧凑的建筑,这便是老皮所工作的乌斯力林业局了。早有一块写着我名字的招牌立在一辆吉普车前,我感到十分惊诧,原来报社的电话几经周折转换,终于先我之前打到林业局。接站的是一个面部凹凸不平的中年人,他自我介绍是局宣传部的老黄。经过一番攀谈,我发现老黄是个很善谈的人,满脑子秘闻野史,满嘴奇谈怪论,一双绿莹莹的眼睛很有山林特色。他大概不知我是老皮的同学,他说老皮是技术科唯一干正经事的人,为人很好,也很老实,像一团精粉面,捏啥是啥,啥话没有。现在老皮头上的称号数不清,别的记不住,"计划生育先进个人"这个称号是忘不了的。说这话时老黄嘿嘿一笑,朝我诡秘地挤挤眼。我感到老黄这个人很油,和曲艺团那些玩嘴皮子的人差不多。

吉普车一直开进局招待所的大门,我感到十分疲惫,便对老黄说想先休息一会儿,说罢,睡意很快就把我俘虏了。

我一觉睡到白日西斜,醒来一看,老皮正坐在对面的床上等我呢。见我醒来,竟没一句客套,他把两只手对着搓了搓:"说实在的,大老远你来遭这份洋罪干啥?"我蹦起来,当胸给了他一拳:"好小子,成名人啦!"老皮笑了笑,脸上腾起一片红雾,看得出他也确有几分自豪。

与在学校不同的是,老皮穿一套藏蓝色中山装,看上去有了些机关干部的模样,尤其是他头上一顶讲究的绿色呢子帽很是惹眼。老皮在校时是从不戴帽子的,一年四季都是短短头发茬的小平头。我笑着说他:"学会打扮自己了,帽子不错嘛。"老皮不好意思地摘下帽子递给我说："这是局里奖的。"一看，果然帽里子上印着"先进工作者"五个红字。老皮用硬纸壳叠了一个圈儿塞在帽子里，使帽子越发显得棱角整齐。我把帽子还给他，老皮很郑重地戴在头上。

和老皮详谈是在次日的中午，因为老皮不愿意在工作时间谈这些私事。老皮谈得极实在，他说自己怎么会被层层选为先进连他自己也感到莫名其妙。他参加工作的头一年年终，局组织部来了两个人，说领导对他印象不错，让整理一下他的材料，就这样，他便开始了当先进的历程。我拍了拍他的肩头道："你头上有了那么多的荣誉，那么怎么设计将来呢？"

老皮两眼眨了眨，极认真地说："我想过了，荣誉这东西，原来不想它的时候，把它看得很轻淡，可它现在既然属于自己了，说实在的，我就应该对得起它。"说完，老皮下意识地正了正自己的帽子。

我不知自己是摇了摇头还是点了点头，看得出来，老皮头上的这顶帽子并不轻松，但从老皮那熠熠闪光的眼睛可以看出：老皮已经开始习惯了。

陪我的老黄告诉我，老皮深得他们局长的赏识。局长家在外地，自己单身住办公室，老皮每天上班早来晚走的工作态度与机关内其他人松松散散的表现对比很鲜明，局长不止一次在大会上表扬过老皮，加之老皮在森林病虫害防治方面成绩斐然，已有论文登上大刊物，所以，局机关上上下下提起老皮来，都是一片啧啧称赞之声。

那次采访，给我留下深刻印象的还有一个男人和一个女人。这男人便是林业局的局长许寿天，这是一个嗜烟如命的赤峰人，脸胖得透油却寻不到一丝红润，恰如一张湿透的黄烟叶，人距他十步开外，便可闻到一股刺鼻的烟味儿。许寿天是个军转干部，工作最大的特点就是喜欢下命令，只不过他的头脑并不简单，通过谈话我发现:这是一个多功能的领导人物,无论在战场上还是在情场上,他都会是一个纵横驰骋、过关斩将的英雄。他接见我时很有些居高临下的气势,劝起酒来就像急风暴雨。他对老皮的评价非常概括,只有短短的两句话:"老皮这人我信得过,一辈子不会给我惹麻烦。"他说老皮一心扑在工作上,在生活上太马马虎虎,三十岁了还没找个对象。于是,他便做主把局机关办公室的打字员介绍给老皮,并说这是他平生第一次保媒。

许寿天所说的打字员便是我结识的那个了不起的女人。她人长得蛮干净,两只眼睛似乎藏满了让你读不完的故事,她属于那种每个男人看了都动心但谁也不敢娶来做老婆的女子。她有一个很动听的名字——周小芹,林业局所有的职工差不多都认识她,不管年老年轻的,一律叫她小芹。她和老皮的结合是许寿天诸多简单工作中的一项。据说老皮为此事曾犹豫了好久,因为他对机关食堂那个梳马尾辫的女孩子很有点恋恋不舍。那个女孩子对他也是双目含情,每次给他打菜总是将饭盒盛得冒尖儿。但是,当许寿天把他叫到办公室像布置工作一样让他和周小芹恋爱时,他便不再敢想食堂的那个女孩子,打饭时只好低着眼,不敢正视窗口里那个眼含秋水的女孩子。当他端着满满的饭盒离开窗口时,那饭盒里比别人多出的菜便成了他的一份心理负担。从此,在食堂吃饭时,再香的菜他也味同嚼蜡。他和周小芹举行婚礼就是在机关食堂办的宴席,老皮发现那女孩子的眼圈儿很红,他的鼻尖也酸溜溜的,主婚人许寿天一番神采飞扬的演讲他一句也没听进去。宴席结束后,两人回到红融融的新房,老皮忐忑不安。周小芹却像宾馆中训练有素的服务员那样麻利地铺开被褥,上床前只说了一句话:"干吗那样拘束?"老皮有些窘,感到她懂得太多。整个宴席间周小芹简直像个久闯梨园的演员一样,喝交杯酒,向来宾致答谢词,她都应付自如,而老反却笨拙得如一只鹅,放下酒杯两手就不知放到何处。

那次,我完成采访任务向老皮辞行,他一直送我到汽车站,他戴着那顶有棱有角的绿帽子在清新的晨风中与我握别。"说实在的,老同学见一面真不易。"他紧握着我的手说。

"好好干,老皮,同学们都在望着你呢。"

老皮很认真地点点头。

我在车厢里坐下来,车外的老皮忽然敲了敲窗子,我探出头。老皮抱歉地道:"小芹昨晚加夜班,要不她也会来送你。"

老皮的样子极诚恳。

回报社后,我开了个夜车,写出一篇自我感觉很好的特写。稿子交给总编,谁知总编竟摇摇头说:"工农兵大学生不宜多宣传,稿子先放一放吧。"

"不是您老让我去采访的吗?"我感到很不解,心想,老头子说过的话肯定给忘到脑后去了。

老头子愣了愣,有些不悦地说:"派你去采访有采访的理由,稿子不发有不发的道理,这是领导的事。"

我真想大骂几声,鼓了十二分的勇气最后还是泄了。

又过了几年,在一个闷热的夏夜,记者部马主任持一柄纸扇,穿一件汗津津的圆领衫,摇过三条胡同摇到我家。他说他在整理一堆旧稿子时发现了我写的那篇关于老皮的特写,说他在读这篇稿子时差点儿流泪,说当时的总编不发这样的稿子真是缺少新闻道德。我看马主任真有点喜爱这篇稿子,便对他说:"这稿子里的老皮是我大学时的同学,是省系统的先进,若是您老有兴趣,可否派我再去采访一次?"马主任做思忖状好一会儿才说:"按说这事不急,不过既然是你的同学,我做主,你明天就去一趟吧。"马主任决定如此痛快,是有原因的。我们报社最近调走一个副总编,大家都知道马主任等这个位置已经等得两鬓花白。显然他知道我岳父在这方面握有生杀大权。只可惜我和岳父的关系一直没有缓解,也就只好白辜负马主任的满腔热望了。

就这样,我有机会第二次去采访老皮。

还是那辆车窗奇小、噪音奇大的土黄色公共汽车,把我拉到远离火车终点站的乌斯力。

林业局依然是几年前的样子,所不同的是局招待所的牌子换了"林海宾馆"这样一块镀铬贴金的横匾。我感到很不舒服,时下这种换一下招牌就算有了革新的做法实在令人倒胃。床,还是那些上锈的铁床;床单,依然是那些秽迹斑驳得令人生疑的床单。这样即使把招待所的招牌换成"国际大厦"又有何用呢?

前来迎接我的老皮看上去比以前瘦。大热天他依然戴着那顶绿呢帽子,只是那帽子有些旧,但帽子上不沾一丝油垢。看来老皮对这顶帽子是很上心的。见到我,老皮很高兴,说他十拿九稳可以晋升工程师了,晚上非让我去他家喝杯庆贺酒不可。都是老同学,也用不上客气,傍晚,我如约而至。

老皮做了满满一桌子菜,他抱歉地向我笑笑说:"小芹加夜班,要不她会陪你喝两杯。"

"弟妹还打字吗?"我问。

"提文秘科副科长了,整天写材料。"老皮给我斟上一杯酒道,"说实在的,我这个先进真不如你弟妹,她工作比我累多了,这个家都顾不了。"

"男模范,女强人,这才叫比翼齐飞呢。"我端起杯说,"来,为你们夫妻的共同进步干杯!"

"还是为了咱这些'工农兵'都能早日晋升工程师干杯吧。"老皮的脸色里似乎凝有很重的使命感。

我和老皮喝得很尽兴。当夜,我没回宾馆,和老皮睡在一张床上。老皮喝了酒,一改平日的木讷,天南海北地和我唠个没完。他雄心勃勃,准备到下达林场搞几次大的试验,还准备办几期技术员培训班。他说这些想法同科长谈了,科长让他找局长,局长对他的想法给予了很高的评价,但因经费紧张,局长让他把这些想法先留着。在谈到当先进典型的感受时,他认为其实先进很好当,他只不过偶尔在省城火车站替一位丢失钱包的女大学生买了一张回家的火车票。这个女大学生后来寄给局里一封热情洋溢的感谢信,便把他感谢成局里的学雷锋标兵;小芹生理有缺陷不能生育,连续三次退回计生委那位热心大嫂送上门来的生育指标,他老皮就年年当计划生育先进个人。他说只要当上了先进,就不怕总结不出成绩来,有时候那些所谓的事迹听起来一点也感觉不到是自己的,可偏偏就是别人写的自己。他认为自己这些年脸皮厚了,报纸、广播里那些描写自己的漂亮话听起来不脸红了,说实在的,自己最了解自己,自己是什么东西自己心里有数……我有些不胜酒力,睡意一阵阵袭来,听到老皮的话又有些出格,便劝他说:"老皮你是不是喝多了?赶快睡吧。"老皮却毫无睡意:"我没喝多。说实在的,老同学,你来了我才吐吐心里话。"

我终于没能抵抗住酒精的催眠作用,迷迷糊糊地睡了,蒙眬中似乎听到老皮还在自言自语地说什么。

次日醒来,老皮揉着睡肿的两只眼问:"我昨晚都胡扯些什么没有?你可千万别当真。"

"没说什么。"我抬起头四下一看,"怎么,小芹没回来?"

"噢,大概上夜班太晚了,她办公室有床。"

我有些奇怪,自从接触了小芹,好像她总是同加夜班联系在一起,一个小小的林业局,有多少夜班需要加呢?

第二次采访老皮,我又加深了对许寿天的印象。在省城听一位同学讲,省厅曾想调老皮去搞森林病虫害防治研究,不知什么原因此事未成。问老皮,老皮很惊诧:"哪有这事? 我在省厅没熟人,谁会调我?"同许寿天交谈时我问起此事,我想这也算老皮安心本职工作的一个佐证吧。许寿天听完我的问话,足足地吸进去半根雪茄,然后喷出一团浓浓的烟雾。待那烟雾徐徐地笼住整张脸庞,他猛地吹出长长一口气,烟雾便四散而去,重现出那张阔而黄的脸。他说:"老皮是我树了多年的一杆标旗,哪个带兵的愿意别人把自己的旗拔走?"

我无言以对。

喝过老皮晋升工程师庆贺酒的第三天,想不到老皮的这桩喜事却泡了汤。我去找老皮闲聊,他刚被职改办主任找去谈过话,一脸的委屈,像刚出土的青铜器,两眼灰蒙蒙的,恍若罩了一层雾。"职称,没希望了。"他呆呆地说。

"你差在哪儿?"我问。

"哪也不差。三个人够条件,却只有两个指标,我是省系统的劳模,领导让我有个劳模的姿态。"

"你让了?"

"我怎么能不让呢?"

也许我应该安慰他一下,便拍拍他的肩头,说道:"你这样把机会让给别人,虽然晚几年晋升工程师,却会得到大家的敬重,你说呢?"

老皮用两手的拇指死死地顶着太阳穴,许久,才喃喃地说:"我不清楚。"

我忽然觉得自己刚才的话既多余又俗气。

第二次采访老皮,我没写出任何东西,好在马主任已无心关注此事,因副总编的椅子只是颤颤下颌而已,据说他还张罗了一阵办病退。

回来后不久,我接到老皮的一封信,信中说局机关最近要抽调一部分干部到偏远林场长期蹲点。技术科分到了一个指标,科长让大家自愿报名,大家都沉默着,相互间没了谈笑,只是科长的眼睛总往他身上瞄,他没办法,就只好主动报了名。第三天,办公室里又恢复了以往的热闹气氛。而他将到一个叫元青山的林场去蹲点,几个月也回不了一次家。老皮的信中没有一句牢骚,但我觉得这薄薄的两页信纸却像铅一样重。

老皮去了那个偏远的元青山蹲点后,没想到还真搞出了大名堂:他帮助林场搞了个食用菌场,效益相当可观,两年时间竟把个几乎散烟停火的林场搞得蛮红火。这,便是我第三次去采访老皮的原因。

老皮依旧戴着那顶绿帽子在车站迎接我。他瘦了许多,脸部黑而松弛,他握着我的手说:"说实在的,你真不该来。"我和他开了个玩笑:"谁让你发财了?富在深山有远亲嘛。"我本以为老皮会高兴,谁知他竟苦笑着摇摇头,拎起我的手提包说:"先去休息吧,坐这趟车的滋味儿我知道。"

在宾馆我见到了刚吃过午饭的许寿天,他正用一根火柴大刀阔斧地剔牙。见到我他很热情地同我握手,顿时,一股浓重的烟与酒的混合味儿扑面而来:"欢迎,欢迎,我中午喝多了,就让黄部长陪你这位大记者多喝几不吧。"上次接待我的老黄也满面酒彩地站在大厅里,原来他已当上了宣传部的部长。

午饭时,老皮话甚少,只是一个劲地劝我吃菜。那个黄部长会顺水推舟,他把陪我的任务又交给了老皮。这样,满桌子的菜只有我们两个人吃。我看出老皮似乎有心事,又不便问他,便找个话题问:"弟妹还好吧?"

"噢,好。"老皮支吾了一句,说,"来,吃菜吃菜。"我不好再问。

吃完饭,老皮把我送到房间,临走时他突然说:"老同学,说实在的,你别写我了,我……"老皮留下半截话走了。

我感到很疑惑,但稿子还要写,前两次没写成东西已经愧对老皮了,这次无论如何也要写出来见报。我找到了老黄,想从他那里了解一下老皮最近的情况。通过老黄那张绘声绘色的嘴我了解到,原来老皮的苦恼来自家庭。他和周小芹别看外表无事一般,其实两人感情很不和。小芹是个上进心极盛的女人,已经由文秘科长擢升为局长办公室主任。从一个打字员奋斗到办公室主任,这在乌斯力是少有的事,其中自然难免有一些微词令老皮眉目不爽。林业局的人都知道,小芹和老皮的关系就像家长和孩子的关系一样。老皮也够可怜的了,外面家里都需要赔个笑脸,久而久之,家中这笑脸便赔不出来了。为此,许寿天专门找老皮谈了一次,谁知谈话的内容竟没有保住密,说许局长在办公室大声批评老皮,指责他思想意识需要敲打敲打,怎么能晚上搂着自己的老婆睡梦里还唤别的女人的名字? 对于这传闻大部分人都半信半疑。信的是此话是办公室那个新任打字员说的,疑的是老皮似乎不是那种拈花惹草的人。不过,不知从何日起,一贯对所有人都微笑的周小芹唯独见到食堂那个女孩子时便会透出一脸冷气。挨了一顿批评之后,在一些场面上又能看到老皮那表情复杂的笑脸了,只不过他的双目再也没了那熠熠的闪光。老黄还说,局里最近又要派老皮到一个偏远的林场任职。那个熊场子派谁谁不去却让人家老皮去,真是欺负人。那场子连条路都没有,一夏天出不了山,就么三十几个临时工守几间破房子,生个急病什么的只能等死。

"老皮愿意去吗?"我问。

"他能说什么？他是局里登过报、上过广播的先进人物，就是不愿去也说不出口呀，听说许局长还找他谈过话。"

告别了老黄，我感到心情很沉重。作为同学，我忽然萌生出一种到许寿天那里为老皮讲讲情的念头儿。找到老皮，谁知他一听我的想法就一个劲儿地说："不行不行不行，我怎么能那样做呢？吃点苦就吃点苦吧，再说我不去谁去呢？"

我感到胸口很热，没有说什么。

第三次采访老皮，我发现了一个奇怪的现象：一向人缘不错的老皮竟然成了众人戏谑、打趣的对象。谈起老皮，人们的言谈中已经失去了第一次采访时的敬重和赞叹，而总是表现出一种鄙夷和嘲讽，好像老皮的种种举动都有着人所不齿的目的。到乌斯力的次日，我去找老皮，恰逢机关搞卫生，因院子里一堆建楼时剩下的原木有碍观瞻，人们正往院外的贮木场搬。搬到最后，只剩几根粗长的黑桦木横在那里，几十人围着这几根原木嘻嘻哈哈地说笑着。问谁谁摇头，都说扛不动。这时一个梳着整齐的分头的人高声喊道："皮劳模来了，让皮劳模扛吧。""对了，重担还是留给先进人物吧。"有人附和。老皮刚从贮木场返回来，额上的汗水因沾满了尘土并无半点晶莹，头上那顶绿呢帽子灰秃秃的，已不见棱角。人群如有谁指挥一样，自动地给老皮闪出一条窄道。老皮面呈难色，他的体格在这里并不占上乘，在这林区的所谓机关里，虎背熊腰者不乏其人，相比之下老皮显得很瘦弱。

"老皮，扛一根试试，这也是一次考验嘛。"一个镶着铜牙的人分明不怀好意。

很快就有几个人把一根弯曲而粗长的黑桦木抬了起来，老皮咬咬牙，弯腰把那根黑桦木接上了肩。我看不下去了，这简直是恶作剧。我冲过去拦住老皮："快放下，扛不动就抬嘛。"老皮看看我，眼角有些湿润,上齿紧紧地咬着下唇,艰难地摇摇头,趔趔歪歪地走了。老皮走出很远,人群突然轰起一片掌声。在我的印象里,平生第一次这么讨厌掌声,如果这巴掌都扇在他们自己的脸上,扇得这么响,他们才算对得起老皮。我盯着渐渐远去的老皮头上那顶因年久而泛出灰白的绿呢帽子,心里说不出有一种什么感觉。凭老皮的朴实,他应该继续赢得众人的好感,可为什么会这样呢?与在校时不同的是,老皮的头上多了那顶绿呢帽子,也许,正是这顶绿帽子使他变得卑怯。我不由得联想起那些被阉割的太监,尽管他们是那样忠心耿耿和恪尽职守,但是,有哪个人会对太监抱有好感呢?

在乌斯力我住了两天,本想劝劝老皮,可老皮总是闷着头不说话。我只好匆匆搜集了一些办食用菌场方面的素材,便决定返回省城。

临走前老皮来车站送我,看着时间还早,他便非拉我去车站旁的小饭馆吃饭。我俩走进一家个体餐馆,餐馆陈设简陋,几张没有上漆的白木桌已失去了本色,被酒和菜汁染得如水墨画一般。老皮选了个位置坐下来,一个肤色同餐桌相似的中年女人过来问菜,两只被油烟熏过的眼睛像盯尼斯湖水怪一样盯着我,直把我的食欲盯到九霄云外。

老皮看出了我的不快,沉着头说:"唉,这地方,见个陌生人都稀奇。"

老皮要了瓶陕西产的杜康,斟上满满两杯酒道:"以后你别来了,老同学,说实在的,我了解自己,其实我很窝囊。"

"别谈不高兴的事,咱们还是喝酒吧。"

"对,喝酒!"

我俩连干三杯,菜,一口未动。

酒精起作用很快,不一会儿,老皮的两只眼睛便有些红。他摘下那顶绿帽子重重地往桌上一扣,两手支着头伏在桌上。

看到老皮心事如此沉重,我也感到很难过。我早就发现,老皮当了先进后实在是失去了许多正常人的东西。我劝他道:"老同学,不要那么看重荣誉,人也不能光为了荣誉活着,那个破林场不想去就不去。他许寿天树你树了这么多年了,就不会为你想想?"

老皮摇了摇头,猛地又喝下一杯酒。

"想想?"说这话的时候,老皮的眼睛被泪水浸着,额头叠起许多痛苦的沟壑。

我觉着胃里的酒直往头上涌,眼前的这个老皮忽然变得城府极深了,这已经不是上学时的那个老皮了。我想,老皮肯定不会去那个林场任职了,便问他:"那你现在的想法……?"

老皮慢慢地抬起头,紧紧地咬着下唇,两行泪水缓缓地溢出眼圈儿,口中短短地迸出两个字:

"离婚!"

我吓了一跳:"老同学,你是不是喝多了?"

谁知老皮竟点点头,站起来蹒跚着走出酒馆,那顶很旧的绿呢帽子软塌塌地摊在秽迹斑斑的餐桌上。

透过窗望去,那辆车窗奇小、噪音奇大的土黄色公共汽车已驶进车站,待稀稀落落的几个乘客走下车后,验票口犹如一处决口的堤坝,把黑压压的"洪水"泄向那辆破旧不堪的汽车。老皮正呆呆地看着那拥挤的人流,他那并不浓密的头发在风中摇动着,头发上被那顶绿帽子箍成的凹痕十分明显。

几周后,局宣传部的老黄在长途电话里告诉我,老皮已经去了林场,他并没有离婚。

原载于 1992 年第 5 期《北方文学》

狗　市

沙镇可谓狗的乐园。

不知从何年何月开始，这里有养狗宠狗的习俗。近几年，养狗之风尤盛，养得少的人家三只五只，养得多的人家竟浩荡成群。在沙镇，谁家宅院若无狗吠之声，就空落落如同主人的坟墓一般，简直不可思议。如果在黄昏或清晨，沿亮亮的 203 国道穿越沙镇，便可见路边每一个散步的人，都会有一群前呼后拥的狗，使主人显得很排场很威风。

由于狗的原因，这个并不偏僻的镇子便生出一些故事来。比如有一年，县里派一个姓金的朝鲜族人来沙镇当代理镇长，这位金镇长工作很上心，却有一个致命的嗜好——喜吃狗肉。他上任三个月竟吃了九条狗，平均十天一条。消息一传开，不能不引起沙镇人的愤慨，这愤慨到了沙镇开人代会时，便化作一个个坚决的"×"，把这位金代镇长生生"差"了下去。县里找他谈话，他还满腹牢骚："我吃的是狗又不是人，犯了哪条法律？"

这位镇长栽的跟头，成了下任领导的一面镜子。他们都牢记了民意不可违的古训，所以，再嘴馋的领导也都谈"狗"色变，连县里为减少狂犬病而发文布置的打狗活动，到了沙镇都不了了之。他们知道，在沙镇倡导打狗，无异于倡导老百姓打自己的头。

改革开放后，这几年沙镇人也在动脑子。狗的兴旺发达能否带动沙镇经济的繁荣，这成了沙镇上下大小干部常常议论的一个话题，因为最近大会小会都强调经济，而会上那些省里的指示、外地的经验，最为要紧的一条就是要发挥本地的资源优势。沙镇有何资源优势呢？要山没山，要水没水，平原里种的全是东南西北哪条沟都能种的苞米，这苞米能算什么优势呢？干部们讨论来讨论去，便都想到了狗。一次会上，兽医站的老齐站长发言说："牛有牛黄，狗有狗宝，既然沙镇是养狗之乡，何不研究一种培育狗宝的技术？要知道，狗宝的价值可是黄金的几倍十几倍。"有人说主意倒不错，可这狗宝的人工培育是容易的吗？老齐却蛮有信心，因为他有充分的理论根据，牛黄可以人工培养，狗宝怎么就不能？从生理学角度讲，两者都是动物体内结石类的物质嘛。他构想，在狗胆、狗肾或狗的某个部位弄进点儿碳酸钙什么的，天长日久，日久天长，不怕它生不成狗宝。他宣布，要带领兽医站全体三名职工进行科技攻关，五年内争取获个国家专利科技进步奖什么的。

老齐这番宏想虽好，可惜属于远水，解不了近渴。于是，食品站的老赵又提出个建议，要在镇里建一座狗肉制品加工厂，说这样可以充分利用狗资源优势，将狗肉出口韩国，将狗皮出口东欧，经济效益一定相当可观。老赵这一建议还没讲完，镇长胡一伦的脸就走了形，他说："哎呀呀老赵，你想让我当第二个金镇长啊？"

老赵这才恍然大悟，晓得自己犯了沙镇的忌讳。

干部们在动脑筋，老百姓也不会闲着，他们使沙镇的养狗自发地提高着档次。不知不觉中，沙镇人养狗的品种已日渐更新，那种土里土气的农家笨狗越来越少了，代替它们的是机灵生猛的黑贝、高大威武的狼青、憨态可掬的牧羊犬和长毛遮目的狮子狗。这种更新狗种的风气初时尚弱，后来竟愈演愈烈，人们不惜花费巨资到外地购来纯种狗、优质狗和外国狗，熟人相见，交谈起来，若家中没有一只唤得响的狗，人前就矮了一截身子，没了半边面子。

谁会想，沙镇人竟然从这更新的狗种上获益不浅。

由于 203 国道横穿沙镇,这里成了几省几市官员进京的必由之路。初时,人们只是牵了狗在公路边的杨树下闲望那些来来往往的小汽车,后来,便有小汽车哧地刹住,接着有三三两两的官员走下车来,围着狗观赏一番后,便问是不是卖的,得知不卖后都恋恋不舍地上车离去。这种机会多了,便促成了沙镇的第一桩狗买卖。

镇东种西瓜的老凯去绥芬河走亲戚,在自由市场闲逛时,被一只病恹恹的小黑狗吸引住了。老凯前几年走南闯北倒腾过花椒、大料之类的买卖,见过一些世面,凭那卷紧而稀疏的狗毛和那副可怜兮兮的样子,他断定这是一只外国狗,因为在沙镇还没有这种狗。卖主是个中俄混血人,小黑狗正在他的一个破纸箱里有气无力地打量着围观的人们。老凯上前问价,混血人开价要五百。老凯冷笑一声道:"一百块。"

混血人瞪圆了眼:"一百块?开玩笑!这可是贵夫人,法国的。"

老凯心里一惊,原来这狗是法国的贵夫人。在此之前,他只是听说过,亲眼看见还是第一次,今天算是开眼了,于是买下这条狗的念头也就越发强烈起来。但是,老凯真不愧是见过世面的人,心火虽炽,却面呈冷淡。他斜了眼慢悠悠道:"我懂,我懂,可贵夫人也好,贱夫人也好,这不是一个病夫人吗?说实在话,我买这狗也是冒风险,这狗的病治好的把握并不大,弄不好一百块也白扔了。"

混血人愣了愣,大概也觉出老凯这番话的道理,这狗的确几天不曾进食,他正担心砸在手里,眼前这个买主竟一下子看出长短,看来今天算是遇着买主了。他眨眨眼说:"你要诚心买,三百块拿去!"

老凯却不还价,趴在混血人的耳旁低声道:"你晓得这狗得的什么病吗？"

混血人疑惑地摇摇头，接着又警觉地问："你说什么病？"

老凯压低了声说："狗伤寒，传染呢，要是让海关发现，哼！"老凯做了个砍杀的手势。

混血人顿时脸色煞白。这狗是三天前从俄罗斯走私过来的，过来后就病歪歪的，他也不知得了什么病。他惊慌地问老凯是干什么的，老凯很得意地说自己是兽医，还说除了兽医谁敢买条病狗？混血人失了信心，卸包袱一样说："行了行了，二百五你拿去。"老凯掏出两张一百元大票往对方手里一拍："二百五你我都不吉利，就二百吧。"

混血人叹口气道："我认了，今天卖主叫买主宰了。"

其实，哪来的什么狗伤寒，这只狗只不过是在偷运期间你塞我藏，又是麻醉又是捆绑，弄得没了精神。老凯回到亲戚家，好生调养几日，一只活蹦乱跳的贵夫人就很是逗人怜爱了。从绥芬河回到沙镇，老凯算是出尽了风头，一时间，老凯家门庭若市，前来看狗的人将老凯院子里的一方韭菜地踏得石板一样硬，老婆新买的半斤茶也给喝个精光。有嫉妒的人便酸溜溜地说："老凯，你这贵夫人'娶'得好风光呀。"老凯也并不恼，笑笑说："别眼馋，等它生了闺女一定许给你做娘子。"

老凯做梦也没有想到，这条狗会使自己发一笔大财。一天，他牵着贵夫人在公路上闲逛，突然，一辆皇冠轿车刹在自己身边，车上下来三个大腹便便的干部。他们围着狗看了看，其中一人问老凯这狗卖不卖，他摇摇头说不卖。问话的人又说他们进京有大事要事需要这条狗，希望他能卖。当时老凯手头正紧，何况贵夫人在沙镇所引起的轰动已趋平静，他有些动心，想了想便问给个什么价。问话的人道："瞧你这师傅，你的东西你就报个价嘛。"

139

老凯暗忖，自己养了这么长时间，绝不能赔。他想起在绥芬河时那个混血人要的价，便毫不犹豫地伸出五个指头。问话的人说五千太贵了，怎么也不能超过三千。老凯吃了一惊，哪知道这位是以千来计算他的手指头。他的心一阵狂跳，今天算是遇着财神了。但他故意装作平静的样子说："你们知道，这狗我是不想卖的。"

问话的人把目光投到一个长着大红鼻子的人脸上，看来这是最大的一位官。红鼻子的目光一刻也没有离开过这只卷毛小狗，他背着手绕着狗转了几圈，有点狐疑地问："老侯，上次在李司长家看的是这种狗吗？"

被称作老侯的人连忙道："没错没错，是这种狗，法国的。"

红鼻子点点头，目光仍然看着狗说："你要五千，老侯还三千，我给你们折中一下，你让一千，老侯加一千，四千块，就这么定吧！"红鼻子口气官味纯正，仿佛不是在买狗，而是在处理一件工作纠纷。

那个老侯领了圣旨一般对老凯说："专员拍板了，怎么样，咱们成交吧？"

此时此刻，老凯的心差一点就要跳出来了，四千块！乖乖，顶他种两年西瓜的收入。他控制住自己的激动，装作不情愿的样子说："好吧，既然这位大官发话了，咱们就成交。"

几个人付了钱，把狗抱进轿车欢天喜地地开走了。老凯在他们钻进轿车时，听到那位老侯好像对红鼻子说什么"这下子项目有希望了"。

老凯卖狗捞了大钱的消息在沙镇不胫而走，人们一下子明白了养狗也能赚钱这样一个道理。仿效之快是时下的一大特点，仅几天工夫，公路边的杨树下便拴满了大大小小标价出卖的狗。狗声猖狌，观客群群，使 203 国道穿越沙镇时犹如穿越狗集般热闹。

几个月下来,不少人都发了财。沙镇的狗在省内外也创亮了牌子,一只黑贝狗崽,尽管从德意志算起不知是杂交几代的结果,其价格也在三千元以上。至于一些纯种的牧羊犬、猎犬以及观赏犬,价格更是一涨再涨。令沙镇人高兴的是,尽管狗价如此之贵,但买者还是日益增多,镇中的国道上,从早到晚总是停满了各种各样的高级豪华轿车。也有一些开吉普、卡车之类的司机停下来凑热闹,一看狗喜上眉梢,一问价张口咋舌,只能满眼羡慕地看着人家千金易狗,之后,满脸涨红地啐一口,跳上车猛按着喇叭疾驰而去。

老凯对这狗生意的兴隆,心中充满了自豪,他认为这一切都源于他的那只贵夫人,这才叫一花引来百花开呢,沙镇养了几百年的狗,怎么就没想到在这国道上卖狗赚钱?他感到自己成了沙镇的一个功臣,因此,不管有无狗可卖,他每天照例从路东走到路西,问问价,同熟人扯几句闲话,仿佛这个集市的管理员一样。日子一久老凯便发现,这种在国道上的交易存在着不少问题。问题之一是不利交通安全,买狗的人都聚在马路上,造成交通阻塞。头几天,就有一个买狗的人被卡车撞伤了腰,结果引出一场斗殴,几个人都流了血。问题之二是镇里得不到任何好处,不收费,不收税,眼看着滚滚财源就那么白白流走。老凯思来想去,忽然想起人家河北的白沟,豁然开朗。他兴冲冲地到镇大院找到镇长胡一伦,请求政府在镇东边批他一方土地,他要建一个全国独一无二的狗市。

胡一伦听了他的请求,先是张大了嘴,待一条并不晶莹的涎水放肆地泄出嘴角时,他才猛然闭上大嘴,咽下一口似乎很黏稠的东西,点点头说:"行,这想法行!"

胡一伦吸了两口烟,又仔细地看了看烟上的牌子,拖着长音说:"老凯,镇政府批给你场子,你给镇里什么好处啊?"

"每年交一万,就算镇里来人去客的烟酒钱吧。"

胡一伦心里一震,近日,他正为几笔数目不小的招待费无法筹集而烦心,要是有了这白得的一万块钱,许多不能下账的开销就好办了。不过他没有急着表态,他知道这之后老凯还会有话说。

"另外,胡镇长,这狗市算咱两个合办,我每年给你分红这个数。"老凯狡黠地伸出一个指头。

胡一伦笑了,道:"别扯淡,谁要你的狗钱?这样吧,你回去写个申请,理由要写足,这叫可行性论证。写好后来找我,我批上字,你就办手续干吧。"

老凯欣喜若狂,一路小调哼到家,开始挑灯夜战写申请。

一个月后,沙镇镇东一个闲置的旧麦场围起了一圈木栅栏,靠着公路这一边的麦场出口,叠起两个高高的砖门垛。门垛上架着一块拱起的白漆招牌,上书"辽沙狗市"四个红漆大字,门边的一块空地上钉了一块丁字形的小木牌,上写"收费停车场"五个字。老凯的狗市正式建成了,为了加强管理,镇政府规定:所有狗的交易一律在狗市上进行,禁止在马路边私下交易,违者予以罚没。老凯被镇里委任为狗市管理员,戴着一个红袖标满场子绕来绕去。老凯派自己的内弟负责场内收费,他的老婆秀秀则负责不论车辆大小一律十元。老凯定这标准时多了个心眼儿:买狗的人大多公费,多收点没关系;这卖狗的人都是本乡本土、乡里乡亲,因此不能多收。有时,内弟收了一些熟人的钱,他又给退回去,这样一来,人们又感到过意不去。他们想,老凯这狗市还不是方便了大伙?何况卖成了一只狗,也不在乎几块钱的交易费,便都主动地把钱交给老凯,而老凯还落了个好人缘,连那些无赖也不来捣乱,倒常来帮老凯维持秩序。每当这时,老凯便甩出几包烟,显得很仗义很大方,把一帮小青皮哄得都围着他转。

建了狗市,老凯便不再种西瓜。轻轻松松一年下来,效益相当不错,他交足了镇上的一万,私下又塞给镇长一万,尚余有七八万。他建了红砖房,围了院墙,俨然沙镇的富家大户。

辽沙狗市日渐有了影响,自然就引起了上级领导的兴趣。一天,镇长胡一伦把老凯叫去,说县长明日要来参观狗市,让他好好准备一下。

当天散市后,老凯连夜动员了十几个青皮后生,把狗市扫得干干净净。他沿栅栏走了一圈,觉得少点什么东西,左思右想,忽然一拍大腿:怎么忘了写条标语?他连夜去敲开村供销店的门,买来十二张红、蓝、粉、黄四种颜色的彩纸,又请来一位当小学教师的邻居,写下大幅标语一排:"热烈欢迎县领导来辽沙狗市检查指导工作!"

次日清晨,这色彩鲜艳的大标语往大门两侧的木栅栏上一贴,果然生出几多气氛。一个个前来卖狗的人也被这标语渲染得有了一种节日般的感觉,都下意识地在进门时扶扶帽子、系上敞开的衣扣或紧一紧牵狗的绳子,然后,很严肃地走进大门。老凯这天特意穿一件蓝色中山装,胳臂上箍一个红色管理员袖标,站在大门边微笑着向熟人打着招呼。

接近中午时,一辆白色的桑塔纳轿车直驶到市场门前停下来,胡镇长先从车上下来,小心地打开后车门,让出一位白白胖胖的县长来。不知怎的,老凯忽然间生出几丝失望,因为同狗市停车场上的一排排豪华轿车相比,县长的这辆桑塔纳有些寒酸了。自己辛苦了半夜加一个早晨,竟是为了迎接一辆桑塔纳!他刚一走神,就被镇长一声喊了过来:"老凯,这是吴县长。"老凯这才抢过去同县长握手,然后陪县长在市场内走了一圈。

县长的话不多,走了一圈,又听老凯介绍了一下情况,就站在车旁对胡镇长做了两条指示:一是沙镇的经济工作能因地制宜,有

143

创新,要很好地总结推广;二是狗市管理员是一个人才,镇里应该大胆使用。做完指示后,县长钻进桑塔纳走了,大概他也觉出在众多好车相形之下的局促,匆匆忙忙回县里了。

胡一伦根据县长的指示,总结了一篇沙镇党委因地制宜抓乡企的经验文章,在省报上发表了。这一经验在省内外引起不小的轰动,于是,各地参观者纷至沓来,省、地、县大小会议上沙镇的经验一举再举,胡一伦已经两次披红挂绿,三次捧回奖状锦旗,风光了好一阵子。可是荣誉和麻烦总是相邻而至,使胡一伦为难的是,这参观的简直就像蝗虫一样,他的那点用罚没款储备起来的招待费,不到两个月就花了个精光,没办法,再招待客人只好在饭店打白条。

县长参观过狗市不久,镇里接到通知,说专员要来狗市视察。胡一伦亲自来找老凯,吩咐他抓紧做好准备。

老凯急忙如前次那样大清扫、贴标语,并换了新衣,所不同的是这次介绍情况有了一沓厚厚的打印稿,是由镇秘书花了几个晚上写成的,汇报也不是边走边谈,而是定在镇政府的小会议室里。

专员一行的气派果然不凡,单凭那两辆黑亮亮的奥迪,就给专员添了不少身价。在吹着风扇的小会议室里,老凯当着专员、县长、镇长等若干要员的面,把那篇打字稿结结巴巴念了一遍,然后大家簇拥着专员来到狗市,视察了一番后又回到小会议室,聆听专员的指示。

专员对狗市的评价很高,他很有分寸地表扬了县、镇两级政府在发展乡镇企业、繁荣农村市场方面所取得的成绩,并很有兴致地给大家出了一个座谈的题目:既然狗市可办,那么牛马市、甲鱼市行不行?最近刚兴起一种养绿毛龟的风,可不可以建一个绿毛龟市?而且光零售不行,要扩大规模批发。大家围绕着专员出的题目讨论得很热烈,仿佛那毛茸茸的绿毛龟背负着全区人致富的希望,已经爬出县界、省境、爬向日本、美国。座谈要结束时,专员微笑着对大家说:"本人对狗没什么兴趣,不过,我老伴儿倒是很喜欢小猫小狗的,我说她这爱好有资产阶级味道,她还很不服气,说什么养个宠物能避免心理老化!哈哈,也蛮有道理嘛。"

听完这话,县长意味深长地盯了胡镇长一眼。胡镇长又连忙向老凯使了个眼色,两人走出会议室。胡一伦在老凯的肩头上用力拍了拍:"赶快去弄条狗来,一定要名贵、纯种的。"

老凯深吸了一口气,说:"放心吧,我去办。"老凯骑上自行车直奔狗市。

令老凯上火的是,他转遍了市场,也没有寻到一条称心如意的狗。老凯能不急吗?从县长的眼神,从镇长那重重的一拍,他悟出了这条狗不同寻常的意义。可眼下总不能拿一条大众化的黑贝、狼青去交差呀!他又在狗市上盘桓了一圈,便有些泄气,在辽沙狗市的牌子下像一只疲惫的老狗一样瘫坐下来。卖狗的人陆陆续续牵着狗往回返了,一些熟人都好奇地望着他们的管理员,其中何村的一个熟人朝他喊:"老凯,有什么愁事那么没精神? 走,到我们何村喝两盅。"

这一喊,把个呆愣愣的老凯喊醒过来,何村,对呀,何村的钟老大昨天不是来卖过一条京巴吗? 到了晚上也没出手,又牵了回去。想到这儿,老凯惊喜万分,跨上自行车箭也似的直奔何村。

当老凯从十八里远的何村赶回镇政府时,已是落日黄昏,专员一行正满面酒色地步出餐厅。满头大汗的老凯支住自行车,从后架上拎下一只麻袋,提过来一抖,抖出一条白色遮目的巴儿狗,这狗通身雪白,长毛遮目,一副惹人怜爱的模样。

老凯结结巴巴地说:"我敢保证,纯种的……京巴,绝不是二

145

电子。"

专员笑笑："跑了很远的路吧,看这一头热汗,到屋里喝杯吧,菜还没凉。"

县长过来同他握了握手,胡镇长又重重地拍拍老凯的肩头道:"你今晚多喝几杯。"

老凯感到胸口涌上一股热潮,他用力咽了一口唾液。

半个月后,老凯被县里聘为沙镇政府合同制副镇长,主抓全镇的乡村企业。辽沙狗市由镇乡企站接收,定国家正式编制三个,设管理所长一人,为正股级,管理员两人,临时工一人。考虑到老凯的功劳,他老婆被乡企站安排在狗市做编外临时工。

刚当上镇长,混在镇政府出出进进上下班的人流里,老凯颇不自然,他拘谨地向每一个碰面的人都送上一脸很诚意的微笑,甚至对打水送报的小公务员也躬身致意。老凯的这种谦卑之态传到了胡镇长的耳朵里,胡一伦便把他找来谈心。胡一伦说:"老凯呀,你好歹是个副镇长,以后骨架子有点分量,别见了什么人都摇晃。"老凯一想此话也在理,自己如今已不是那个种西瓜的老凯了,当副镇长是凭自己干出来的,用不着对别人低三下四。后来,老凯就很吝啬自己的微笑,见了人只是有分寸地点下头,对小公务员的打水送报也开始心安理得了。

就在老凯已经习惯了这种镇长生活不久,一天,胡一伦被一个电话召到县里。临走时他对老凯说县长在电话里好凶好凶,嗓子都哑了,不知出了什么大事。

胡一伦从县里回沙镇时,像挨了霜的茄子一样没了半点儿精神,他带回了县长的指示:马上解除老凯的合同,立即予以辞退。

老凯蒙了,他不知自己有了什么过错竟被这样辞退,他摇着胡一伦的两只肩膀追问原因。胡一伦长叹一口气,道出了其中的原委。原来,此祸出在那只京巴身上。专员将京巴带回家,专员六岁的小孙子便将这只小狗视为宝物,整日与这小狗在一起玩耍。大概是玩耍中出了问题,孩子竟患了狂犬病。初时,大人们并没在意,发烧只当感冒治,待症状明显,送到医院时已是晚期。老专员是独子单传,这生生断了香火之灾使他痛不欲生,痛定思痛,便自然想起了这京巴狗的来历。县长大概挨了训,简直火气冲天,把火都发在了胡一伦身上。

最后,胡一伦无可奈何地慨叹道:"一犬害多人,谁也不轻松啊!"

解聘后的老凯着实痛苦了好一阵子,狗市已归国有,无法再去当管理员;重新去种西瓜,放不下架子不说,扑腾到这地步,哪还有心思摆弄犁耙?这样闲了几个月,老凯又突发奇想,请了一个退休的老兽医,投资近万元,在辽沙狗市门前建了一个狗医院兼狗用具商店,出乎意料的是他的生意蛮红火,天天顾客不断。老凯胃口愈来愈大,在省报上登启事要高薪聘一位狗美容师,他要建东北第一家狗美容院。

消息传出,省报一位梳着披肩发的女记者专程来沙镇采访独家新闻。当女记者问到老凯为什么他致富的脑筋总是用在狗身上时,老凯想了一下答道:"很简单,社会需要嘛。"

女记者一双清澈的大眼睛瞪了老凯半天,突然脱口道:"深刻!"

原载于 1995 年第 4 期《海燕》

147

骨　癌

好运气,天晓得会落到谁头上。

五十有八的曲顺之做梦也没有想到,自己这稀发飘零的头顶忽然间会落上一顶耀眼的乌纱。这天,他正在为一家合资酒店设计音乐喷泉,处长神情奇怪地来到设计室告诉他,市委组织部的车正在楼下等他呢,说有要事找他。"找我什么事?"他问一句。处长鼻子里哼了一声道:"你问我,我问谁?"他看到处长在离开办公室时,垂着两腮嘀咕:"什么重要的事,还值得摆这么大的谱儿。"曲顺之下了楼才发现,来接自己的竟然是一台崭新的奥迪轿车,而园林处最好的车不过是一台拉达。

曲顺之被接走了一整天。

第二天,曲顺之带着当日报纸来到园林处,日报头版的一个小黑框里印着他的职务:市人大常委会副主任。曲顺之觉着这个黑框很扎眼,总使人联想到不吉利的新闻。

尽管园林处的同事们的眼睛比平日里大了一倍,但曲顺之的神情却平静如水。他有条不紊地收拾着办公桌,把资料整齐地码好,把属于自己的东西搁好,然后把一串钥匙交给处长。处长双手接过钥匙,一副很努力的笑容堆在脸上:"我们明天,不,今天下午组织个欢送会,曲老,同志们都想送送您呢。"

自己虽然已经五十八岁,但处长屈尊称自己曲老这还是第一次。他想,此时的曲老还真不如老曲受听。

"还是别开了吧,反正都在一个市里。"他与几位同事握了握手道,"剩下的几项设计就靠你们了。"说这句话时,他的喉咙有些涩。在离开园林处那种满紫丁香的小院时,他很动感情地说:"不管我到何处,我都会心在园林。"他这一说,倒使不少送他的人鼻子酸酸的。谁都知道,老曲就是因为不肯改弦易辙,才与妻子分道扬镳。他那位评剧团的老婆,当年因爱慕他设计的楼阁亭台而倾心于他,后来又因讨厌他的楼阁亭台而负心于他。不过,她对老曲并非无情无义,凭她的姿色和关系,为老曲谋了几份职业,无奈老曲死活不调,两人最终只好分手。

离异后的曲顺之因醉心于园林设计,倒不感到怎么孤独,他的朋友、国画家老冷为他介绍了几个女人,都是见了几面后,对方便音信皆无。曲顺之由此也就心灰意冷,不再奢望有桃花飘落,整日里上班则伏案工作,埋头于书山图海之中,下班则散步公园,如闲云野鹤般在湖畔林中信马由缰,倒显得自由自在。

他自己绝没有想到五十八岁了还会这么忙。

宽大的铺着墨绿色地毯的办公室,茶褐色的大写字台庄重典雅,比他在设计室的桌子足足大出几倍。一圈蒙着镂花白纱的红色沙发排列开来,由此可见接待和来访人员的层次。初时,他坐在那宽大的写字台后,总有种做客的感觉,他不能相信这舒适豪华的房间竟然是自己的办公室。但坐了几天后,那种做客的感觉渐渐被一种踏实的主人感所代替,对每天准时来打扫卫生的公务员和送报纸的短裙小姐,他也不再起身礼让,只是沉沉地嗯一声,眼睛都懒得抬一抬。

他的酒量开始大增,过去只能小酌一杯啤酒的他,在菜山酒海的宴会上也能擎一杯茅台纵横穿插,然后,情绪亢奋地把浓烈的酒香和关于酒的各种故事,带给周围的同事们。他几次返回园林处看望同事,那种满面红光侃侃而谈的风度,使大家惊诧不已,他们从没有看过曲顺之这种指点江山的姿态,老曲原来藏得这么深。

设计室一位女技术员的孩子病了,因转院无车而焦急万分。一个同事突然想,怎么忘了找找老曲?女技术员抱着试一试的念头,给老曲挂了个电话,老曲答复得极爽快,十分钟后,一辆米色的小轿车开进园林处的大门。事后,那个女技术员给老曲送去了一兜苹果,并紧紧地握了握老曲的手。这一握,使他体内许多早已泯灭的东西得到复苏,也使他一直奉行的从艺术中寻找青春和寄托的信念之塔开始坍塌。

曲顺之上任月余的一个傍晚,他的好友、国画家老冷邀他到家中吃饭。老冷家的饭,曲顺之在离婚后是常吃的。老冷的为人像他的国画一样淡泊。他个子不高,头发却极长,一双小眼睛总是斜视着一切,仿佛看透了世界上的万事万物。老冷的朋友不少,但真正能互诉肺腑的恐怕只有曲顺之。因为在这座不算大的城市里,能称师称家的也就屈指可数的那么几位。老冷的宴请很简单,两个人四盘菜,一套很讲究的酒具。几杯酒过后,曲顺之话语便多了,用一双骨筷指点着桌上的四盘菜肴,发开了议论:"这里脊肉嘛,在熘之前一定要过油的;这烧菠菜,不能用肉丝,应该用虾仁。宾馆里都是这么烧的。"

"老兄,吃宾馆口味吃高了。"老冷一双小眼睛揶揄地睐了睐。

曲顺之自知言语有失,忙擎起一杯酒道:"哪里,哪里,生活该讲究一点才好,马马虎虎也是对生活不负责嘛。"

老冷搁下酒杯,把水壶提在手里,斜着眼睛问:"老兄最近都忙些什么?有何体会?"

"官场应酬,不过逢场作戏罢了。"

"你就这样想扔掉专业?"老冷的小眼睛逼视着他。

"身不由己,实在是身不由己啊。对外接待工作基本都是我的,还哪有时间搞专业?"

老冷冷笑一声道:"要让我说,你当这个非驴非马的官干吗?安心搞你的园林多逍遥。"

"不是我想当,是组织让我当。"曲顺之叹了口气,接着说,"不过,三百六十行,哪一行都有自己的乐趣。搞政治也同样,过去我们对仕途的看法,有时也失之偏颇嘛。"他把一只空杯在手中转来转去,污浊的眼神弥漫着一种固执。

"既然已经身陷其中,难以自拔也是意料之中的事,这和吸鸦片是一个道理。"

曲顺之深知这位好友的偏激,摇了摇头说:"李白求官不成才反过来骂官。古代的居士有几个不是待价而沽?用寄情山水来表现志能的高远,还不是为了更风光地复出?"

两人不再争论,开始大口地喝酒。

酒后,老冷拍着他的肩头道:"你别看我平日玩世不恭,可我在作画时是极认真的。我劝你老兄,还是不要凭空添一腔烦恼吧。"

"这,我懂,我不是在做人生游戏,我是发现了一个新天地,这个天地也是很富情趣的。"曲顺之沉着头走了,老冷站在那里目送他很久。

曲顺之被老冷的一番话泼得很冷。他回想起自己苦心经营几十年的园林设计,一种怅然若失的感觉萦绕心头。人生真有意思,他想,惨淡经营了几十年的事业,就这样轻而易举地撒开了,而从不敢奢望的东西也同样轻而易举地得到了。难道人生的真谛只是通过寻找偶然和把握捷径来实现自己的目标吗?他想起了自己的一个朋友,一个头发如乱絮般的老民研工作者,他花费了几十年的时间,搜集整理了厚厚三大本民间传说和故事,稿子一次次送到出版社,又一次次被原封不动地退回来。老人一气之下从文联辞职回家,在街旁开了个酱菜铺,生意特兴隆。一年下来,搞民研时熬出的满脸褶子全部舒展开了,脸庞就像泡菜坛子一样圆鼓鼓的,他一顿两瓶啤酒半斤猪头肉,活得蛮滋润。后来,猪头肉吃腻了,银行里的票子也攒多了,他闲着没事又把三大本传说故事送到出版社。这回没等人家说话,他就把一张支票往稿子上一拍:自己先预订一万册!结果,厚厚一部封面压膜美观大方的民间故事集,在很短的时间内出版发行。不过,当他把这著作赠送给曲顺之时,他没有一丝兴奋,只是摇着头说:"老曲啊,这书我看不下去,每次翻开扉页都能闻到一股酱菜味儿。"曲顺之想到这位朋友,再想想自己的境遇,似乎也闻到了一股浓重的酱菜味儿。

他摇摇晃晃地走回来,快到家门时忽然脚下一滑,身体失去了重心。这时,一双手扶住了他,他扭头一看:"怎么是你?"

"是我。"一个女人的声音。

这是一个曾经给离异后的曲顺之的生活带来一线曙光的女人,一个温柔白净的售货员。生活中的不幸,使她独自带着一个女儿打发着清苦的日子。女儿中学毕业后,因无门路可走,只能在一家街道小厂做又苦又累的翻砂工。她再嫁的条件就一个:希望能给女儿调一个好一点的工作。那段日子,他们相处得如和风细雨,使那些枯燥的夏天的傍晚,生出许多回味不尽的故事。但最终他们还是分手了,当曲顺之这个高级知识分子求遍所有应求之处仍然在她面前无可奈何地摊开双手时,女人哭了。她说:"只要女儿在那里遭一天罪,我就一天也分不出蜂蜜和黄连来。"

女人扶他的手松开了。

"请到屋里吧,我这就开门。"曲顺之手慌乱地摸索钥匙。

"不了。"女人的声音很低很细,低得曲顺之不得不全神贯注地听,"我还没有做最后的选择,请相信,我不是势利眼,四十岁的人了,怎样都无所谓,可一想到孩子……请你理解一个母亲的心。"女人抽泣起来。

曲顺之想扶一扶她的肩,但终于没有伸出手。女人的泪水是激发男人责任感最好的催化剂,再怯懦的男人在女人的柔弱面前,也会变得坚强。

"如果你相信我,这件事就包在我身上。"不知是借着酒力还是为了爱情,曲顺之的承诺掷地有声。

女人抬起头,注视着曲顺之好一会儿,突然捂上脸哽咽着跑开了。

这一夜,曲顺之睡得好艰难。

曲顺之上任后第四个月,本届人大常委会到届,需要换届改选。

换届先从最基层开始,然后逐级选出代表,由最后一批选出的代表选举市人大常委会的班子。

选举刚刚从基层开始,上面的几个副主任就坐不住转椅了。因为除了主任是等额选举外,其他三个副主任有一个差额,也就是说,包括曲顺之在内的三个副主任,其中有一个要被"差"下去。

三个副主任中,第一副主任是老王,因年龄大从市委副书记改任到这边来的。老王是土改干部,本来很有些威信,但最近因儿子参加流氓活动,被公安局收审,在亲戚们的再三央求下他出了几次面,儿子虽然出来了,但他在群众中的威信却一落千尺。

另一个副主任是老胡,他是刚由市总工会主席提拔起来的,很会做群众工作,一张瘦脸上总是固定着某种笑容,给人以和蔼可亲的印象。与老王相比,老胡虽资历浅些,但方方面面的路数并不逊色于老王,要是代表们真正投起票来,鹿死谁手尚无法猜测。

既然王、胡二位主任势均力敌,互相奈何不得,那么两人的心思自然就移到了新上来的曲顺之身上,两人都明白:只有曲顺之下

153

去,他们各自才能相安无事。

老王冒着高血压的危险,索性不带秘书,深入各区,同选举上来的代表们谈心摸底。在反复解释儿子流氓案的首尾曲直后,他闪烁其词地披露了一点市委对人大工作的评价。他说:"市委对人大工作,总的来说是充分肯定的,但也有不满意的地方。如个别刚提拔上来的领导干部工作不务实,只会整天浮在上面,不懂得下基层体察民情。"老王的话语不多,却说得代表们啧啧称是。

老胡的功夫则用在上面。他找过了组织部部长,再找党群书记,直到每个常委都逐个谈遍了之后,他才找到市委书记。老胡谈话很艺术,给人一种一分为二的辩证感。他首先谈了自己对今后三年人大工作的建议和设想,他认为人大应该同党委保持高度一致,应该积极为市委的各项工作提供保证,对政府的监督应该是在党委领导和指导下的监督。他的建议和设想得到了市委书记的称赞,在看到市委书记喜笑颜开之后,老胡便不失时机地谈起对人大各位领导的看法。主任自然是掌舵有方,老王也是一带而过。重点谈了老曲。他认为老曲作为非党驻会的副主任,工作没少做,尤其是在接待、宣传方面有一定的成绩。至于老曲的不足,他面呈惋惜、言带遗憾地说:"群众中有关于老曲生活作风上的一些传闻,说是和一个女售货员………唉,老曲是党外人士,在这些生活细节上开放一些也是可以谅解的,不过,既然是领导干部,就不能混同于一般的知识分子了。"市委书记听完了老胡的话,沉默了许久才说:"生活作风问题,可绝不是简单的生活细节问题。"

换届选举的事,曲顺之并没有放在心上,因为当初这个职位也不是自己争取的,他想,既然是组织需要,就不能只需要五个月。作为非党副主任,自己好歹代表一个层次。但是,一连几天都有关于他的种种传闻在同事中议论。当这些议论传到他的耳朵里时,早已在内容上做了花样翻新。曲顺之犹如被人兜头盖脸抽了一顿鞭子，但又不知为什么挨鞭子一样，一肚子气全部郁在胸口，满身的骨节开始隐隐作痒。自己一向与人为善，没有得罪过什么人，这种种流言蜚语都因何而生呢？左思右想，曲顺之仍不得其解，他耷拉着脑袋来找老冷。老冷正抱着膀子欣赏自己刚刚作完的一幅水墨画，画面上山高水远、云清竹浓，老冷完全沉浸在一种净化过的超脱之中，对曲顺之的诉苦无动于衷。好一会儿，他才阴阳怪气地说："早在预料之中，早在预料之中嘛，二桃三士，焉能不争？你不倒他就倒，这是政治上的自然法则嘛。"

曲顺之气大伤肝，引起肝痛腹胀，全身乏力，在人代会召开前一个月，住进了北山医院。北山医院是市内条件最好的医院，设有领导病房，曲顺之被安排到二楼的一间单人病房里。王主任也在这里住院，就住隔壁，听说曲顺之住院，他还拎过来一大兜奶粉、麦乳精之类的营养品，坐在曲顺之床边问寒问暖好一会儿。临走时他还对医生指示：对曲主任的身体一定要负责任，好药新药进口药只管用，不用考虑钱。

医生认为曲顺之病情复杂，需进一步观察治疗。这样，他就只好老老实实地住在医院，开始和红霉素无休止地打交道。单位派了一个小公务员来护理他。

开会的日子一天天逼近，隔壁王主任的活动也就一天比一天增多。曲顺之发现，王主任除了在病房打针服药外，其他时间都不在病房内，市人大那辆黑色的伏尔加，总是在深夜用刺耳的笛声唤开医院的大门。

曲顺之感到自己应该做点什么，但他又不知怎样去做。他的两颊越来越瘦，胸闷和浑身乏力使他变得急躁、易怒，他对医生的治疗开始缺乏配合，他认为所谓观察，实际上是医生在用他的身体

155

做药理实验。

市委的几位领导来看过他，嘱咐他好好养病，不要过多地考虑工作。他对此很犯疑惑：什么是过多地考虑工作？难道真的把自己列为差额了？曲顺之知道，一旦列为差额，选举前组织就会在党员代表中通气，那样，"差"掉是无疑了。他心情忧郁如患绝症，当医院通知他要邀请专家为他会诊时，他如一尊木雕般毫无反应，脑子里翻来覆去只跳跃着两个字：差额。

入夜了，女售货员来医院看望他。售货员的女儿已经调出那个水深火热的街道小厂，售货员对曲顺之自然是感激不尽。她偷偷地为曲顺之织了一件毛背心，但她迟迟没有拿出来。最近社会上的一些传闻，连她在那个基层商店也时有所闻，搅得她为曲顺之的前途和命运心神不宁。她对曲顺之的感情已经水到渠成，双方只差最后一层薄纸没有捅破，如果曲顺之勇敢一些，如果曲顺之不患病卧床，如果没有即将逼近的换届选举，她就会挽着曲顺之的胳膊，走进街道办事处的大门。她没有询问曲顺之的病情，默默地坐在床边，望着病床上那张原相脱尽的脸，拼命地噙着两汪泪水，她不知该如何安慰忧郁烦闷的曲顺之。

"有什么话不要闷着，该说就说出来。"她希望老曲能说出那句她等待已久的话，那样，她就会把头埋进老曲的怀里让泪水流出来。

是该谈谈了。曲顺之想，应该把自己的想法和组织上谈清楚。隔壁王主任的床总是空着，他能忙些什么呢？还不是找人谈话吗？他感到有必要和市委的几个领导谈谈。

售货员噙着两汪泪水告辞了，老曲这种痴呆呆的样子，使她隐隐地感到一丝绝望。

开会前的三天，曲顺之撑着弱不禁风的身体，分别同几位领导都谈了一次。他谈话的内容很多，前后左右每个人都是几个钟头，总的意思是:这个主任是组织让他干的,不是他自己争取干的,既然已经干了,他就想把工作干好。他好歹是个高级知识分子,不希望被人当猴耍。

几位领导都让他相信组织,希望他安心治病,组织对他会妥善安排的。只有组织部的马部长同他开个玩笑,他说:"组织的需要就是我们的最高要求嘛,如果组织需要,我们个人当一回猴也不是不可以的。"

会期明天就到了,曲顺之的病情越发重了,医院邀请了一些专家为他会诊,尽管在病因上大家有争论,但在尽快转院省城这一点上都是一致的。医生征求曲顺之的意见,他思忖了好久,说:"转院可以,不过明天就要开会了,我还是坚持开完会再转院吧。"

医生提醒他:"这样耽误病情是很危险的。"

曲顺之恼了:一个月都观察了,偏偏在开会前让他转院,这是安的什么心?他气呼呼地说:"一周内我死也不转院,一定要等到开完会再说。"

医生无奈,只好暂时放下转院的打算。

第二天,护士发现病房中的曲顺之不见了,那个小公务员正在床上蒙头大睡。院领导闻讯赶到病房,被叫醒的小公务员揉着眼睛说:"曲主任一大早就去会场了。"在场的医生们无不惊愕万分。一个被邀来的外地医生惊讶地说:"奇迹,像他这样的病人,一般都难以坐起来,他竟然能去参加会议。"

曲顺之的到场,出乎所有人的预料,但除了老主任劝他回医院外,其他人都没有再提让他回医院的事。大家心照不宣,谁都知道他来参加会议的目的。老主任的劝告未能奏效,曲顺之坚持留下来开会。老主任无奈,在一大堆已经印刷好的文件上,用钢笔在相应的地方又添上了"曲顺之"三个字。

曲顺之以惊人的毅力,坚持开完上午的大会。老主任唐山味儿极浓的报告,他半句也没听进去,他的目光从台下几百名代表的脸上一一掠过,尽管这些面孔都很陌生,但他还是用一种老相识般的目光在捕捉着什么。此刻,他真希望自己不是在台上,而是在台下同代表们坐在一起,因为坐在台上,他有一种空落落不着边际的失重感。

中午休会时,一些代表围上来向他问长问短,他无意中发现,会场另一角的王主任正冷冷地盯着这边。

曲顺之又勉强支撑着参加了一下午的分组讨论,他蹒跚着走遍了所有的讨论组,每到一个讨论组,他的病态都能使代表们悠闲的目光变得紧张。

按大会安排,第一天晚餐是大会宴会。曲顺之只在领导席上坐了片刻,就端着一只杯子去为代表们逐桌敬酒。他话不多,饮酒也不耍滑,到每一桌只说一句:"我来敬大家一杯,所有的话都在这杯酒里啦!"说完便一饮而尽。十八桌人,他喝了十八杯酒。酒,是醇香浓郁的"北大仓",而曲顺之饮来,味道却苦涩如海水。

当他为最后一桌代表敬完酒,他似乎完成了一项沉重的任务一样,感到一阵轻松。这轻松,使他如一堵泡湿了根基的土墙一样,彻底垮了下来,他软软地萎下去。如果不是手中的杯子落地时那砰的一声响,也许人们还不会发现他晕倒了。

他被送回医院。

医生检查结果是:肝昏迷,右腿胫骨骨折。

人代会按日程继续进行,并如期进行大会选举,如期胜利闭幕,曲顺之以悬殊的得票落选。

闭幕式刚刚结束,医院便打来电话:曲顺之病危。

市五套班子的领导会集会场,本来是为庆祝大会闭幕来参加宴会的,听到这个消息,都驱车赶往北山医院。

进病房前市委书记问医院院长:"老曲究竟得的是什么病?"

"通过胫骨骨折才诊断出,他得的是骨癌,转为并发症。"院长回答。

"怎么会得骨癌? 这病很奇怪吧?"

"不奇怪,骨癌细胞每个人身体内部都有,是否患病,取决于自身的抵抗力和免疫力。"

"还能维持多久?"

"最多24小时。"

市委书记点点头,推开病房的门走进去,其他人也都鱼贯而入。病床上的曲顺之已经枯干如一具木乃伊,面色如蜡,两眼深凹,只有一口气在鼻息处游丝般起落。

当弯下腰去的市委书记轻声安慰他时,处于半昏迷状态的曲顺之竟清醒地问了这样一句话:"选举……什么结果?"

在场的人都沉默了,目光都投向市委书记。市委书记顿了顿,握住曲顺之的手道:"祝贺你,老曲,你光荣当选了。"

曲顺之的嘴角弯了弯,这个似笑非笑的表情便永远固定了下来。

众人的眼角都有些湿。人们心情沉重地同曲顺之做最后的告别,然后驱车返回会场。车上,组织部马部长对同车的王、胡二位主任说:"老曲这人太认真了,其实,当初物色他就是为了这次换届的差额。"

若干年后,老主任也患病故去,在殡仪馆安放老主任的骨灰时,人们发现曲顺之的骨灰盒上盖着一件毛背心,那背心厚厚的,是用纯驼毛织成的。

原载于 1994 年第 10 期《海燕》

龟　殇

　　哲学教授司汉科退休后终于如愿以偿。

　　司汉科自幼善画，本来铁了心要考美专，谁料想，中学时因读了一本黑格尔的《精神现象学》，竟鬼使神差地进了大学的哲学系。从此，他同那些用画笔和油彩永远无法表现的抽象概念打了整整四十年的交道。四十年，他积淀不薄，在市委党校这座培养"州官""县官"的校园里，他被尊为"哲学泰斗"，他的许多论文甚至被编进高等院校的法定教材。

　　但他最终还是改弦易辙了，用他自己的话说，是想圆圆幼时学画的梦。所以，在起草退休报告的同时，他又起草了一份要求加入老年大学国画班的申请。

　　退下来的第二天，司汉科便叫了辆三轮车，把四千册私人藏书一股脑拉到了校图书馆。他指着十大纸箱藏书对图书馆主任说："青年人也许比我更需要它们。"说完，递上厚厚一沓藏书目录，这目录是他亲自誊写的，用中英两种文字。图书馆主任很惶惑地说："您等等，我去找领导来。"图书馆主任原是校伙食科长，肥胖的身体里有一副古道热肠。他爬了三层楼梯，气喘吁吁地来到校长室，对校长说司老教授捐书来了。年轻干练的校长正聚精会神地读一本印刷质量很差的杂志，听完图书馆主任的报告，他翻了一页杂志说："这事你去找李副校长。"李副校长分管行政图书馆，主任是知道的，他认为司老教授捐书是件大事，才冒冒失失地来请校长。图书馆主任敲开李副校长的门，李副校长正在接待一位推销电脑的小姐,对图书馆主任时机不当的打扰面露不快,他说:"你把书收下来不就行了?我这里哪来的时间?"图书馆主任说:"这样的事总该有个领导出面才好,司老教授不是一般的老师,再说,校长的意见也是让您出面。"李副校长站起来给推销电脑的小姐续了一杯茶,声音很轻地道:"请等一下,我去去就来。"

李副校长随图书馆主任下楼来到操场,见司汉科和一个打着赤膊的三轮车夫正在中午的日头下站着。李副校长疾走几步,上前同司汉科握了握手 说老教授都退了还这么关心学校,实在令人感动。他又围着一纸箱藏书转了一圈儿,对图书馆主任说:"给司老打张收条,对了,再跟省报联系一下,一定要发条消息。"司汉科摆摆手道:"算了吧,我不是为发消息才捐书的。"图书馆主任在一旁说:"司老教授这是义举,理当大力宣传。"李副校长又同司汉科握握手道:"老教授,我办公室还有客人在等我,我就失陪了。您放心,您捐这么多书,校方会有个说法的。"图书馆主任补充道:"对对对,咱图书馆三年未进新书了,司老教授这正是雪中送炭呢。"

李副校长走后,图书馆主任对赤膊的三轮车夫说:"师傅,麻烦你把这些书给搬到库房里去。"见小伙子有些不情愿,又道,"给你五块钱怎样?就厂十步远。"司汉科不想再在烈日里站下去,扭头离开了图书馆,快到校门了,听到身后图书馆主任天津味儿极浓的喊声:"老教授,您的收条。"

司汉科没有回去拿收条,他的额角有一层冷汗渗出来。对于他来说,这个捐书的决定已经酝酿很久了,正是一种舍生取义的使命感,使他把自己的一切拱手献出。治学四十载,这四千册藏书便是他精神家园的全部财富,这家园中的许多学说、许多主义,都是他惨淡经营和精心培植的。捐书的前一天,他在书房里整整坐了一天,一遍又一遍地检阅着这些融注了他大半生心血和追求的藏书。其中，有近百册是他译著或参与译著的。以往，每当置身这弥漫着幽幽墨香的书房之中时，他便会感到一种殷实、一种富有、一种勃勃的生机，但最近几年，这种感觉越来越淡漠了。他开始意识到这精神的家园正在日趋没落。尤其令他伤心的是，他耗费了毕生心血论证过的一个个命题，几乎是在一个晚上，就像街心花园的那一尊尊雕塑一样，被无声无息地推倒了。建筑时，曾是那么轰轰烈烈，而坍塌时竟然毫无声息。四十年的人生跋涉，不过是走了一个巨大的圆圈儿，到头来又回到了起点。这使他感到一种沉重的悲哀，他想起了钱钟书的那句名言：科学像女人，老了便不值钱了。但悲哀中的司汉科并没有绝望，他相信黑格尔老人那双根雕般的哲学之手，会给嗷嗷待哺的莘莘学子指点迷津，他甚至希望会有年轻人像自己当年一样，仅仅因为一本《精神现象学》就误入这片精神的家园。所以，在重新审视自己的藏书之后，他决心不做精神上的守财奴，他要把四千册中外哲学上的精华之作还给年轻人。刚才李副校长的敷衍之举他并不在意，令他酸楚的是图书馆门前的冷落，以至于连个帮忙的学员都没有。

老年大学国画班在司汉科加入之前已有张、王、李、赵、刘五位学员。张、王二人退休前分别是监察局和林业局的局长，赵是市讲师团的团长，李是市报总编，唯有刘职务低了些，退休前是市人事局的一个处长。这样五位学员在老年大学形成了一个"贵族班"，在司汉科加盟之前，国画班已是小有名气了。五位学员对司汉科的到来都很欢迎，因为一来干部轮训时他们都当过司汉科的学生，二来司汉科乃是国内外有名望的哲学家。所以，司汉科到校的第一天，五位学员便一致推选他为国画班班长。国画班的人虽然都退了休，但彼此间仍以曾任的职务相称，司汉科因没有官职，学员之间又不便称司老师或司教授，大家就干脆叫他司班长。

国画这种东西很怪,它不像西洋画那样费功费力,对于弄国画的人来说,主要靠感觉:感觉好,寥寥几笔便是一幅意境空灵的佳作;感觉差,纵然费墨千斛,画出来的东西却一文不值。司汉科和张、王、李、赵、刘都是洞察世故的老人,加之对国画早就有些兴趣或基础,所以,他们不仅入门快,而且很快都找到了自己的艺术感觉。

人高马大的张局长偏爱岁寒三友,苍松、绿竹、梅花,他是百画不厌。画如其人,张局长在监察局执政八年间,颇具松竹之气,查了几桩案子,结果桩桩案子是拔出萝卜带出一筐泥,弄得许多在干校时同滚一张铺的朋友,见了面总是一副冷脸色,仿佛淤了一肚子杀父夺妻之仇。本来他还差半年才退,却因力查一起走私案出了闪失,把一个能查他的人带了出来,结果,案子尚未了结,他便被宣布退居二线。二线二线,说了不算,他一气之下辞去那个非驴非马的二线顾问,提着文房四宝,一路哼着小调,来到了老年大学。顶谢须重的王局长喜画山水,这或许与他当了多年的林业局局长有关。当局长时,他就愿意带着一班人马到森林里跋涉,脑子里攒了许许多多的素材。退下来之后,他唯一伤心的是,他在任职期间主持规划栽植的几万亩樟子松,如今已被腰斩殆尽。因此,他笔下的山水多是秃岭荒崖,外加一条瘦河细水,总让人联想起马致远的那曲悲天悯人的《天净沙》。李总编虽高度近视,却醉心于工笔花鸟。他作画颇为专注,瓶底似的一对镜片儿几乎贴在纸上,一只鹦鹉的眼睛足足可以画上两个钟头。镶了一口假牙但很有些学者风度的赵团长专攻仿古临摹,他主持讲师团工作时,因东拼西凑炮制质量低劣的学习资料而口碑不佳。退休后,经过好一番反思,他选择了临摹古画的路子。刚搁笔的一幅《清明上河图》,连内行人都一时难辨真假。刘处长搞了一辈子人事,人熬得挺瘦,两眼却出奇地亮,他迷恋于仕女美人,什么貂蝉、西施、杨贵妃,凡是古代的名媛淑女,都逃不出他的笔墨关。刘处长在画中敢于创新,总爱渗透些个人的喜好,把人家本来苗条的身段,画出些丰乳肥臀,在他笔下连以瘦见美的赵飞燕都长了一双咄咄逼人的奶子。王局长取笑他说,刘处长的肉都长到女人身上去了。刘处长闻后倒不气恼,自我解嘲道,能长到这般女人身上也不枉此一生呢。

作画选材最令人不敢苟同的是司汉科。他专门画龟,半年下来,几百张宣纸上爬满了大大小小成百上千只各种各样的龟。司汉科对龟情有独钟,这是在他退休那天大家才晓得的事。学校为了他退休,特意安排了一次宴会。酒至半酣,服务员上了一道叫作"霸王别姬"的名菜。司汉科开始并不知此菜的内容,当李副校长把一块被肢解的甲鱼夹到他的餐盘里时,他刚刚咽下的一口白酒一下子又涌了上来。结果,宴会进行了一半他便离席而去,着着实实做了一回霸王。

画多了自然就想到办画展。在司汉科入盟国画班之前,五个人曾小规模办过几次。因为在位时都是些呼风唤雨的要人,各种老关系尚有余温,所以几个人办个像样的画展还不算为难。老年大学紧靠政府,市府大礼堂便被刘处长借了来做展厅;李总编打电话找来一个路路通的记者,拉来一笔赞助,把近百幅画裱了;司汉科与张、王两位亲自布置展厅,在每张画的右下角都别上一张写着画名、作者名、作者年龄的标签;赵团长是说客出身,便发挥这一优势,说服一位副市长给画展写了前言。

画展很轰动,正如副市长在前言中所写的:晚霞红似火,余热生金辉。六位老干部的余热果然生上些灿若晚霞的金辉,连省报都为此发了一则篇幅不短的消息,省电视台还专门录了像,使几个人退休后第一次上了电视。

164

画展结束后,老年大学专门为国画班举办一次作品研讨会。会议很隆重,邀请了市美协的专家,会场的四壁则挂着六个人这次画展的代表作。南面,在靠窗的两个墙垛上,是张局长的松竹梅和王局长的荒山枯水;东墙,李总编挂了幅富贵荣华的牡丹,赵团长挂了张以假乱真的《步辇图》;刘处长在美女群里挑了又挑,最后挑中了陈圆圆,郑重地吊在西墙;会场正北墙,悬着一幅司汉科的《龟游图》,画面上水光潋滟,群龟嬉戏,一派勃勃的生机。会上,与会者对国画班的成绩给予了很高的评价,张、王、李、赵、刘也都谈了许多体会。轮到司汉科发言了,他指了指墙上的"龟游图"问大家:"知道我为何画龟吗?"

一个年轻人回答说:"名人都有名人的风格,悲鸿大师画马,石老人画虾,您老画龟当然是追求一种与众不同的脱俗之美了。"司汉科笑了笑道:"你只说出了现象,还没有揭示本质。我画龟,乃是哲学情愫的进一步深化。"众人都抬起了头,仔细听他的下文。

"用我国古代的哲学思想来观照拙作,其实并不难看出我的用心。我所画之龟虽然有百种,但不逾五色,即青赤黄白黑,这五色于五方,则是东南中西北;于八卦,则是震离艮兑坎;于五德,则是仁礼信义智;于情态,则是怒喜忧思恐;于五脏,则是心肝脾肺肾。五色,最终归于五行,即木火土金水,作画之本质,乃天地变化之大道,它回归了中国古代哲学'天人合一'这个最高的生存境界。这里的'天',就是五行相生相克的自然之道。当今自然界中,没有任何一种生灵能像龟这样形象地体现出自然之道。人类自有文字以来与龟的关系就密不可分,伏羲靠神龟作八卦,殷商灼龟甲卜凶吉。可见,龟乃是神灵之物。一只龟简直就是一个宇宙的缩影,它隆起的背部就像天空,它平展的腹部就像大地,它身上二十四块甲板块与农历二十四节气相一致,它的长寿则恰恰象征着自然之道的久远。但今天，人们却不谙此道，视龟如污秽之物，使之由神灵变成了王八。这种变化说明了什么呢？尤其可笑的是，人们一边亵渎龟，一边高价买龟来吃，如此以污秽之物来强体健身，人还何谈清白呢？强身不能行道，天人便不能合一，既然违背天地之道，所强之身岂不是行尸走肉？"

众人都睁大了眼，想不到这小小的乌龟身上竟有如此哲理，再看北墙上的《龟游图》，那一只只龟分明是活了，似要从墙壁上爬下来，令人感到一股凉气。司汉科的发言并没有结束，他调整了一下过于激动的情绪接着说：

"《史记·龟策列传》中有这样的记载，说南方有一老叟用龟支床足，过了二十多年，老叟死了，人们移动床时，发现那龟还是活的。人之半生，不过是龟在床足下的一觉，由此可见，自古至今，龟还是龟，所变化的只是人而已。"

研讨会开后第二天，有人在老年大学的垃圾箱里捡到了许多尚未食用的"鳖精""鳖膏"之类的滋补品。张局长开玩笑说："司班长你再大侃龟学，人家产鳖精的公司该和你打官司了。"司汉科摇摇头道："在他们眼里，我的龟学理论正是求之不得的广告。"

喜和忧就像一对孪生兄弟一样，总是结伴而至。张、王、李、赵、刘还没从画展盛况的激动中平静下来，恼人的画债便把他们包围了。因为画展出了名气，一连几天，登门索画的老同事、老部下、老相识纷纷不邀而至，只要敢于登门的，哪一位的面子都驳不得。这可苦了五位老干部，毕竟都是上了年纪的人，十天磨一剑尚可以，若是一天磨十剑，岂不是磨惨了筋骨？五个人不论画技如何，但在作画上却是从不敷衍。不像一些名家大腕，三笔两笔就是一幅赠人的大作。他们在作画上是极投入的，尤其是李总编，他认识的文人多，求画的自然也多，可他的花鸟工笔偏偏需要慢功夫，在画案前站了几天，一只外凸的近视眼都爬满了"红蛛网"，常常调错颜色。

司汉科倒格外清闲，尽管他的画造诣独到，但上门求画的却寥寥无几。也难怪，哪个有身份的人愿意在自己的客厅里面挂一张栩栩如生的乌龟呢？清静之中，司汉科开始构思一幅长卷，一幅集世界诸龟种于大成的《百龟图》。他很为自己的这一构思激动，因为在这样一幅前无古人的长卷中，他将注入自己所有的思想、情感和追求。司汉科画龟是极认真的，为了画好这种颇有争议的生灵，达到起笔时能胸有成"龟"，他跑动物园，跑图书馆，跑生物研究所，积累的参考资料几乎与他四十年来所有的哲学著作等高并重。

在司汉科潜心创作《百龟图》时，他的五位同学仍没有从求画者的包围中解脱出来。还不完的丹青债，把赵团长的乙肝累出了一个加号，把王局长的神经官能症逼得犯了两次。一天中午，李总编不知不觉伏在教室的画案上打起了鼾声，张局长推了他两把，不见醒，大家顿时吓坏了，以为他哪根脑血管出了问题。待刘处长一路小跑请来校医，只见醒来后的李总编正弓着背一笔一笔画黄鹂呢。此事一出，大家都不得不进行反思：这样拼命地画，究竟是为了什么呢？难道就是免费送人做摆设？由此，张局长还想到了其他问题。他说："和我们同时退下来的几个局长，在一些什么狗屁公司挂了个名，现在比过去还阔。"王局长深有同感地说："就是嘛，过去站起来一般高，现在却好像比人家矮了一截。"李总编插话说："有什么了不起？不就是腰里多了几把票子？"赵团长眨了眨眼，建议道："提到钱我倒是有个主意，既然来求画的这么多，说明我们的画有一定的收藏价值。在市场经济中，价值是通过价格来体现的，所以我们干脆实行有偿作画。当然，收入是次要的，关键是体现我们的创作价值。"大家都认为赵团长的话有道理，可是这有偿作画怎么搞？李总编很为难地说："总不能让我们这些人都去当画贩子吧？"大家想不出良策，张局长建议请司班长拿主意。

司汉科的《百龟图》已画到第九十九只龟，资料亦都用完，最后一只龟画成什么样，他心里也没谱，《百龟图》搁浅在那里。听了大家的建议，司汉科表示赞同。至于有偿作画怎么搞，他主张由个体行为变为集体行为，也就是大家把画集中起来，以画展的形式标价直销。

销售形式虽已敲定，但在画的标价问题上大家却莫衷一是。张、王两位主张定价要高，说唯有高价格才能反映出高价值。赵团长主张定价要低，因为不能忽视国情，现在有钱的大都低文化，而高文化的大都没有钱，刚刚温饱的工薪族，谁肯拿出一大笔钱来买张国画？再说薄利多销也是经商之道。李总编不高不低搞折中，认为定价适合小康人家的购买力即可。刘处长说自己随大流，司班长怎么定他就怎么执行。这样一来，问题又被抛给了司汉科。司汉科不愧是班长，思考问题就是高别人一个层次。他说："个体行为变为集体行为并不是不给个人权利，价格问题不必统一制定，这个权利完全放给作者本人。"众人一听，都觉得这样合理，艺术品本来就是仁者见仁、智者见智的东西，何必非要统一标准呢？众人如上次画展那样各自分了工，司汉科因《百龟图》尚在搁浅，他分到的活儿便被刘处长揽了去。

众人走后，司汉科猛然想起党校图书馆里似有一本关于江汉地区养鳖的书，便骑上自行车直奔党校图书馆。因司汉科想不起书名，无法在卡片上检索，正在打毛衣的女管理员便破例让他自己到书架上去找。司汉科翻遍了实用技术类的几大排书架，仍然一无所获。女管理员说："地下室有一些下架的书，会不会在那里？"说完，递过一串带着锈迹的钥匙。地下室无灯，管理员又拿来一把手电筒,并对司汉科嘱咐道:"小心点,别崴了脚。"

司汉科深一脚浅一脚地来到地下室,手电筒橘黄色的光束首先套住的是一把生满红锈的铁牛牌大锁。司汉科扭了好一阵钥匙,总算叫这铁牛张开了嘴。门一开,一股霉烂的气味格外难闻,司汉科想起一个哲学同人说过的话:质量越好的肉,腐烂后毒菌越多。借助手电筒的光束,司汉科发现了地中央一堆残缺不全的旧书,与此同时,他还发现废书堆边一些熟悉的纸箱。司汉科不敢相信自己的眼睛,想疾走两步看个究竟,脚下却不知被什么绊了一下,失去重心的身体一下子扑在潮乎乎的纸箱上,一只猫一般大的老鼠从纸箱里惊窜而去,带出许多啮碎的纸屑,像一阵被污染的雪片从手电筒的光线里纷纷飘落。司汉科站起身,仔细看了看,堆放在这里已变成鼠窝的果然是自己视若至宝的那十箱藏书。

司汉科没有再找那本养鳖的书,他带着一身灰垢回到家中,那辆半成新的自行车忘在了图书馆空旷的门前。回家的路上,他已经想好了结尾的龟应该怎么画,那将是一只最普通的土鳖。

标价画展的工作如期进行。尽管司汉科将定价的权利放给了大家,但每个人在标价上是谨慎复谨慎,标的价大都是一二百块。刘处长的一幅《秦淮名妓》标了个二百五,后又觉得不妥,遂把五改成四。这张美女图便是五个人作品中标价最高的了。当他们来到司汉科的画室时,《百龟图》的标价如同一枚原子弹抛向他们:一百万!而且是美元!老天爷,这简直是国画拍卖的新纪录了。面对司汉科的《百龟图》,五个人谁也未做评论,他们都感到一种相形之下的自卑,且不说画的质量,单就哲学家这气吞山河的魄力,足以使自己自叹不如。回去后,刘处长狠了狠心,在《秦淮名妓》的定价后面,又加了一个"0"。

标价画展出乎意料地冷落。尽管老年大学为此在报纸、电视上做了广告,又在全市张贴了不少海报,结果光顾的人还是少得可怜。平日里那些登门苦苦索画的同事、下属、故友,这一天连个面也难得一见。两天下来,画没售出一张。

大家都闷闷不乐。第三天,除留下刘处长照顾展厅外,其余人都回了教室。众人神情黯淡地商议了一番,正要决定息鼓收兵,展厅里的刘处长忽然打来电话——天大喜讯,一百万美元标价的《百龟图》被人买走了!众人惊呆了,接着便是一片欢呼。李总编颇为感慨地说,伯牙终遇钟子期,高山流水有人知呀。司汉科的眼角有些湿润,他感到周身的血液一下子都涌入了心脏,把一颗咚咚作响的心浮上了喉咙。忽然,他似乎想起了什么,说:"诸位请稍等,我去展厅看看便回。"

过了一会儿,司汉科脸色阴郁地回来了。众人以为出了什么差头,都围上来追问。司汉科在椅子上深深地叹了一口气,很无奈地说:

"买画的,是个日商。"

众人都面面相觑,因为谁都晓得,在那个扶桑岛国,龟,并没有变成王八。

原载于 1996 年第 6 期《鸭绿江》

天　火

　　文家村从没有像今天这样风光过。一长溜的黑色小轿车沿着高低不平的乡路驶入这个远离都市的村庄。车队刚一进村，一大群泥猴般的孩子便看戏一样围上来，司机按了好一阵喇叭，孩子们也不知让路，倒是一层一层围得更紧了。司机气哼哼地骂一声，熄了马达，车队便僵蛇一样蜷在村口不动了。

　　从头车上下来一个穿夹克衫的中年汉子，他很小心地走到第二辆车旁，打开车门，扶下一个穿西装的瘦老头，后面轿车里的人也都下了车，众人簇拥着这个西装老者步入犬吠鸡鸣的文家村。

　　一群人在村子里转了几条胡同，最后停在一幢青砖青瓦的老式房子前。这座老式房子气势非凡，在平塌塌的乡村茅舍中很有些鹤立鸡群的味道，单是大门前那黑色大理石铺就的台阶，就能使人想象出它昔日主人的不凡。瘦老头用相机对着房子左右拍照了好一阵，又伏在山墙上唏嘘了许久，才恋恋不舍地上车离开了文家村。待车队消失在滚滚黄尘中之后，一个张大了嘴巴看光景的村民忽然道："那个穿夹克的不是电视里常讲话的县长吗?"

　　当县长一行人围着那幢青砖老宅转来转去时，不远处的树荫下，老宅的主人文敬德正和一个老汉在石桌上下棋。文敬德是三年前文家村的村支书，因年事已高，便让位了。退下来的文敬德孤单一人，却并不怎么寂寞。一来，村里大小事情，现任村支书、他的远房侄子文显魁总来讨个评断；二来，他棋瘾特大，总爱在村头门口捉对儿厮杀。今天，当嘈杂的人群扰乱了他的棋路时，他不情愿地打量了一眼这些不速之客。这一望,他着实吃了一惊,真是活见鬼,那个瘦老头不是土改时被镇压的文培业吗?怎么,四十年前的大地主文培业又活了?文敬德不相信自己的眼睛,他揉了揉眼,定睛一望,怪呢,活脱脱一个文培业。该不是自己眼花了吧?

文敬德的确眼花了,瘦老头并不是四十年前就吃了枪子的大地主文培业,而是当年文培业的跑到海外去的三儿子文聚宁。文聚宁在美国发了大财的传闻早已在本县传得沸沸扬扬。县侨办的主任来文家村调查时曾有过一番议论,说早知今日,何必当初?当年革命松点套,多有几条漏网之鱼,如今引进外资也就不会这么犯愁了。现在可好,全县就文家村文聚宁这么一个华侨,人家还不肯回来投资。县侨办主任这番话说了没几年,文聚宁倒是真的回来了。

文敬德的脑子并不笨,他很快就明白了这个前呼后拥的瘦老头的来龙去脉,而且也预感到了他此行的目的。又看又照干什么?他想,这老宅虽是你文家的家庙,可土改时毕竟分给了我,房照地契都是铁板一块,难道你还能变过来不成?文敬德屏住失常的呼吸,努力使自己的目光又回落到棋盘上。与文敬德对弈的老汉忘了下棋,伸长了脖子呆呆地望着远处的光景。文敬德却在棋盘上发现了对方的漏洞,他把一枚红炮往迎头重重地一拍:"将!"对方的脖子登时软了下来,伏在棋盘上看了半天,疑惑地说:"文书记,你何时用的双炮啊?"

文聚宁是被县长请回来的。县长给远在大洋彼岸的文聚宁写了一封言辞恳切的邀请信,说本县五十万父老乡亲正温酒以待,渴望他这位爱国华侨能为家乡的经济发展尽力。县长在信中写了许多古诗名句,什么"羁鸟恋旧林,池鱼思故渊",什么"富贵不归故乡,如衣锦夜行",什么"振兴故土,光宗耀祖",邀请信其心拳拳,其情切切,足以使每个读信的人为之动容。

文聚宁被请回来了,他答应在贫困的家乡投资建一座大型油脂厂,数百万美元的投资,条件只有一个:把土改时在文家村被分掉的家庙还给他。

县长喜出望外,如此之低的投资条件,恐怕打着灯笼也无处可找,如此算来,县财政一年就可有近千万元的进项。这样,拖欠的教师工资、已成危房的县医院,以及公安局那些早就趴窝的警车,等等,一切恼人头疼的问题也就迎刃而解了。县长紧紧地握着文聚宁的手说:"莫说一处家庙,就是要我这县政府办公楼,我都不会有二话。好!就这样,三天之内老宅还给你,咱们正式签合同。"

县长亲自给文家村所在的胜利乡打电话,询问文家村老宅的事。乡长在电话里讲,老宅现在正由一个叫文敬德的五保户住着,这个文敬德在文家村当了三十年的村支书,是个老退伍军人,觉悟一向很高,估计他会支持县里工作的。县长很满意,特别叮嘱要安排好文敬德的新住处,必要的话可以补助个三百五百的,总之三天之内必须腾出老宅。

乡长放下电话后,提笔写了个条子,派人送给文家村的村主任文显魁,让文家村马上给文敬德另行安排一处房子,两天之内倒出老宅。乡政府没有钱,补助一事也就没在条子上写。文家村的村主任文显魁很年轻,为人脾气挺躁,绰号"二驴子"。他是文敬德一手提拔起来的,又是文敬德的一个远房侄子,对文敬德便有了双重的敬重。他捏着乡长的条子,像捧了只刺猬一样,在办公室里团团转了好一阵拿不出个主意。二驴子治理邻里纠纷、抓抓计划生育是头不错的叫驴,可叫他去劝文敬德倒房子,他自己却先松了套。在文家村长大的人,谁不知道那幢老宅在村人心目中的地位?那简直不是一座住宅,而是文家村一座精神上的寺庙。老宅的一砖

173

一瓦都使文家村的人们感到神圣,这不仅是因为老宅占了文家村最好的风水,而且还因为这老宅是在文家村执政三十年的文敬德一生最值得骄傲的荣誉。当年,胜利乡披红挂彩往朝鲜前线送了一个排的子弟兵。三年后,唯有文敬德挂着满胸奖章活着归来。乡里为了奖励这位二等功臣,才决定把全乡最好的房子——土改时没收的大地主文培业的家庙分给他。文敬德无儿无女,这老宅便是他所有的寄托,老宅的一切已经融进了他的生命。

捏着乡长二指宽的纸条,文显魁愤愤地想,狗日的乡长,拿我的大头呢!他用那纸条卷了一根纸烟,点着后一口气吸进大半截,才硬着头皮来到老宅。文显魁结结巴巴地说了乡里的指示,他本以为会挨一顿臭骂,但意外的是文敬德并不失一个长辈的风度。当他从二驴子嘴里证实了是文聚宁回来讨老宅的消息后,他默默地抽了一袋烟,扣掉烟灰,他对二驴子道:"显魁侄儿,老辈人的弯弯账你不懂,有什么话你让乡长来找我说。"

村主任走后,文敬德从柜子里找出一个油纸包,小心地打开,包里是十几枚大大小小的奖章。他找出其中一枚,用袖子擦了擦,这是一枚二等功奖章,奖章上的士兵图案勾起了他隐隐作痛的回忆。

朝鲜战场,一次行军中休息,同村的战士文小艺拉着他说去林子里方便。他说:"大路这么宽,你就随便尿吧。"文小艺却很腼腆,说人群中有阿巴妮,他便只好陪文小艺去路边的树林。谁知,他刚刚解开裤子,文小艺便踩响了一枚地雷。文小艺死得很利索,可他却惨了,一块雷片不偏不正,生生削去了他的半截雄根,使他在野战医院整整躺了一个月。本来团里已经申请给他报一等功,可有一天中午,几个女护士在窗外嘁嘁喳喳议论什么,并不时夹杂着几声笑声。他的伤特怪,一听到女人的声音伤口就疼痒难忍焦躁不安。他觉得窗外的女护士一定在议论自己，一股怒气马上由伤口蹿至脑门，他顺手抄起床头的痰盂一用劲甩了过去，这一甩，便把个一等功甩成了二等功。退伍后，凭功劳论资历，他可以住文家村最好的房子，娶文家村最漂亮的姑娘。但因为这伤，他终生与女人无缘。在这垂暮之年，他想，如果这老宅再被讨回，自己这辈子到头来还有什么呢？

乡长果然来了。由文显魁领路，乡长手中还提着两盒点心。乡长披着黑呢子大衣，齐刷刷的平头已有不少杂色，略有些浮肿的面孔透出几分憔悴。进了老宅，他先是打量了一下房子的四壁和顶棚，然后才对文敬德道："怎么一个人在下棋？"

文敬德盘腿坐在炕上，正专心致志地摆棋式，听到乡长的声音，他头也没抬，在棋盘上跳了一步马说："没事闲扯淡。"

乡长有些不自在，自己在炕沿上坐下来。文显魁看着尴尬，忙给乡长递上一根烟道："老支书的棋术可精了，在文家村没对手，让我两个马我也白搭。"

乡长伸过头一看，棋盘上一共就四个棋子，蓝方一将一士，红方一帅一马，看来结果只能是没有胜负的滑棋。

文敬德有节奏地敲着棋子，看也不看乡长一眼，一杆烟袋戳在嘴里，却不见有一丝烟吐出来。过了好一会儿，乡长憋不住了，把烟头在鞋底上揿灭，扭过脸对文显魁道："二驴子，你都给老人家说了？"

"说了。"文敬德替二驴子回答。

"您老有甚想法、要求就唠唠吧，要是千儿八百块的，乡里会考虑的。"乡长说。

"我不缺钱花，这老宅我不让也不卖。"文敬德的语气不容商量。

"老宅有什么好？砖瓦都旧了，换处好的房子，您老也享享清福。"乡长笑着说。

文敬德把棋盘推到一边，摇摇头说："金窝银窝，不如自己的狗窝。老宅我住惯了，换个地方睡不甜。"

乡长点上一根烟，咳了一声说："您是有觉悟的老前辈，有些道理您比我清楚。这老宅您住，它一分钱也不会生，可是对县里来说它的作用就大了，这是人家华侨投资的一个条件，投资是几百万美元，美元哪，一块顶十块花呢。"

文敬德并没有被乡长的情绪所感染，依旧很冷淡地说："它就是一块顶一百块我也不稀罕，老宅我不卖。"

"你有啥理由不卖？"乡长追问。

"我的房子我还找啥理由？我老汉还没到靠卖老宅活着的田地。"

乡长神色有些窘，仍然硬着头皮做动员，从国家吸引外资的政策，到本县本乡经济的需要，讲了许多往常在会上才能讲的话。文敬德见他说得辛苦，将手上的两枚棋子很响地扣了一下，打断他的话道："甭讲了，乡长，你就是把死人说活了我也不卖。"

乡长拂袖而去。

文显魁跟着要走，却被文敬德喝住了，老汉指了指炕上的两盒点心道："把那个拿去。"

乡长回到办公室，咕咚咚灌下一茶缸凉水，瘫坐在椅子上直喘粗气。文敬德死活不离开老宅，这是他意料之外的事。他有些想不通，如果是有个一儿半女，图老宅个风水吉利，不搬家还说得过去，你文敬德已是黄土埋到脖子的人了，空守个老宅还图个啥？可这老宅毕竟是文敬德的私人财产，他不愿意搬出来，别人也没什么咒念。只是这事可如何向县长交差呢？望着桌子上的那台红色电话机,忐忑不安的乡长如同面对一个炙手的火盆,一只手伸出缩回,缩回又伸出,迟迟下不了决心。

县长听说文敬德不愿意倒房,说话的声音都有些变调儿,既然没把握,你当初打什么包票?电话里他把乡长劈头盖脸好一顿训。县长怎么能不发火?文聚宁投资的条件就这么一条,要是连这么个小小的要求都满足不了人家,县政府的面子往哪搁?此事非同小可,几百万美元的大项目,岂能这么功亏一篑?既然村里、乡里都解决不了,三天时间又已过半,自己这个县长就不得不出马了。县长很有信心,因为县里半年前分给他一套三居室的商品房,老婆找人刚刚装修完毕,如果文敬德实在不搬,就用自己这套县级干部的住房来交换好了,如此悬殊的交换,想必你文敬德胃口再大也该知足了吧。县长想,自己损失点没有什么,只要这个外资项目能落实,自己这任县长就算对全县百姓有了个交代,尽管这么做需要向老婆说许多软话。

驱车赶到文家村,在村主任文显魁的引路下找到老宅,县长对文聚宁所要的这幢老宅颇感疑惑:这老宅不过是一座年久失修的旧式房子而已,宅基的青石上生满了苔藓,屋顶的青瓦间长着几处稀疏的杂草,只是从老宅的气势和不凡的坐落还可以看出几分昨日的辉煌。县长站在老宅红漆剥落的大门前,忽然生出几分对那个投资商的藐视感,如此一处破庙般的老宅要之何用?图个感情上的安慰吗?真是迂腐至极,精神上的东西就真值几百万?

文敬德对县长的造访并不吃惊,尽管县长是他居住老宅以来接待的最大的官。但他是见过世面的人,在朝鲜,他作为团里的英模代表,师长、军长见过的也不少。眼前这个县长撑死也就是个团长,这么一想,文敬德便没了普通百姓见了"县太爷"的那种诚惶诚恐。他很礼貌地同县长握手,然后让座。县长还没有说出自己的来意,文敬德先表明了自己的观点:"这老宅,如果是政府要用,我老汉二话没有,一分钱不要,立马就搬到敬老院去;如果是文聚宁回来讨老宅,县长您就别再劳心费神了,我不答应。"

县长态度很和蔼,耐心地解释道:"这老宅嘛,政府用也就是给文聚宁用,文聚宁用也就相当于政府用。人家文聚宁是咱县政府千方百计请回来的,是回来投资办厂造福家乡人民的,难道就这么个小小的要求咱们都满足不了人家?"

文敬德怔怔地望着县长,许久,问:"你是说文聚宁就代表政府?"

县长微笑着说:"话不能这样讲,但意义是一致的,从发展全县经济来看,两者并不矛盾。"

"他发展经济就发展好了,为什么要我这老宅?"文敬德不容置疑地说,"这老宅我不给。"

县长面有赧色,说愿意用自己在城内那套三室一厅的商品房来交换这老宅。县长说城内的楼房有暖气、煤气、自来水,比老宅的条件要好得多。

听完县长的话,文敬德思忖了片刻,对县长道:"那么好的楼房,让他文聚宁去住好了,我住恐怕不合身份。"

县长忽然站起来:"老文同志,你也是个老党员了,怎么就不能为组织想想?你这老宅可是关系到全县经济能不能上去的大事啊!"县长有些激动,说出的话语气很重,"我希望你能有个正确的态度!"

文敬德的脸色顿时变得紫黑,他直视着县长那张保养得很白净的脸,直到对方的额角透出一层细汗,他才一字一句地说:"这老宅是我拿卵子换来的,文聚宁想讨,也叫他拿一双卵子来换!"

县长一下子僵在那里,他发现,眼前这位倔强的老人,两行并不晶莹的泪水在褶皱的脸颊上蜿蜒下滑。

老人简直是一块山岩，县长在离开文家村时这样想，人老了，都会这么古怪吗？

县长返回县政府，连夜主持召开了一个县长办公会，专门研究解决老宅问题。县长的议题一抛出，会议室里便如开了锅一般沸沸扬扬，与会人员情绪都很激动，发言充满了牢骚和抱怨，说这几年政府的话越来越不管用了，连一个老农民都奈何不了。县纪委书记的发言更是得到了与会人员的赞同，他说："能因为一个老人的固执就白白丢掉几百万美元的投资吗？他文敬德的房子还不是当年政府分给他的吗？政府能分给他，当然也就能收回来，绝不能让人感到政府软弱可欺。"最后，会议做出决议：县政府绝不能错过这次千载难逢的好机会，一切工作都要服务于这个投资项目的落实。为此，会议决定由县纪委书记率组织、宣传、农委、司法四个部门的领导，明天一早再去文家村，一定要动员文敬德搬出老宅。

或许是文敬德那两非污浊的老泪浸湿过县长记忆的缘故，散会时他特别向纪委书记强调了两项原则：一、老宅是文敬德的私人财产，所以只能动员，不能强制；二、给文敬德新安置的住处要尽量好一些。纪委书记拍了拍胸脯说："县长你就放心吧，我这人啃骨头保险不掉渣。"

就在县政府连夜开会的同时，连续两夜失眠的文敬德并无半点睡意，几十年没犯的佐口又开始感到痛痒。凭着三十年当村支书的经验他心里清楚，胳膊是扭不过大腿的。当年，村里有个农民不顾上级指示，在自留地种了一亩西瓜，眼看着西瓜已经碗大了，还不是叫自己带民兵给犁了？那个农民寻死觅活病了一个月又怎样呢？没给戴顶高帽子就算便宜了他。如今，村主任、乡长、县长都登过了门，礼节尽到了，面子给够了，县里再用什么手段都会有

179

一箩筐的理由。想到这,他的眼前忽然重现出当年那满地迸裂的西瓜和那些在脚下缠来绕去的烂西瓜秧。

文敬德和衣躺在炕上,痴痴地望着棚上的一根根檩条出神,仿佛那檩条里写着读也读不懂的天书。他虽没有儿女,但他感到这老宅里处处都有着自己子孙的影子,都洋溢着子孙们的欢笑。他熟悉了老宅里每一只蛐蛐儿深夜清脆的叫声,哪怕是棚顶老鼠的脚步,他都感到亲切,感到欣慰,因为这一切有生命的和无生命的都属于老宅,属于他独身的文敬德。他不能想象换了一处住宅自己会怎么样,因为他无法摆脱老宅的一切。

夜深了,初秋的凉风从有些腐朽的木窗里透进来,文敬德感到骨节有些酸痛。他起身来到天井里,从窗下的花坛里揪下一些已经发干的金银花塞入嘴里嚼起来。夏天,当金银花盛开的时候,老宅的天井便飘满了淡淡的香味。

嚼过金银花,文敬德感到周身添了不少力气,他回屋点燃早就不用的煤油灯,把灯罩仔细擦了擦。自从村子通了电,这煤油灯就不再用了,角落里尚有两斤煤油闲在那里。文敬德端着煤油灯,从壁橱里找出那个放了很久的油纸包,打开油纸包,包内是一块红布,红布里是十几枚银质和铜质的纪念章和军功章。这些奖章他都很仔细地保存着。对于他来说,每一枚纪念章和军功章都是一场出生入死的苦战和一段无法抹去的记忆。老人把它们一枚枚擦净,然后一一别在胸前。

当天子夜时分,突兀在文家村最高处的老宅突然腾起熊熊大火,火焰把整个村子照得通明。村民们从睡梦中惊醒,纷纷提着水桶、铁锹前来救火时,却发现文敬德腰背挺直地站在门前,望着火光不乱不惊。

"甭救了,这是天火。"文敬德拦住了要过去救火的乡亲。

众人都呆呆地望着这天火,望着天火中坍塌的老宅。全村男女老少都赶来了,人们围着这升腾的大火,神情异常肃穆,像在举行一个庄严的仪式,而站在人群前面的文敬德似乎就是这仪式的主持。

　　清晨,当县纪委书记一行的吉普车拖着一路尘土开进文家村时,老宅,早已变成一堆冒着青烟的瓦砾。

原载于 1996 年第 1 期《短篇小说》

181

彪　子

辽南人管脑子有"病"的人叫彪子。

初闻"彪子"一词,颇为费解,便翻资料查辞书,想弄清它的来龙去脉。费了好一番力气,结果却一无所获,谁料想这个日常使用率颇高的称谓却入不了流,几个版本的词典统统将它拒之门外。

虽然对概念上的彪子理解模糊,但参加工作后,却真真切切地结识了一个生活中的彪子。

到人事局机关上班的第一天,对桌的冷大姐就告诫说:"咱局里的人际关系很好,只是有个姓乔的彪子挺难缠,遇事别理他就是了。"我有点疑惑,偌大个政府核心局,怎么会有个彪子存在呢?因自己初来乍到,此事不便深问,便很认真地点点头。冷大姐虽然姓冷,但对人还是蛮热情的,在人情淡漠的今天,像冷大姐这样提醒、关照类的话是越来越难听到了。

第二天一早,我提前半个钟头来到办公室,拖地板、擦桌子、打开水,把办公室收拾得干净利落。年轻人嘛,总不能像老干部那样四平八稳地踩着钟点上班。记得有位教师说过,印象这个东西总是先入为主,一个人如果第一次发现你勤快,那么在他的脑子里你可能就永远勤快了。

一切收拾停当,刚刚在办公桌前坐定,一位面膛紫黑、着一灰色中山装的老干部推门走进来。没有等我问话,老干部却先开了口:"你是新来的?"

"是的,你是……?"我仔细打量了一下对方。时下,穿中山装的人已很是少见，在西服和夹克衫流行的机关里，中山装已经成了两种人的专利：一种是资深的老干部，一种是经济拮据的中年人。

"我是老乔，调研室的。"

原来是局里的同事。我起身让座，提起暖壶沏上一杯茶端过去。我第一天上班，对局里的同事都不熟，难得有一个同事能先来看我，这使我的心里涌上一股暖意。

"从哪儿调来的？"老干部在对面坐下来，两眼紧紧地盯着我。

"大学毕业分来的。"我站着回答他。

"毕业分配？"老干部停顿了一下说，"国家明文规定，大学生毕业应分配到基层，你怎么到机关了呢？"

这一问，使我如中了一枪般僵在那里。怎么到的机关？当然是费了好一番周折了，托了多少人情，拜了几尊菩萨，连我自己都没有数。反正我那个在市教委当小职员的哥哥为此事奔波了一个暑假，人也瘦了一圈儿。我还没有回答老干部的问题，对桌的冷大姐来上班了，她看了老干部一眼，很快向我使了个眼色，我恍然大悟：原来这人就是冷大姐所提醒的彪子！

老干部似乎还在等着我的回话，我却急中生智，拎起桌上的暖壶说："您请坐，我去打壶开水。"为了摆脱他的问题，我只好拎着装满开水的暖壶又去了一趟水房。

从水房折回来，老乔已经走了。冷大姐责怪道："不能和彪子说真话，否则你也就成了彪子。"我只好自认倒霉，因为我既和彪子说了真话，又白白挨了彪子一顿质问。刚参加工作，本想踢好头三脚，谁知第一脚就踢到了石头。

事后，我感到有些蹊跷，一个挺地道的老干部怎么成了彪子呢？对此，冷大姐的解释很有些顺理成章：大概是练气功练的吧。她说，老乔是一九六八届的本科生，在机关几十年了，至今仍是个科员。因为心底气不顺,刚兴气功那年,他就迷上了气功,兴许是练功时哪股气没有运好,运到了脑神经上,结果就患上了狂想型精神病。这病也特古怪,平日像好人一样,要是遇事较上劲儿,好像处长、局长都没他的官大,所以几个局长都有点烦他,遇事也就自然让他三分。

老乔虽然精神有点问题,但身子骨却格外地好,是机关里少有的棒体格。他嗜好拿大顶,能倒立着从一楼上二楼。老乔有事无事总爱在一张地图上"旅游",许许多多离奇古怪的地名他都熟记在心。有时他提出一个问题的确能令大伙的脑子活跃一番,如艾丁湖在什么地方?他一问,大伙都在心里默默地猜,有人猜在中东,有人猜在南美,还有人猜在西部非洲。老乔卖了一个关子之后,则不紧不慢地宣布:艾丁湖在中国新疆的吐鲁番,是我国地势最低的湖,在海平面以下154.31米。有人怀疑,找来地图一查,老乔说得一字不差。

老乔虽彪,为人却不猥琐,隔三岔五倒总是会做出一件令人刮目相看的事情。

一次,省里一位权势显赫的要人来局里视察,当几位局长陪着这位要人视察到局调研室时,恰巧只有老乔一人在办公室,要人推门进屋时,老乔正汗淋淋地贴在墙边拿大顶。要人乍看这架势唬了一跳,待老乔把头和脚重新颠倒过来,两人都像触了电般一下子僵在那里。好一会儿,要人才愣过神来,伸出手来说:"老同学,你好!没有想到在这儿见面了。"谁料到老乔并没有去握要人那只白白胖胖的手,只是冷冷地道:"我也没有想到你会当这么大的官,是厅级?省级?""什么级不级的,都是分工不同嘛。"要人不自然却很谦虚地说。老乔仔细地端详了一番对方的将军肚道:"怎么发福啦?"要人下意识地收了收肚子,对陪在身边的局长说道:"这几年也没有时间锻炼，身体一天比一天胖了。"老乔忽然很认真地问："你知道董卓吗？三国里的。"要人警觉地反问："什么意思？"老乔说："董卓被弃尸街头时，人们在他肚脐眼里插了根灯芯，点灯点了三天。"要人的脸上顿时呈起四季变化，耸了耸肩道："你老乔的嘴还是这么厉害。"老乔摆摆手说："哪里，比起你的手段来还是差远了。"要人的脸一下子拉长了，招呼也不打就拂袖而去，害得其他几个翘首以待的处室白白等了半天。

此事发生后，人们觉得老乔的彪劲儿似乎事出有因，猜测这位要人与老乔之间一定有什么恩怨瓜葛，否则老乔也不至于连手都不去握一下。对此，人们议论很多。一说这位要人曾是部队的干部，"文革"时到大学里支左，不知怎么就和老乔的女友"志同道合"了，便略施小计，把老乔支到了一个偏远的学校农场，把老乔的女朋友支到了自己的床上。一说两人曾是大学同窗，两人合作写了一本书，结果出版时却删掉了老乔的名字。说法虽多，却始终不得证实。老乔虽然喜欢彪劲十足地胡侃，但对此事却一直守口如瓶。局长批评老乔："怎么能对上级领导这个态度呢？五十多岁的人了，连一点待人接物的礼貌都不懂吗？"老乔却不服气地辩解道："我只不过说了些实话，他多心是他自己的事，与我何干？"

又一次，老乔来到某设计院，说要了解院里的知识分子待遇问题。设计院的院长是个新上任的军转干部，最近正被几件工程师上访的事弄得焦头烂额，老乔的突然造访搞得他猝不及防，他结结巴巴满脸淌汗地汇报了一个多小时，总算应付下来。老乔还不罢休，又要找院里的干部个别谈话。当谈到第八个时，这人恰巧认识老乔，他只打了个照面就跑去找院长，说找干部个别谈话的是个彪子。院长不相信，一个电话拨到局里，得到的答复是：局里并没有派人前去调查工作，至于老乔，院里不必理他，但也不要惹他，此人神经不正常。院长当时就成了关公脸，撸胳膊挽袖子好一顿发火，想想局里所说不要惹他的话，又不便发作，只好自认倒霉，一声接一声地逆嗝儿，打了整整一个下午。

还有一次老乔可算是歪打正着，真的帮基层解决了一大难题。地处城边的一个便民市场，绵延数百米，却不见一处公厕，成千上万人的屎尿问题几次端上市人大的会议桌，但多年来却不见解决。老乔跑这个市场调查了半个月，便下了决心要来管这事。开始，摊主们以为老乔在说大话，纷纷用话来激他，说："连市人大都解决不了，你一个老乔还不是白调查？"老乔也很激动，拍着胸脯说："我要是解决不了便民市场的屎尿问题，我就辞职回家卖烤地瓜！"

忽然有一天，老乔率领一群男男女女来到便民市场，仔细地察看了屎尿横流的市场西侧，一些人还拍了照，录了像。直到几天后来了一队民工开始建公厕，便民市场的摊主们才明白，原来老乔是把来该市检查卫生的省文明城市验收团领到了便民市场。这一着棋果然奏效，验收团的录像在市政府会议室里一放，市长的鼻子就开始抽个不停，市长心里明白，这些屎尿问题已经使他挂了多年的文明城市的牌子摇摇欲坠。录像刚一放完，市长就拍着胸脯保证，一个月内不解决便民市场的卫生问题，任凭验收团摘牌子。事后，虽然市长暴跳如雷拍桌子，但便民市场却真的建起了一座收费公厕。

这些关于老乔的故事引起了我的兴趣，出于好奇，我便不顾冷大姐的劝告，有事没事总是借故到调研室走上一回，想看看老乔这个机关闲人整天都在忙些什么。老乔对我的态度不冷不热，每次见到我总是一个字："坐。"说完便咕咕哝哝地读报纸，当日的各种报纸读完，或练上几遭拿大顶，或眯着眼睛眺望窗外市政府楼顶的国旗。我原以为老乔的这种眺望毫无意义，但老乔却在这眺望中发现了一些问题。一天,老乔一个电话拨到了市长办公室:"市长吗?我是人事局的老乔,请问哪位大人物逝世了?"市长被问得丈二和尚摸不着头脑,忙问到底怎么回事。老乔不紧不慢地问:"没死人市政府干吗下半旗?"市长命人出去一看,国旗果然在楼顶旗杆的中间悬着,原来是风把拉旗的绳子刮松了。为此,市长批评了秘书长,秘书长批评了办公厅主任,办公厅主任训斥了行政处长,行政处长则扣发了勤杂工一个月的奖金。

又过了些日子,老乔又拨通了市长办公室的电话:"市政府要向谁投降吗?堂堂政府大楼怎么挂出了白旗?"市长命人出去一看,因前些日下了几场大雨,又经风吹日晒,楼顶的国旗褪色极为严重。为此,市长批评了秘书长,秘书长又批评了办公厅主任,办公厅主任又狠狠撸了行政处长一顿,行政处长则又扣了勤杂工一个月的奖金。

老乔的两眼总是关注着对面楼顶上那面国旗的升升落落,又总喜欢把电话拨到市长办公室,这使办公厅的几个头头儿很是恼火,他们对楼顶的国旗似乎条件反射般敏感,每天上班第一件事,就是抬头望望那国旗是不是正常悬挂。警惕之余,他们又纷纷埋怨这个乔彪子多事,便多次找局长告老乔的状。局长对办公厅几个头头儿的意见也不置怠慢,想来想去,干脆就以影响办公为名,把调研室楼层的窗户全部更换为花玻璃,这样一来,老乔读完报纸之后就无法再去眺望对面楼顶的那面国旗了。

老乔爱管闲事出了名,基层找他的人就特别多,老乔的小本子上总是记满了群众向他反映的问题,这使他俨然成了局里的信访办主任。同事们常去买菜的某菜市场,一个欺行霸市的痞子为非作歹,致使郊区的菜农不敢前去卖菜。老乔得知这一情况后很气愤地对同事们说:"好人没有理由怕坏人嘛,我倒要见见这个痞子长了个什么模样。"同事们谁也未予理睬,以为老乔又是在说彪话,谁知老乔却真的去那个菜市场。他找到了那个众人痛恨的痞子,一看,原来是个精瘦黑黄的小伙子,此时正守着一堆海杂鱼扯着嗓子卖。老乔走过去拍拍他的肩膀说:"喂,你会拿大顶吗?"小伙子愣愣地瞅了他一眼道:"拿什么大顶? 你彪啊?"老乔说:"你不会拿我拿给你看看。"说完,倒立着用两只手在地上走了三圈儿,站起来气不喘脸不红。痞子蒙了,结结巴巴地说:"你来……找我的碴儿?"老乔说:"你好好卖鱼我不找你的碴儿,你要是欺行霸市我就专门来找你的碴儿了。"痞子急了,拍着精瘦的胸脯说:"天地良心!我什么时候欺行霸市啦?"老乔又拍拍他的肩膀说:"以前的我不管,从今天开始你要是在这里横行霸道,我就让你在这里头朝下走三圈儿。"老乔走后,这个痞子也走了,此后这个痞子再也没有到这个菜市场卖过鱼。

谁也没有料到老乔会死。

我听到老乔的死讯时正在外地出差。冷大姐在电话中告诉说,老乔在春游时淹死了。冷大姐知道我和老乔的过从比别人多一些,就劝我回来帮忙料理一下老乔的后事。

回来后我才了解到,老乔的死其实很不划算,因为如果在重于泰山或轻于鸿毛之间选择的话,那么他只能选择前者。出事的那一天,局机关的人员到郊外的一条河边春游,老乔一向是此类活动的积极分子,他搭帐篷、抬食品,在忙忙碌碌张张罗罗之中获得了一种少有的快感。那条夺去老乔性命的小河甚至连个名字都没有,它的平静与驯服使人想象不到这里竟会出事。当时,局里的一群年轻女性身着鲜艳的泳装正在河上游嬉戏,岸上有人在打排球,有人在甩扑克,唯独老乔一个人蹲在下游的河边洗水果。突然,他发现河面上有一件白色的衣服正漂流而下,他喊了声:"谁的衣服冲走了?"不知是大家玩得太投入还是没有人愿意理会他的声音,他的喊声随着河面上那团白色急速地漂下去,没有引起任何反响。老乔想,应该捞起这件白色的衣服,不管它是谁的。在产生这想法的同时,他却忽略了河水的深度和自己一知半解的水性,他攥着一根尚未洗净的黄瓜疾步蹚下河去。那团白色漂流得很快,他几次伸出手都抓空了。当他在河中央挺身一跃,终于将那团白色抓在手里时,河水已经没到了他的下颌。如果就此站住,他也许就没有什么危险,但顺流而下的河水义无反顾地将他推入了深渊,老乔只感到背后有无数双手在对自己发功,似乎是逼着他在河中拿大顶,他的两脚忽然吊了起来,一条莽撞的鱼用滑溜溜的尾巴扫了一下他的双眼,他便什么也看不见了。老乔一直到死都不知道,他舍身相救的只不过是某女士随手丢弃的一件旧乳罩。

老乔的死是个意外,老乔的后事如此隆重也是一个意外。

老乔死后,鉴于老乔在社会上的影响,局领导经过研究,决定在殡仪馆搞一个小型的遗体告别仪式,局内各处室都要派代表参加。火化那天,恰巧市里一位德高望重的老领导仙逝,市里同一天在殡仪馆召开一个大型的追悼会,追悼会定的时间是上午10时,地点是正中的大厅,老乔的遗体告别仪式是上午9时,地点是大厅旁的偏厅。参加老领导追悼会的各部门领导出于对死者的缅怀,大都提前赶到了殡仪馆,黑亮亮的小轿车排满了殡仪馆的大院。

老乔的遗体告别仪式按时进行。当局长胸戴小白花,带着人事局的一行人缓缓地走进偏厅时,院子里的人都把目光投向了那个不显眼的偏厅。他们大都认识或听说过老乔,或许是出于对老乔的惋惜,或许是想看一看这个颇有传闻的彪子的遗容,那悲怆的哀乐竟把院子里的人都调动起来,人们一个接一个地走进偏厅,围着那具玻璃棺缓缓地走上一圈儿。许多人发现,老乔的遗容有些滑稽,水肿的脸上擦了许多油,嘴唇像女人那样涂着口红。在大厅准备主持老领导追悼会的市长也来到了偏厅。市长多次接过老乔的电话,对老乔印象不浅。在离开偏厅时市长对身边的秘书长交代说,要发个文件,强调一下机关组织春游活动的安全问题。

我和冷大姐是作为服务人员参加老乔的丧事活动的,局长嘱咐我俩要照顾好老乔的家属———一个文化程度不高的退休女工。冷大姐的热心肠又犯了,她几次暗示老乔的老伴应借这个机会向单位提出点什么要求,因为老乔的家境的确令人同情,房子没有解决,孩子工作没有安排,家里至今还是一台黑白电视。冷大姐想,房子、孩子、票子都是硬头货,此时不提,更待何时?但眼前这个干核桃般的老女人并没有提什么要求的意思,只是一个劲儿地擦她那浑浊的老泪。冷大姐急了,在她耳边小声说:"有什么要求赶快向领导说,过了这个村可就没有这个店了。"老女人用一块脏兮兮的手帕擦了把鼻涕道:"老乔的丧事能有这么大的排场就够了,连市长都来了,俺还能有啥要求呢?"冷大姐叹了口气,对我小声嘀咕了一句:

"又是一个彪子。"

原载于 1996 年第 6 期《海燕》

大　水

一

　　天仁堂制药厂厂长钟大年的胆囊炎又犯了。昨天傍晚,他怀孕七个月的儿媳在马路上散步时,被两个骑摩托车的撞倒跌伤而住进医院。关于事故的原因,他认为这只是一次意外,但他当教师的儿子和儿媳却坚持说这是有意报复,是天仁堂下岗职工所为。因为儿媳在跌倒时依稀看见骑摩托人上衣后背上有"天仁制药"四个字。昨晚在医院忙了半夜,直到医生说胎儿可以保住,他才松了口气。情绪激动的儿子要报案,被他制止了,不就是推了一把吗?算了,就算是一次交通事故吧。儿子却很恼火,埋怨他,说他这个厂长再当下去,连家人的生命都没有保障了。

　　清晨,钟大年在办公室坐下后的第一件事,就是将一大把药片塞进苦涩的口中,用一杯温开水一股脑将药冲进胃里。做完这一切,他下意识地扫了一眼办公桌上那只粗糙的药瓶,心中却升起狐疑:这药是真的吗?

　　近些年,制假售假似乎成了一条快速致富的捷径,作为天仁堂这一厂之长,他深受假药泛滥之苦:自己厂生产的真药成批积压在仓库里,而全国各地的药品市场,假冒天仁堂的中成药却销得好不热闹。有时,也真不得不佩服国人制假的水平。据说,某省在路上奔跑的奥迪车,竟有十分之一不是一汽出厂的,也就是说,十分之一的奥迪是冒牌!那么大一个钢铁机器都造得以假乱真,更何况一瓶小小的中成药。

钟大年本来身体很棒,青年时代曾经荣获过全市铁饼的亚军。但四年前,四十八岁的他从天仁堂制药厂副厂长的位置上被提拔为厂长的时候,他却患上了胆囊炎。用他自己的话说,官儿,在一步步当大,胆子,却在一点点缩小。问起这病的根由,他总是简要的两个字:上火!

天仁堂制药厂是闻名遐迩的国有大厂,坐落在江城的大堤下,有着近九十年的厂龄。该厂以生产特色的中成药见长,新中国成立前就生产的麝香虎骨膏和牛黄清心丸,把天仁堂远播四海。新中国成立后,天仁堂一直是全市有名的利润大户和创汇大户。招工分配,如果哪一个小青年能穿上天仁堂的那件蓝色的工作服,连家人都跟着扬眉吐气。然而,这毕竟是昨日的辉煌。近些年,国有企业的日子不好过,天仁堂也不例外。自钟大年接任厂长以来,天仁堂的步子越来越沉重,先是原地踏步维持现状,后来竟步步后退,不能自保了。就在三个月前,厂里百分之二十的职工下岗了。作为一个三千人的大厂,百分之二十,就意味着六百人失业!钟大年恨自己无回天之力,眼见得一个百年老厂要垮在自己的手上,他怎能不情志抑郁?心情不畅身体就容易生病,钟大年整天阴着张脸,厂里家里不见一丝笑模样。老婆不止一次揶揄他:把胆汁都用在了脸上,胆囊怎么会不生病?

今天,钟大年要主持召开一个厂长办公会,虽然胆囊像个铁蒺藜在体内折磨他,但这个会不能不开,因为会上将要决定一项影响天仁堂命运的大事。

首先来到厂长办公室的是厂党委书记葛守业。葛守业原是某部守备师的副师长,十年前转业到地方,担任这个大厂的党委书记。葛守业也是生不逢时。他到天仁堂的三年,正是天仁堂由明星变包袱的三年。转业头一年,天仁堂还是市里的十大明星企业之一,他踌躇满志,充满在第二战场建功立业的激情。他抓队伍,抓作风,处分了三个请客送礼的分厂厂长,天仁堂当年成为市纪委的廉政先进典型。第二年,国有企业的形势晴转多云,市里的十大明星企业像得传染病一样,一下子扭盈为亏。眼看得十大明星一个个暗淡下去,葛守业像个身经百战的将军一样,处乱不惊,在全厂党员干部大会上,他不止一次地号召:要守住阵地,阵地不丢,天仁堂的大旗不倒。但他是政工干部,对企业经营了解甚少,他对钟大年说:"你尽管狠打猛冲,出了岔头我帮你擦屁股。"第三年,形势更是急转直下,十大明星企业已经是多云转阴,十个企业生生倒了一半。葛守业高大魁梧的身材第一次被小小的感冒击倒,连续两天的高烧,使他昏倒在办公室里。人们送他进医院时,处于半昏迷状态中的他,猛地抓住医生的听诊器,大声吼道:"快给我枪,我要守住阵地!"

葛书记人没坐下,手中一摞子医药费收据却摊到了钟大年的办公桌上,说:"老管头的药费,七千块,这还是老头子省着花。"葛书记所说的老管头是厂里已离休的纪委书记,常年患糖尿病。医药费花费不少,按厂里的新规定只能报销百分之五十,资格老、面子大的老管头对此有意见,便频频地来找葛书记上访:国家对离休干部有明文规定,医药费是实报实销,怎么厂里就削去一半?后来,老管头干脆就把一兜子单据扔给了葛书记,扔下一句话:"报销不了,就让钟厂长用它擦屁股好了。"这些话葛书记没法对钟大年讲,只好把单据拿给钟大年,请他定夺。

钟大年的胆囊涌上一阵绞痛。他盯了一眼那些皱巴巴的单据,深深地吸了一口气。他是很了解老管头的,因为老管头在厂里当了二十年的纪检书记,在这位参加过四平战役的老革命身上,几乎集中了那一代人所有的特征。他清楚这位老干部不是困难到了极点，是不会三番五次找厂里的，但令他感动的是，这位老纪委书记只是按程序找了葛书记，却从来没有找过自己。想到这些，他的咽喉有点发干，他把药费单据整理好压在台历下面，然后对葛书记说："让我想想办法，你晚几天答复他吧。"

负责计划生产的副厂长老宋和负责行政后勤的副厂长老周一起来到厂长室，毫无声息地在沙发上坐下。老宋和老周暗地里矛盾很大，明面上却一团和气。老宋和老周的积怨源自四年前的厂班子调整。老厂长退休后，老宋和老周都想当厂长，私下都有一番动作。两个人在一番动作后都很自信，都认为这天仁堂的厂长非我莫属。哪料想市里偏选上了另一副厂长钟大年。任命一宣布，老宋和老周才悟出这样一个道理：两虎相争，并非仅有一伤，也可能是两败俱伤。厂长虽然没当上，但在副厂长的位置上，两人都较着劲，不过这种较劲是一种微笑之下的较量，厂里的大多数职工还以为他俩是一对配合默契的搭档。

最后一个来到厂长办公室的是厂长助理、销售处长沈小梅。她一进门，就给沉闷的厂长室带来了一片明亮的色彩。沈小梅刚过而立之年，穿一件湖蓝色的西服套裙，刚刚焗过油的披肩发散发着一股袭人的奇香。沈小梅是厂办负责公关的副主任，被厂里派到国外研修了一年。厂里重金派她出国研修的目的是让她学会开拓市场的本领，谁知她回国后，先"开拓"了自己在市委党校任副教授的丈夫。她的丈夫可怜兮兮地来厂里找葛书记，说自己洗衣做饭搞卫生家里的活全包了，没有什么对不起她，她还要与自己离婚，肯定是在国外受了资本主义花花世界的影响，因为她出国是厂里派的，因此，厂里要对他的家庭负责任。葛书记觉得沈小梅的丈夫挺让人同情的，便去找沈小梅做思想工作，说："沈小梅，你别因小失大,你这助理与副厂长只有半步台阶,你就不想想你的前途?"沈小梅笑笑说:"你的意思是要我当了副厂长再离婚?可当了副厂长还有厂长,当了厂长还有局长、市长,这么推下去我这婚何时才能离?难道要等退休吗?"葛书记说:"非要离婚不可吗?人家好歹也是个副教授,与你还算般配嘛。"沈小梅又笑了:"我比你更了解他。假如你是个女人,让你在男保姆和男子汉两者间选择,你会选择哪一个呢?"葛书记不再说什么,回家后对老伴感慨道:"男人在家还是装着点好,老是做家务,连老婆都看不起。"

沈小梅人刚坐下,就把一个能引起讨论的话题抛给了大伙:"老巴出事了,乌纱帽怕是保不住了。"

"出了什么事?"葛书记问。

"进了一百箱假螺旋霉素,吃了上万块的回扣。"

"报应!"葛书记愤愤地说,"老巴这样的干部,早就该尝尝笆篱子的滋味儿。"

"蹲什么笆篱子,能撤职就不错了。"老宋说。

"顶多犯个官僚主义的错误,老宋说得对。"老周明显附和老宋,暗地里却把老宋推向一个与老巴同类角色的位置。老宋反应极快,马上予以反驳:"这绝不是简单的官僚主义,这是严重的渎职受贿罪。我刚才讲的意思是现在执法不严,像老巴这样的滑头,活动活动也就从法网里漏走了。"

老巴是市第一医院的副院长,主管医院的进药业务。因在天仁堂进药吃不到回扣,一年多来第一医院已经不进天仁堂的药了。为此,沈小梅曾去找过这位巴副院长。巴副院长谈话毫不隐晦,他用一双白多黑少的眼睛在沈小梅的身上搜索了好一阵,说:"现在什么事都讲个感情,感情不好,你厂子的药再好,我们医院也不会买。反正我们进药的渠道有的是。"沈小梅本想请这位巴副院长到酒楼去坐一坐,但对方的那双眼睛使她却步了。多年跑销售的经验告诉她:与这种人打交道,无异于与狼共舞。在沈小梅拜访过老巴不久,一天傍晚,老巴突然来电话找她,邀请沈小梅到他宅上叙谈,并说自己的夫人出国考察了。沈小梅的预感被验证了,她在马路上犹豫了好一阵,最终还是没有跨进巴宅。这件事使巴副院长对天仁堂一直耿耿于怀,他曾多次扬言:"只要我老巴在,天仁堂的药休想进一院。"

钟大年对老巴的出事并不怎么振奋,他知道,这个老巴倒了,肯定又会出现那个老巴,所以,老巴的倒与不倒并不是要紧的事,最要紧的是今天要研究的这桩大事。他轻轻地咳了两声,止住了大家的议论,说:"现在开会。"

"我们厂子目前十分困难。"钟大年停顿了一下,接着讲,"这个月职工只能开百分之七十的工资,产品积压严重,缺少流动资金,几种紧俏药缺少原料,多项新产品无钱开发,大家说怎么办?"

众人都低着头,没有回答,谁都知道钟厂长的设问之后,肯定会有下文。

"我有一个建议请大家讨论讨论,看看是否可行。东北有一家全国最大的东北虎饲养中心,因资金问题现在也陷入困境,近百只东北虎的饲料问题无法解决。我想我们能否与这家饲养厂搞个协议,也就是说由我厂独家收购他们的淘汰虎,然后恢复已经因缺少原料而停产的几种名贵药,还可以开发几种新药。我和这个主任交谈过,现在他们冰库里存有十只死虎,说是可以出售给我们。但要价比较高,每只虎三十万元。大家议一议,看看可不可行。"

众人都在心里打着算盘,每只东北虎至少要花三十万元,那么以十只来计算,就是三百万元,三百万元的东北虎如果用于制药,所生产的紧俏药会带来数倍于投资额的效益。

"托底吗？那小子会不会是骗子？"老宋说。

"他的亲弟弟在我们厂，想必骗子不会那么傻。再说，我们是不见死虎不付钱。"钟大年对老宋的疑虑早有所想。

"老宋说得有道理，深入调查一下这个饲养中心是必要的，时下到处是骗子，我们不要相信任何人。"老周话里有话，又把老宋置于厂长的对立面。老宋心里恨恨地咒着老周，嘴上却说："我相信厂长的决策，再没有别的意见。"

钟大年问葛书记："你看怎么样，老葛？"

"中，选准了就应该干，总得想法子出去嘛。"葛书记又道，"我建议这件事由小沈去办。"

钟大年点点头，问沈小梅："你有什么想法？"

沈小梅眨了眨一对涂着眼影的眼睛，问："到哪去搞三百万？"

钟大年似有不悦地说："如果真花三百万，我们还用洽谈吗？拿钱拉虎不就行了吗？之所以要洽谈，就是要谈价格，买东西哪有讨什么价还什么价的道理？我的想法是，要把三百万谈到二百万。"沈小梅似乎有所警觉，问："谁去谈？"钟大年反问道："你说说我们这一班人谁去谈合适？"沈小梅扫了一眼座中各位的脸，道："这么些男子汉不用，你们总不会叫一个弱女子去冲锋陷阵吧？"葛书记在一边说："小梅是穆桂英挂帅，肯定马到成功。"沈小梅心里明白，这差事怎么挂也推不出去，便叹了口气，又问："就是谈到二百万，这钱又怎么解决？"

钟大年把目光投向老周，老周仰起脸说："账上连二十万都没有。"

钟大年知道一炎到钱，在会上怎么研究也是纸上谈兵，便几句话结束了会议。

"去东北洽谈由小沈负责；恢复开发药品由老宋负责；二百万

元资金由老周负责,账上没有就到银行去贷。这件事就这么定了,散会。"

二

由于持续降雨,全市的抗洪防汛任务日渐突出,市里号召各机关厂矿都要组织人力参与抗洪抢险。钟大年在厂内组织了百余人的抗洪抢险突击队,葛书记老当益壮,亲自挂帅担任突击队队长。突击队的任务很明确,就是配合解放军死守靠近天仁堂厂区的这段江堤。

连日的阴雨使钟大年的身体似乎也要溃堤一般,他不得已只好住进了医院。令他受宠若惊的是,他住进医院的当天,市政府主管工业的宋副市长就来医院看望他。

宋副市长是市政府八位副市长中最年轻的一位,响当当的留美硕士。人长得斯文干练,讲话中喜欢夹杂几句恰到好处的英语,在官腔缭绕的大小会议上,他的讲话总能使人耳目一新。

宋副市长轻车简从,只让随身的秘书带了一盒名贵的西洋参。他捺住正欲起身迎候的钟大年,在床边的椅子上坐下来,很关心地问:"感觉怎么样?"

"胆子越来越小了。"钟大年不失诙谐地回答道。

"是让天仁堂熬的吧。"宋副市长说,"天仁堂能生产那么多灵丹妙药,就不能治治你这当家人的胆? 难道真是自己的刀削不了自己的把?"

"我这刀的把需要宋市长来削。"钟大年接着副市长的话说。

"你是独立的法人,我怎么削?"

"我急需二百万的'医药费'。"钟大年抛出了久存于心头的要求。他知道,见一次副市长不容易,既然副市长主动来了,这机会绝不应该放过。

宋副市长摇摇头说："我劝你老钟，眼睛不要总盯着银行或财政，要多想想体制的问题，通过改革找出路嘛。"

"宋市长，我只想请您让银行通融一下，别让天仁堂死在门槛上。"钟大年情绪有些激动，动情地说，"几十年来，天仁堂为国家上缴了多少利税？现在要油尽灯灭了，谁也不来管了……"

"银行已经商业化了，人家有信贷政策，天仁堂欠贷几千万，我说话也未必起作用啊。"

宋副市长站起身，也很动情地说："'山重水复疑无路，柳暗花明又一村。'你别上火，老钟，我最近要去日本招商，等回来后我帮你想想办法。"宋副市长又说了一番劝慰的话，便告辞了。

钟大年住院第三天，厂保卫科麻科长急匆匆地赶来报告，厂办公楼的门卫兼传达老李头监守自盗，案情已经查明，问怎么处理。

老李头是个残疾人，左腿比右腿短十厘米，就是这微不足道的十厘米，使他沦为一个人见人怜的鳏夫。老李头工作认真是厂里出了名的，他在厂办公楼当了二十几年门卫，还没有听说哪个办公室失窃过什么。因此，尽管他是个临时工，但包括钟大年在内的上下干部们，都把他视为天仁堂的正式职工。他天天吃住在厂里，班上班下、楼里楼外，总是晃动着他跛来跛去的身影。这样一个爱厂如家的老人会去偷东西？该不是日头从西边出来吧？钟大年一脸怀疑地望着麻科长，似乎在问：你没有搞错吧？

麻科长看出了厂长的怀疑，便绘声绘色地讲起了破案的经过和老李头的坦白交代。

前几天，厂党委办积累了多年的厂史资料全部被窃，这些资料足足有两大纸箱，本来早该送到印刷厂复印，但因几万块的印刷费无法落实，这些已编写好的资料就放在厂打字室里。老李头大概早就盯上了这两箱子资料,他根本没想到这些泛黄的旧纸是七八个人伏案编纂了三年的心血,在他眼里这不过是一年多来无人理睬的两箱子废纸。有一天他竟用这两纸箱资料换了一箱啤酒。开始审问他时,他死活不承认。谁知警犬般嗅觉灵敏的麻科长在床下发现了那箱啤酒,一问这啤酒的来历,老李头的脸马上变白了,两条腿开始过筛子。因为他说不出这酒是从哪里买来的,麻科长就以这箱啤酒为突破口,连夜审问,终于破了这起大案。

听完事情的经过,钟大年沉默了好一会儿,对麻科长吩咐道:"这件事既然是内部职工所为,就内部处理为好,不要往公安部门汇报了。你回去替我通知人事科,解除老李头的合同算了。你们保卫科工作不错,很有成绩,现在厂子状况不好,容易生乱子,你们要格外警惕。对了,一定要想办法把那些资料追回来。"

麻科长知趣地走了。

床头的传呼机又响起来,一看,是老周来的扣机。钟大年心里有数,老周若没有急事是不会在这个时候打扣机的,他只好趿着拖鞋,到护士值班室去回电话。

老周的电话是从某个酒楼打来的,他正在请银行的一个实权派处长吃饭。他来电话的目的是告诉老钟:银行是没有一丝希望了,请老钟赶快另谋良策。钟大年心里清楚,老周在贷款问题上不会真下力气,这种结果也是预料之中的事。

钟大年想,无论如何这院是住不下去了,他决定明天一早就回厂里上班。

三

集资。

一张大红海报在霏霏雨丝中张贴在了天仁堂的厂门边,年利百分之十,一年后本利一次还清,厂里欢迎广大职工自愿集资。

钟大年做出这一决策是冒着极大风险的,但他已经别无选择。沈小梅已经从东北发回电传,称洽谈顺利,不日将签订合同,请速筹集资金。

钟大年坐不住了,他想到了老葛。最近两年,遇到棘手的事他总是想到老葛,老葛的干脆果断与另两个副厂长的推诿对比鲜明。在工作上老葛从不讨价还价,只要是厂里决定的事,他总是不遗余力。上次职工下岗,一些人跑到厂办来闹事,个别青工情绪激动,把钟大年堵在办公室里要讨个说法。葛书记赶来为他解了围,葛书记的话职工们都认,因为葛书记的老伴也在下岗之列。葛书记的老伴是随老葛安置到天仁堂的。她本来在原籍河南某县当妇联主任,安置到天仁堂做了个普通的行政干部。这次下岗她恰恰被划在条条内,为此事几个副职都希望厂里能对她网开一面,因为她是随丈夫转业安置,国家有政策。但老葛想得通,他对钟大年说:"既然定了条条,就要坚决按条条卡,要不工作怎么做?至于我老婆,厂里不用多想,我堂堂一个副师级,还养活不了老婆?"

老葛来到后,已经猜到了老钟找他的用意,便单刀直入:"别的不用讲了,你只给我个答复:如果一年后集资款还不上怎么办?我怎么向职工们交代?"

钟大年说:"我的担心比你还重,可眼下不这么解决又能怎么解决?另外,我反复思考过,我们投资一到位,就能得到十只虎,就是吃了虎肉卖虎皮虎骨也不会赔账的,更何况我们是深加工、高附加值。"

葛守业说:"那好,我来抓集资这件事。"

钟大年眼圈一阵发热,他为自己能有这样一个搭档而感动。他想,如果老宋和老周都像葛书记这样坦坦荡荡,自己的胆囊也不至于疼得这般厉害。

葛书记在与钟大年谈话的当天下午,召开了一个由基层党团书记、工会主席参加的动员会。会上,主持人宣读了党委下发的集资通知后,他没有拿讲稿站在主席台上,他做了一番简短却令人怦然心动的动员讲演:

"同志们,我知道我们厂的职工都很穷,连日子都很难过,哪还有什么钱来集资?"

会场很静,大家都望着这位曾肩扛大校军衔的党委书记。

"大家穷的原因,是我们天仁堂穷,因为我们天仁堂穷,没有哪家银行愿意帮我们助我们。现在,我们遇到了极大的困难,但也恰逢一个很好的机遇,这个机遇就是投资东北虎饲养中心的项目,这个项目是经过充分论证的,厂里不会拿大家的血汗钱去打水漂。现在,能拯救天仁堂的,只能是天仁堂的职工们。正像《国际歌》里所唱,'从来就没有什么救世主,也不靠神仙皇帝',要创造天仁堂的辉煌,只能靠我们自己! 天仁堂是大家的,大家是天仁堂的人,你们有谁愿意看着这个百年老厂垮掉吗? 换句话说,如果厂子倒了,我们大家谁还会在这儿站着? 因此,想厂子不倒,办法只有一个:有难大家当,万众一心,勒紧腰带,共赴厂难! 我号召大家踊跃集资,希望大家不要担心,一年后要是还不上大家的钱,我葛守业就从办公楼顶跳下去!"

没有人鼓掌,不少人的眼眶里噙满了泪花。

第二天一早,厂财务处办公室的里里外外拥满了来交集资款的职工。钟大年和葛守业亲临财务处,这场面叫两位厂领导感慨万千。钟大年轻轻地对葛守业说:"老葛,等我胆子变大后我一定请你喝酒,而且要喝茅台。"葛守业道:"你不用请我喝酒,你只要在集资这件事上不叫我坐蜡就行。""这点你放心,老葛,要跳楼咱俩一起跳,到阴曹地府咱俩还搭班子。"

令钟大年很感动的是,已经被厂里开除的老李头竟也交来了一千元的集资款。老李头一跛一跛地来到厂长室,把一千元钱放在桌子上,声音哽咽地说:"我不要利,我只想赎罪,我对不起天仁堂,我不知道那些废纸那么值钱。"但此时的老李头已经不是天仁堂的职工了,考虑到他生活困难,钟大年没有收他的集资。

二百万元集资款很快收齐到位。钟大年给远在东北的沈小梅打电话:"一手钱一手货,你要亲手把虎押回来。"

四

老宋闹着要求调走,问理由,老宋说:"我不能给老周扛小旗。"

钟大年对老宋的想法感到可笑,都是副厂长,一个抓生产,一个抓行政,谁给谁扛小旗呀?

老宋很神秘地告诉钟大年,说老周活动着当厂长已经不是一天两天。最近市里一位领导发话了,说这几年天仁堂生产经营不好,班子是个关键因素。因此,天仁堂班子的调整是早晚的事。还说老周有能力,能盘活资金,敢于开发新药特药,这股风老周本人也放过。

"这样遭罪的厂长如果有人来争,我也心甘情愿让贤。"钟大年说,"他老周想干不想干与你老宋有什么关系?你这挑生产大梁的副厂长一走,天仁堂还怎么维持?"

老宋说:"我不是很愿意离开天仁堂,大半辈子都给了天仁堂,眼见老了,还愿意跳槽吗?可老周这人实在不好共事,自己不懂业务,还喜欢到处指手画脚,冷不防就给你脚下使绊子,叫你防不胜防啊。"

老宋对老周的成见很深蒂固。其实,两人并无什么宿仇,究其

203

根源,无非是四五年前两人都想当厂长,两人又都跌了面子,惹得相互埋怨。老宋很看不起老周,整天呼呼悠悠,一点实事不干,这样的人要是当了厂长,天仁堂不遭殃才怪。但印象这东西特顽固,他一看见老周那副趾高气扬的样子就反感,老周管行政,有时安排个活动吆五喝六,根本没把自己摆在同级的位置上,老宋很有些愤愤然:都是副厂长,你老周怎么就狗眼看人低!

钟大年知道老宋并不是真心想走,只是想来探探自己对他和老周的看法,便耐心地做了一番老宋的安抚工作。老宋最后表态:"只要你钟厂长这杆大旗不倒,我为你扛小旗肯定没问题。"

把老宋打发走后,钟大年来到厂技术处。他已向技术处下达了任务,要抓紧利用东北虎再研究开发几种新药,并尽快投入市场。

技术处的几个头头儿正在开会,见厂长驾到,年轻的处长小陆要宣布散会,却被钟大年阻止了。钟大年说:"大家在一起议一议,小陆,把你的盘子端出来吧。"小陆是中医学院一九八三年的毕业生,他能荣任技术处长,主要得益于天仁堂人才的老化与外流。排在小陆名前的本来有五位技术高手:第一位自行出走被除名;中间两位年近古稀,厂里已经多留用了几年,前年两人都提出要退,厂里不得已才给办理了退休;后两位年龄倒好,只可惜被南方一家保健品厂用高薪双双聘走。这样一来,年轻的小陆便挑起了处长的重担。

小陆端出的盘子令钟大年有一种说不出的滋味儿。他们新研制的两种新药特药听起来令人脸红,一种叫强肾丸,另一种叫消渴丸。钟大年感叹一声:天仁堂怎么了?竟要同那些走街串巷的江湖医生争饭吃吗?

钟大年尽管对这两种新药都有一种本能的反感,但他心里还是暗暗赞赏小陆对市场的洞察。的确,不知从哪一天起,城市的大街小巷都贴满了专治性病的广告,而糖尿病患者不知从何时起越来越多了。由此看来,这两种新药的市场前景是看好的。

技术处的人员对研制这两种新药充满信心,钟大年也很受鼓舞,似乎胆囊里又生出新的胆汁,使他周身感到一种充实。技术处的经费很紧张,兴奋中的钟大年当即表示马上给技术处拨一万元科研经费。他的这一决定,赢来与会人员的一片喝彩。

散会后,钟大年把小陆叫到一边,问:"范励祖最近和你们联系过吗?"

小陆摇摇头说:"听说此人在国外搞中药,美元、英镑没少赚。"

钟大年哦了一声,便没有再说什么。

钟大年提到的范励祖是八年前被天仁堂除名的中层干部。当初钟大年任生产处长,范励祖是技术处长,两人都是厂长助理,都是上级培养的后备干部。两个人年龄相仿,在业务上旗鼓相当,是互不相让的骨干。谁知上级偏只提拔了钟大年,这让官运中升的范励祖大跌眼镜。范励祖在沉默了三天后,忽然不辞而别。技术处长的失踪,让天仁堂上下轰动了好一阵儿,待好歹找到他的时候,他已经是郊县一家制药厂的厂长了。钟大年亲自跑到郊县去做他的工作,让他不要意气用事。范励祖眼光幽幽的,透出一种拒人千里之外的韧劲儿。他对钟大年说:"现在你我都是厂长,你是大厂,我是小厂,我们不妨赌一赌,看看谁能赢。"钟大年很不理解这位竞争对手,心想:你范励祖这是怎么了?我们的目标是为国家创造财富,哪里能谈得上输赢?但既然范励祖的决心已下,他也只好打消了劝说范励祖回天仁堂的念头,只是祝愿他能把这个小制药厂发展起来。但与他祝愿的结果恰恰相反,一年后,这家郊县的制药厂却倒闭了,范励祖也就从此失去了音讯。钟大年向几个人

205

打听了,有的说去了香港,有的说去了美国,还有的说在日本的横滨见过他。

五

大堤外的江水在无声无息中缓缓上涨,江水的高度已越过警戒线,超过城市的高度近两米,整个城市都感到了一种沉重的压力。

市防汛指挥部召开紧急会议,钟大年派老周去开会,谁知老周忘了去开。防汛无小事,市防汛指挥部对天仁堂做出了严肃的处罚,在电视、报纸上点名批评,并处以罚款一万元。

通知下达天仁堂后,钟大年把老周找来,问他这是怎么回事。老周支吾了半天,推说自己拉肚子,没能开上会。钟大年铁青着脸,一声不吭,等着老周的下文。这种沉默,让老周额上的汗一层层沁出来。此事责任全在老周,他自己也无话辩解,只好说:"厂长,你就处分我吧。"

钟大年依旧不说话,眼睛总是不离开市防汛指挥部的那一纸通知。

"罚款不用厂里出,我自己想办法。"老周狠狠心,做出了这一承诺。

钟大年还是不说话。老周简直走投无路了,他擦了一把头上的汗,道:"那么,我……我在班子会上做检查。"

老钟是了解老周的,此人刚愎自用又工于心计,性格豪爽但又胸怀不宽。对于这个助手,只要能击中他的要害,他就好比一条驯服的巨蟒,会随着你的笛声翩翩起舞。

看到老周已经山穷水尽,钟大年终于开口了:

"这件事给天仁堂造成的影响我不说你也知道,这已经是无法

206

挽回了。至于你本人,作为一个厂领导,在职工中的威信肯定会因此一落千丈,如何来挽回,只能靠你自己。"

"钟厂长,你说怎么做,我就怎么做。"

"过去的事就让它过去吧,我想让你再去承担一项新的工作。"

老周心里一热,厂长还是很信任自己的。

"市第一医院已经几年不进我们天仁堂的药了,可昨天葛书记的老伴去医院看病,开出的药竟是我们厂生产的。我和老葛估计这可能是假冒产品,你在社会上关系广,所以,想请你出马去查清这件事的来龙去脉。"

老周一听心又凉了,市第一医院的院长是市长的夫人,去查市第一医院的售假,岂不是太岁头上动土?

"这事查的意义不大,反正老巴已经出事了。"老周知道这件事的难度,但厂长说到这个程度,分管这方面工作的沈小梅又在东北,作为行政副厂长他没有别的理由推脱,便提起那个已经倒霉的巴副院长。

"不,这件事意义很大,我们查这件事主要是要向假冒厂方索赔,这和老巴没有关系。"钟大年很坚定地拨开了老周提出的理由。

"那好吧,我来办办试试。不过,遇到关键问题,还需要你厂长出马才行。"

"行,等你查清再说。"

老周走后,钟大年心里很烦躁,老周那一身官场习气令他有点反胃。他又吞下一大把药片,拿起电话给远在东北的沈小梅挂长途。这几天,他的心一直悬在那个遥远的东北虎饲养中心上,因为这件事容不得半点差池。

沈小梅的房间没有人接电话。这时,财务处长一脸愁容地走进来告诉他,说这个月的工资还没有着落,销售款外欠五百万,看来本月内一分钱也收不回来。说完,递上一份欠款单位统计表。

钟大年一看名单,心里一下子亮了起来,原来表上第一家欠款单位是河北省的一家医药公司,而这个公司的经理正是自己中学时的一个同学,该公司欠一百七十万元,要回这笔钱,本月的工资问题就基本解决了。钟大年当即决定:明天动身亲自去石家庄。

六

老纪委书记管海的糖尿病尿了一串"+"。他让女儿小云请示厂党委可不可以住院。葛守业听后当即表示:"住,怎么能不住院呢?"

葛书记表态容易,可出钱就为难了。五千块的住院押金,在财务处卡壳了。财务处的人说:"账上现在一分钱也没有,要住院,只能等钟厂长从河北要回来钱才行。"

小云又找到了葛书记,拉着老葛的衣襟就扑通一声跪下来,仰着一脸泪水望着老葛:"葛书记,您也有退休那一天,您也有有病的时候呀,我爸爸好歹也是个县团级,老了病了怎么就没有人管了呢?"

葛守业的鼻子有些发酸,他扶起小云,喃喃地说:"怎么会没有人管呢?怎么会没有人管呢?还有党,还有组织嘛。"突然,他心头一亮,对小云说,"你先回去,押金我马上派人送到医院去!"

"可财务处没有钱。"小云将信将疑地说。

"这你就甭管了,叔叔大小也是天仁堂的书记,总不会骗你吧。"老葛笑了笑说,"快擦擦眼泪,送你父亲住院吧。"

送走了小云,老葛叫来了组织干事小赵,吩咐他带一张五千元的党费支票速去医院为管海交住院押金。党费的使用是有严格规定的,动用这么大的数目用于治病,这还是第一次,小赵面露难色,搓着双手不肯挪步。老葛火了,瞪着眼睛吼道:"你怕啥? 出了问题我负责!"

小赵这才不情愿地走了。

就在老葛为管海主院不惜动用党费的时候,远在石家庄的钟大年也并不轻松。老同学对钟大年的接待可谓无可挑剔,一餐一种吃法,八大菜系把同窗之情表达得极充分、极到位,但就是不谈欠款的事。酒桌上钟大年几次想提出这个话题,都被老同学巧妙地岔开了。遭受着胆囊炎折磨的钟大年无心恋席,只是出于礼貌,不得不应付老同学这一次次豪华讲究的宴请。

对老同学的这种态度,钟大年甚为不满。你小子明明知道我是来讨债的,却总是不入正题,我难道是到你这儿来度假的吗? 钟大年决定以到家中拜访的名义,向这位身居经理之位的老同学摊牌。

老同学的家考究但不豪华,种种来自异国他乡的工艺品显示出一种品位。尤其是那些悬在墙壁上的动物头颅的标本,把人一下子带去了非洲的草原或美洲的森林。

钟大年为老同学带的礼物是一轴国画,是哈尔滨一位国画家的冰雪画。展开画轴,那洁白的冰雪世界似乎能滤去生活中的浮躁,使人生出一些返璞归真的情愫。老同学在这幅冰雪画前沉默了许久,然后长长地叹了一口气,对钟大年道:"老钟,你看我是不是变了?"

"世界都在变,人怎么能不变?"钟大年顿了顿又说,"只要不变得连自己都感到陌生就行。"

"你是来讨债的,我清楚。"

"我实在别无良策,这个月职工的工资都开不出了。"钟大年苦笑着说,"否则,我这个厂长也不会亲自来拜访你呀。"

"你是这个月开不出职工工资,我的职工已经三个月只发半薪啦,你说怎么办?"

钟大年犹如被人击了一棍,两腿有些发软。他没有想到老同学的日子也是这么不好过。国有企业这是怎么了?本来好端端的,怎么就抽筋剔骨地成了一摊烂泥!

相同的命运总会生出不尽的话题,钟大年与老同学叙谈了整整一个下午,两人最终商议的结果是,老同学尽快筹集并还上一百七十万元欠款,天仁堂即将投产的新药由老同学独家经销。

钟大年感到肝脏附近的那包有棱有角的东西变软了,久患胆囊炎的他得出了这样一条经验:胆汁,是情绪的液化,愉快时,它是一泓宁静的湖水,恬然有序;抑郁时,它则会变成一锅沸水,翻滚无常。不管怎么说,一百七十万元欠款也算有了眉目,此行毕竟没有白来,这天是钟大年几天以来第一次有食欲。

因为第二天一早就要辞别,老同学在丰盛的晚宴后执意安排钟大年到舞厅里坐一坐。在舞厅半明半暗的小包厢里刚坐下,老同学便招来两位小姐。随着悠缓的舞曲,老同学拥着其中一位小姐旋入舞池,另一位小姐则猫一般偎在钟大年身边。钟大年进娱乐场所的机会少,还从没有与一位陪舞小姐独处,这包间里便显得有些缺氧。

"我们去跳舞吧。"小姐很主动地站起身来说。

"还是坐一坐吧。"钟大年不擅长跳舞,尤其在酒后。

小姐又坐下来。钟大年抱歉地望了望小姐,他这才发现,小姐不怎么年轻,但长得却很清丽,一身纱质黑色连衣裙在暗淡的灯光下显得越发神秘。

或许是酒精的作用,在这种令人缠绵的环境里,随着萨克斯那动人的旋律,钟大年感到了一种青春的跳动。

《与你缠绵》，钟大年很熟悉这支曲子，也很喜欢这支曲子，这旋律似乎能滤去人的一切，使人赤裸地跳入大海。

小姐的情态很可人，微微低着头，让一头披肩发随意地从两耳边流泻下来。钟大年下意识地伸出手去，把那一缕流落下来的柔发给她拢到脑后。他的这一举动，令静坐的小姐微微颤了颤。或许是小姐这种让人怜爱的姿态鼓动了他，此时，钟大年的周身忽然涌上一种男子汉的责任感和使命感，他一下子把小姐搂到怀里来。他并不想也不会再有什么深入的动作，他的这种拥抱只是在萨克斯的怂恿下的一种自我心灵的慰藉，因为他疲劳的身和心都需要一种依托，就像大海中精疲力竭的人希望靠住什么，哪怕是一截船板、一块礁石或一条善意的海豚。钟大年分明觉得小姐的肩头在抖动，这抖动很快变成了一种战栗，便说："不要怕，我不是坏人。"小姐仰起一张泪脸望着钟大年："钟厂长，你看我是谁？"

钟大年一下子从梦中跌落到现实，愣愣地望着抽泣的小姐问："你是谁？你怎么认识我？"钟大年醉意全失，他为自己刚才的莽撞而忐忑不安。

"你当然不会认识我，你也不想认识我，你是千人之上的大厂长，而我原是天仁堂三车间的一个小小的包装工，三个月前我与几个姐妹一起被你裁减下岗。"

钟大年的胆囊像被人狠狠地刺了一枪，苦涩的胆汁一直涌上喉咙。他用力咽了一口这些难咽的液体，问道："你为什么要到石家庄来？"

"人都有张脸，你要是在家门口，会到舞厅里来泡小姐吗？"

钟大年再也无话可说了，他的五脏六腑一下子颠倒了次序，脑汁似乎成了一锅搅碎的豆腐脑儿。我这是怎么了？我的职工下岗了，我的职工跑到异省他乡当了陪舞小姐，而我这个厂长，却还在这里……他的心一阵抽搐,扬起手狠狠地抽了自己一记耳光。

小姐双手捂着脸跑开了。

七

假药。

老周在进行了缜密的调查之后,对市第一医院下了这样的结论。老周摩拳擦掌,特意找来了厂里聘请的法律顾问小徐,研究了一套诉诸法律进行索赔的方案。钟大年很满意,对老周说:"老周,此事就由你全权处理了,官司一定要打赢!"

假冒天仁堂之名生产假药的厂家是蜀中的一家乡镇企业,名叫川江制药厂,市第一人民医院对这家制药厂一无所知。这些假冒天仁堂的假药是由老巴经手进的,院方认为,老巴现在已被撤职,杀人不过头点地,还能把老巴怎么样? 至于假药,经鉴定还是有一定药用成分,医院照卖不误。法律顾问小徐建议老周说:"这官司分两次打,先告市第一医院售假,再告川江制药厂制假,反正有假药证据在,两场官司保赢。"

老周兴奋异常,这桩十拿九稳的官司将是自己的一大政绩,这桩事情办下来,相信自己的威信将会如日中天,对于自己下一步的安排会产生意想不到的影响。目前,自己和老宋是势均力敌,如果这着棋敲下去,老宋肯定是甘拜下风。

小徐已经备好法律文书,正要提交法院,老周忽然接到市政府办公厅的电话,说天仁堂和市第一医院的问题可以协商解决,不要诉诸公堂。老周接到电话后打了个电话,得知宋副市长已于几天前赴日本招商去了,起诉市第一医院的事便这样搁下了。

市第一医院惹不起,地处蜀中的川江制药厂便成了老周进攻的目标。老周想,若能从这个制假药的厂索回一笔赔款,这场官司还是值得打的,再说这又是一场怎么打怎么赢的官司。

正在老周精心准备诉讼材料时,一天傍晚,一个风姿绰约的少妇敲开了他的家门。少妇是市卫生局一位副局长介绍来的,事先这位副局长已经给老周来过电话,说四川某药厂的一位厂长要去找他,想商洽一下联合办厂之事,请他关照一下。老周当时说:"你怎么不找老钟?我只是个副厂长,说了不一定算。"副局长很干脆地说:"就相信你老周了,老钟有病,就别再让他操心了。"老周听得心里痒痒的,放下电话昏愣愣地想了好一会儿。

来访的少妇叫江冰,自称是三江制药公司的副经理,她向老周介绍了三江制药公司的有关情况,说他们公司久仰天仁堂的大名,想借天仁堂的技术,用三江的设备和原料,搞联营开发。江冰神情自若,妙语动听,把个老周说得不住地点头。老周想:天仁堂刚刚下岗六百多人,其中不乏技术人员,若真能搞成联营,既可以安置一批下岗职工,又能白白为天仁堂赢来效益,这样的事是划得来的。

江冰接着邀请老周到三江做一次实地考察,并且明天即可动身,而且不管联营能不能成功,老周的考察费全部由三江负责。

老周动心了,他觉得这件事如果成功,自己无疑就成了一大批下岗职工的救星。他当即拍板,明天即随江冰去四川。

送走江冰,老周拨通了钟大年的电话,说明天要亲自去四川,想调查一下川江制药厂造假的事。老周埋下了伏笔,他不想先把联营的事抖出去,他想,到时候给全厂一个惊喜。钟大年在电话里同意老周去四川,并问他是不是带两个人去。老周说厂里经费困难,就省点旅差费吧,有什么事随时电话联系就行了。

老周和江冰先乘飞机到武汉,然后从武汉乘一辆豪华游轮逆水驶往重庆。

一登上游轮，老周便有一种被俘虏的感觉，因为江冰购买的是一等舱，一等舱是两人舱，像星级宾馆一样设备齐全。老周不自然地问："这样住是不是不方便?"江冰却很随便地说："船和火车都这样，别说我们是同伴，就是素不相识，如果买到了一个舱号，也得这样住。"老周于是觉得自己实在是少见多怪，便心安理得地住下来。

　　令老周难挨的是，这样与一个年轻的少妇同居一舱实在是一种折磨。尤其晚上，临床上那若隐若现的纱质睡衣，那卫生间哗哗流泻的水声，那夜半时分喃喃费解的梦呓，令老周心旌不稳。第一个晚上过去，老周便赤了两只眼，大脑像船舷边的江水一样犁来翻去，总是静不下来。

　　第二天晚上，老周特意多喝了几杯酒，想尽快入睡，免受胡思乱想之苦，哪知酒精的催眠效果并不好。以往在家，只要喝上几杯，晚上睡眠就格外好。可今天不行了，喝下去的似乎不是酒，而是提神的咖啡，他辗转反侧，心神难以定位，只好披衣在甲板上踱步。秋天的长江并无想象中那么富有诗意，一阵凉风钻进脖子，老周就清醒了许多。他对同舱的这位女性并无企及之意，但人这东西挺怪，当一个相对封闭的世界里只有一男一女时，任你是柳下惠，也不能不紧张。接触了两三天，他感到同行的这位江冰小姐谈起中药来头头是道，对中药的国内国际市场也有研究，论起企业管理，净是些老周感到新奇的词汇，这使老周很佩服。老周拍拍自己变得发凉的脑门想：人家很正常很自然，自己这是怎么了？一把年纪了还紧张什么？他返回舱里，江冰小姐已经入睡了，他像一只渔船的老猫，轻手轻脚地躺回到自己的床上，用毛毯蒙住头，很艰难地睡去。

　　第三天晚上，老周被自己彻底打败了。

　　这一夜他半醉半醒，竟稀里糊涂地做了一番苟且之事。次日醒来,江冰斜着眼睛对他说:"你昨晚好大的力气哟。"老周一下子红了脸,只是惶恐地说:"昨晚我喝醉了。"

迈出了第一步,老周的脚便不由自主了,汉渝之行的后半程,便成了老周与江冰小姐两个人的世界。老周游兴勃发,与江冰小姐游三峡、逛鬼城,在沿江每一处名胜都留下了两人相依相偎的身影。

船到重庆,临下船前,江冰小姐向老周摊了牌。江冰小姐说,川江制药厂是三江制药公司的一家联营分厂,是一家乡镇企业,目前经营形势不太好,请老周给指一条生存之路,并说这川江制药厂的厂长是自己的丈夫。

老周这才如梦初醒。但此时的老周已动不得肝火。想想自己这一路对江冰小姐的所作所为,他不免有些心虚。他双手抱头想了好一会儿才说:"同川江制药厂打官司是厂里定的,我只是个副厂长,这梯子我撤不了。"

"并不要你撤梯子,"江冰小姐说,"我们还是搞联营,你只要在合同上签字就行了。"江冰小姐从皮包中拿出一份已准备好的合同递给老周。

老周接过合同一看,一切全明白了,合同的时间往前提了八个月,也就是说,如果签了这份合同,川江制药厂在八个月前说是天仁堂的联营分厂是合法的了。

"我不让你为难,这八个月,你按销售额的百分之一提取管理费,而且这次你可以把钱带回去。"江冰小姐从皮包中拿出一张没写时间的转账支票。

老周别无选择。

八

老周揣着一张合同忐忑不安地返回天仁堂时,正赶上厂办楼前一百多个退休职工为两个月领不到工资在闹事——谁料想，一百七十万元刚从石家庄汇来，斜刺里就杀出了国税局这个程咬金，一百七十万元全被税务局以拖欠增值税为由直接从银行划走。钟大年曾找过税务局局长，局长听完他的解释后，送给他一本新税法，说："企业亏盈是你的事，依法收税是我的事，我这当局长的也不能因亏枉法呀。"钟大年垂头丧气地走出国税局。他不能抱怨这位局长的做法，人家只是依法办事而已。增值税、增值税，管你企业盈还是亏，税政的人只盯着你的口袋，哪管你肚子的饥饱！只要你的机器一转，你就要纳增值税。

满头大汗的葛守业正在人群前做解释工作。老周绕过人群进入楼内，来到钟大年的办公室，见钟大年正铁青着脸用一只茶杯顶着肋下，看来是胆囊炎又犯了。

"回来啦？"老钟问。

"回来了。"老周很关心地说，"老毛病又犯了吧？我派车送你去医院吧。"

"职工们把门堵死了，我走不了。"老钟痛苦地摇摇头道。

"可以从后门走，大伙看不见。"老周说。

老钟苦笑了一下说："算了吧，这种时候我怎么能住院？"

"这次去四川，索赔的事挺难办，现在处处都搞地方保护主义，要是告到法院，恐怕一分钱也讨不回来。我想方设法变通了一下，与川江制药厂搞了项联营，咱们不出人、不出力，只是白拿管理费。看，第一笔管理费已经拿回来了，三万六千块。"老周把一张汇票摆在钟大年的桌子上。

钟大年扫了一眼汇票，冷冷地问："联营？什么联营？合同呢？"老周从皮包里拿出合同递给钟大年。钟大年皱着眉头看了好一会儿，什么话也不说，一双凛然的目光开始擒拿老周那副闪烁四

216

顾的眼神。老周的额头沁出汗来,他知道,凭钟大年的洞察力,自己的一切伪饰都是多余的。

老周低叹一声,缓缓地低下头,内疚地说:"钟厂长,你批评吧,我是鬼迷心窍,好心办了错事,当时签订合同我就后悔,我这不是砸天仁堂的牌子吗?"

钟大年深深地吸了一口气,他没有呼出来,一口气全闷在心口。既然木已成舟,这白纸黑字的合同只能认了。

他无奈地摆摆手:"你不用说了,下次班子会你向大家做个解释吧。"

葛守业好不容易劝走了闹事的退休职工,他来到钟大年的办公室说:"老钟,你别拣了,马上去医院。"说完拖起钟大年就走,老周在一旁也帮着推,就这样硬是把钟大年连拖带推地送进了医院。

医生检查后,认为钟大年的胆囊炎已经非常严重,泥沙性结石已诱发黄疸,到了非住院治疗不可的程度。钟大年只好在医院住下来,一天挂三个吊瓶,厂里的工作暂由老葛主持。

钟大年身住医院,心却在东北。沈小梅来过电话,说饲养中心卖虎需要层层审批,来买虎的还有几家南方客商,但因为天仁堂与中心的主任有层亲戚关系,中心便与天仁堂签了售虎合同,估计过几天将用冷藏车把东北虎运回去。但这几天却不见她回来,更令钟大年感到不妙的是,国家对珍稀野生动物入药问题将有新规定,他担心会在自己的这批东北虎身上生效。

不幸果然被钟大年猜中。

天仁堂接到了有关部门的通知,禁止生产以虎骨、犀牛角、麝香等为原料的中成药,已生产的有关中成药也不得再行出口。

在东北,沈小梅已经租好了冷藏车,十只冷冻东北虎却被有关部门封在冷库,不准启封。

217

沈小梅焦急万分地将电话打回厂里,葛守业闻讯犹如五雷轰顶,带领老周、老宋两位副厂长直奔医院而来。

钟大年的病床上正摆着这份文件,他首先想到的不是虎,而是那集资来的二百万元。当葛守业说完十只东北虎被封在饲养中心不能运回时,他一把抓住老周的手,有些失态地说:"老周,川江制药厂的事到此为止,你马上去东北帮助沈小梅,不管使用什么办法,一定要把二百万职工集资款要回来。我知道你会有办法的,你一定有手段。"

老周被钟大年的这种情绪感染了,他挺了挺胸膛道:"钟厂长,既然有你这话,我老周豁出去了,天仁堂的兴衰也有我老周的一份,我知道这二百万的分量,这些职工的血汗钱我一定要回来。"老周的眼睛有些湿润,他看到钟大年的眼角不知何时也溢出两行泪水。

一波未平,一波又起。就在天仁堂上下被东北虎搅得焦头烂额的时候,市委组织部的调查组进驻天仁堂,原因是有人举报党委书记葛守业滥用党费。钟大年闻讯后急忙赶回厂里来,他知道老葛自己是顶不起天仁堂的。

葛守业对调查组的态度很不冷静:"不就是五千块吗?又没有揣进自己的腰包。党费怎么了?党费不就是取之于党员用之于党员吗?一个老党员眼看着病情恶化,难道就不能救救急吗?"

调查组的人态度也很硬:"你发什么火?规矩又不是我们定的,和我们说得着吗?我们的责任只是来搞清楚事实。"

葛守业控制不住自己的情绪,他正在为东北虎的事心情烦躁,因为这二百万元是他以跳楼为承诺向全厂职工筹集的。因此,他对调查组不合时宜的调查有一种本能的反感。他依然态度冷冷地说:"钱是我批的,数额是五千块,用途是给老管交住院押金,这就

218

是事实,你们爱怎么处理就怎么处理吧。"说完竟拂袖而去。

调查组的人面面相觑。

好在钟大年很冷静,他对调查组的人说:"这钱是借而不是批,当时我不在家,又等着急用,老葛便从党费中暂借了一下,时间不会长,我马上就还,这事我代表老葛做检讨。"

调查组的人都松了绷紧的脸,说不管什么原因,葛书记这种态度就不对。

钟大年又检讨了一番,亲自带调查组的人参观了一番厂容厂貌,吩咐厂办安排了一顿午饭,才总算帮老葛打了个圆场。

钟大年返回医院时,值班女医生对他的行为大为不满,问他:"没有你,天会塌吗? 你这是在透支生命你懂吗? 再说了,天真要塌下来,就你这病身子能支得住吗?"

钟大年思忖了好一番医生的话,腹中又泛起一阵绞痛,他求救似的对医生说:"给我打一支止痛针吧。"

九

由于连续月余的降雨,流经这座城市的大江开始变得性情暴躁起来。在天仁堂的人们看来,靠近厂区的临江大堤一直如万里长城般固若金汤。但几百年不遇的洪水今年降临了,往日温驯的江水似乎一心要与大堤比个高低,已经与大堤基本持平,若不是大堤上又筑了子堤,洪水早就从头上倾泻过来了。大堤已经戒严,一队队身着迷彩服的军人彻夜守护着大堤。由于天仁堂就地处大堤之下,天仁堂的人像头上悬了一把利剑,提心吊胆地上班下班。

职工集资款被骗的消息不知怎么就在厂里传开了,这无异于一枚重型炸弹凌空爆响,每一个集过资的职工都被弹片击中了要害。一时间,厂里躁动了,在持续一两天的躁动之后,职工们走出车间,纷纷拥向厂办公楼,他们都想从厂领导那里得到一个说法。

葛守业无法接待这些上访的职工,可厂里的头头儿只有他和老宋在家,不安抚住职工的情绪,厂里就不能正常生产,更何况这集资的事是他挑的头,他总得对职工们有个交代。他找来了老宋商议对策,老宋一副幸灾乐祸的样子,说:"怎么样? 当初我就怀疑对方是骗子,你们谁也不信,老周还在会上编派我,事实证明谁对谁错了吧?"葛守业说:"老宋,你现在还放马后炮有什么用? 现在最关键的是怎么稳定住职工。"老宋说:"想稳定很容易,你给职工们一个明确的还款日子。"葛守业说:"老宋,你明明知道这个日子我明确不了,你还让我扯谎不成?"老宋小声说:"葛书记你真糊涂,现在最关键的是把职工稳住,只要能稳住,你撒个谎又能怎样? 难道就眼看着职工闹事、出乱子、停工停产?"葛守业听了这话心头一震,他沉思了片刻,狠狠地点了点头,说:"马上开个支部书记大会,老宋你让所有处室长和车间主任列席,我有话要讲。"

参加会议的人员特别齐,加之会议室窗外就是嘈杂议论的人群,所以这会议就显得过于庄严,令人感到会议室里的空气很凝重。葛守业独自一人坐在主席台上,神色冷峻地注视着大家,他说:

"把大家请来,就是想让大家回去做做工作,当初集资时我讲过,还款的时间是一年,那么现在到一年了吗? 刚刚一个月就来要钱,周期还没到嘛。天仁堂是国有企业,我们的背后是国家,是党,我们现在不是被骗了,而是国家政策调整的问题,国家会对我们负责的。对于职工的集资款,我知道那是大家的血汗钱,我知道它的分量。我还是重复当初那句话,一年后,要是还不上集资款,我葛守业就从这办公楼顶跳下去!

"所以,大家要做做职工的思想工作,特别是干部、党员和团员,不要跟着瞎起哄。我们天仁堂现在形势很严峻,希望大家多为厂里着想。"

散会后,各处室车间分头回去召集职工开会,办公楼前才稍稍安静了下来。

葛守业想想自己在会上讲的话,他觉得有必要再去与老钟碰碰头,因为弄不好这事情要捅出大娄子。他正要打电话要车,厂办主任来告诉他,说老纪委书记管海病危。他二话没说,跟着厂办主任驱车赶往医院。

来到医院,见到老纪委书记的病房外已经聚了不少人。脸色蜡黄的钟大年正从管海的病房里走出来,他和管海住一所医院,来得要早。见葛守业来了,他把葛守业拉到一边说:"老葛你来得正好,老书记来了倔劲儿,说什么也不肯用药,这样下去怎么行?"

葛守业问一边的小云:"怎么回事?"小云哽咽着说:"爸爸不知怎么知道了你因为五二块钱挨查的事,他就拒绝再用药,谁劝也不行,已经几天了,医生已经下了病危通知书,全身浮肿得厉害……"小云说不下去了。葛守业听了后心里酸酸的,他对钟大年说:"老钟,你身体也不好,快回病房吧,我来劝劝老书记,不用药怎么能治病?"钟大年点点头,吩咐厂办主任道:"管书记的医药费一定要保证,和住院处打个招呼,管书记的押金如果用尽了就用我的。"

葛守业要进病房,组织干事小赵满头大汗地跑来,上气不接下气地说:"钟厂长、葛书记,厂里出大事了,快回厂里吧。""什么大事?"钟大年眼睛瞪得老大。葛守业的心一下子也悬了起来,他担心会不会是职工们因集资的事闹出乱子。"沈助理从东北回来了,说厂出了大事,十万火急,务必马上找到你们俩。"小赵顿了顿又说,"沈助理像得了什么大病,样子很怕人,你俩快回去看看吧。"钟大年和葛守业相互看了看,他们都觉得沈小梅如此焦急肯定不是小事。两人什么话也没说，用沉默来抑住忐忑不安的心情，跟着小赵急匆匆往回赶。临上车时，葛守业对也要回去的厂办主任说："你留下吧，照顾一下老书记，一定要继续用药。"

钟大年和葛守业赶回天仁堂，憔悴不堪的沈小梅一见他俩眼圈就红了，她说老周被当地公安局抓了，赶快想个法子救人。

原来老周到东北后，就和沈小梅一道去找饲养中心的主任要钱，既然死虎不让拉走，那就退钱吧。可是那个主任却把双手一摊，说二百万元已经都用于基本建设和还饲料欠款了，现在一分钱也没有了。老周一听急了，虎不让拉，钱又给花了，天下哪有这样的道理？老周说："这二百万是厂里职工的集资款，你必须想办法退给我们，否则我们的领导只好跳楼了。"那个主任不慌不忙地道："我理解你们的心情，可这事不怪我，我已经把虎卖给了你们，你们的问题已经与我没有任何关系了。"老周和沈小梅被顶了回来。老周在宾馆里闷了一天一夜，不知给他的什么关系打了几个电话，结果就出事了。几个小青年绑架了主任正上小学的女儿，打电话逼着那个主任赶快还钱，那个主任筹不到钱，只好去报警。公安局也真行，只两天就抓到了那几个青年，一审，老周便露了馅儿，被公安局生生铐去了。

"老周好糊涂！"老葛说。

"这也怪我，我给他的压力太大了。"钟大年使劲压着肋下，喃喃地说。

十

钟大年被召到了宋副市长的办公室。

宋副市长的办公室宽大明亮，窗外虽说才进初秋，但副市长办公室的空调已开始微微地倾吐暖风。踩在这墨绿色的地上，沐浴着丝丝暖风,会使人顿时产生一种春天的错觉。

宋副市长并没因天仁堂最近出现的一连串事件而责备钟大年,而是很关心地问走他的身体、他的胆囊。钟大年对副市长的关心并无感激之意。他知道,宋副市长没有什么要紧的事,绝不会把他叫到市政府来。他三言两语地解释了一下自己的病情,便静静地等着副市长的下文。

"老钟,你对天仁堂的感情很深对吗?"宋副市长问。

钟大年笑了笑,没有作答。他心想,这何止是个感情问题? 大半生都给了这个厂子,生命都粘在了一块。不光我这个厂长,两千多个职工,天仁堂就是他们的家。钟大年很自然地想到了一进厂门的那八个大字:厂兴我荣,厂衰我耻。别的厂子挂这八个字他体会不深,但在天仁堂,这正是自己内心的独白。

"说心里话,老钟,天仁堂已经老了。"宋副市长说。

"是老,是资格老,老字号。"钟大年不希望自己的上司如此评价天仁堂,道,"在中药行业,老字号本身就是金招牌。"

"可你在举着金招牌到处讨饭吃。"

钟大年听出了这批评的分量,他不想为自己辩解,他承认自己的无能,但他也有满腹的委屈:"如果宋副市长认为我没有能力当天仁堂的厂长,我可以让贤。"

"不是换人的问题,我们现在讨论的是天仁堂的出路问题。我在日本招商时,一个日商对天仁堂很感兴趣,想出资把天仁堂买下来。我们几个市领导碰了碰头,觉得这条路走得通,与其死掉,不如卖掉,卖掉的资金,还可再建一个天仁堂。"

从宋副市长温暖如春的办公室出来,钟大年忘了在停车场等候他的司机,迎着刮脸的秋风,踏着法国梧桐那不时飘落的枯叶,他步履沉重地往天仁堂走去。路很远,他走了很长时间,当他走到天仁堂那气势非凡的大门前时,工人早已下班,他的司机和身材魁梧的葛书记正站在门口迎他。

葛书记并不知道天仁堂将要被卖掉的事,他迎着钟大年道:"老钟,想开些,天塌下来,我和你一起顶嘛。"

"老葛,召集一下班子成员,我们开个会吧。"话刚说完,钟大年觉得肋部似被人狠狠捅了一刀,软软地向一边倒下去。老葛跨上一步扶住他,对司机说:"快送医院。"在葛书记怀里的钟大年摇摇头道:"不必了,先到办公室,我和你说件事。"

钟大年向几个班子成员传达完市政府的决定后,眼睛竟不由自主地湿润了。他担心自己的悲观影响到其他人,便用一张报纸半掩住自己低垂的脸。

老宋喃喃地说:"走到这一步,怨谁呢?"

沈小梅也自言自语地说:"我们是生产特效药的,可我们治不了自己的病。"

老宋忽然问:"厂子卖了,我们怎么办?"

未等钟大年说话,沈小梅呛了老宋一句:"你怎么不问问工人怎么办?"

老宋红了脸,辩白道:"工人嘛,日商也许会用,可我们这些管理人员人家肯定不会要了。"

大家都不说话了,厂长室里的空气似乎凝滞了一般。

钟大年放下报纸,把目光投向老葛。此时的葛守业满脸绯紫,两眼死死地盯住自己的两个膝盖,仿佛两个膝盖就是两个即将引爆的炸药包。钟大年问:"老葛,你还有什么想法?"

老葛用拳头狠狠地捶了一下被他盯了许久的膝盖,声音发颤地说:"上级的决定我服从,可我想不通!"

钟大年非常理解老葛的这句话,他知道,天仁堂是老葛心目中

224

的一块阵地,有哪个军人希望自己的阵地丢失呢?

天仁堂以极快的速度出卖了。宋副市长及市政府在这件事上表现出少有的效率。天仁堂已成他人囊中之物时,所有的职工还没有听说买下天仁堂的日商叫佐佐木,没有见到他的模样,一切谈判、交涉都是一个华裔律师在操办。

天仁堂的两千多名职工忐忑不安地等待着他们新的主宰,他们前途未卜,不知谁将留下来,谁将被裁下去。几天来,偌大的厂区,听不到一点笑声,看不到一张笑脸,到处都弥漫着一种世纪末的情绪。他们做梦也没有想到,一夜之间,自己会由一个全民职工变成一个日商的打工仔,他们连抱怨的时间和思考的余地都没有,强烈的反差带来的是一种恐惧,一种毫无依托、无边无际的恐惧。

天仁堂的几个厂级领导尚未有新的安排。市政府的指示是:做好天仁堂善后事宜,等待分配。钟大年一班人都在等,只有沈小梅不愿意等下去,辞了职,想自己办公司。可怜的是老周,还蹲在东北的拘留所里。老钟已经想好了,待厂子一交给日商,就去东北的拘留所把老周保出来,不管怎么说,老周还是一条汉子。

正式交接那天,正是厂外江堤抗洪险象环生的一天。老葛亲率一百名壮丁坚守在大堤上。老葛的动员很到家,他说人在大堤在,誓与大堤共存亡,我们不看天仁堂还要看这个城市,不看这个城市还要看这个城市的父老乡亲。购买天仁堂的日商昨天刚刚为守堤部队捐了价值一亿日元的药品,所以,市领导对今天的交接很看重,宋副市长要出席今天的交接仪式。

天仁堂厂办的小会议室里,老钟坐在往日他习惯坐的位置上,把一摞文件紧紧地压在两肘下面。这些文件记录着天仁堂所有的资产及债权债务。他环视了会议室的四壁,发现那些证明天仁堂昨日辉煌的奖状、锦旗还都挂在墙上,其中有一块铜匾是奖给全市十大明星企业的。他的目光停留在这块铜匾上许久许久,他本想摘下这些锦旗、奖状,但佐佐木的律师像个斤斤计较的犹太商人,说这些东西统统买下了,一律要保持原样。佐佐木要这些东西有什么用呢?当古董收藏吗?

宋副市长带着一行人走进会议室。钟大年起身相迎,宋副市长一侧身,让出一位西装笔挺的中年人。"大年,来,我来介绍一下,这位就是佐佐木先生。"

钟大年的手刚伸出一半,忽然又触电般地抽回去,他盯着眼前这位日商,脱口道:"范励祖!"原来千呼万唤始出来的佐佐木竟是范励祖。

"钟厂长,久违了,想不到我们会这样见面对吗?"

宋副市长惊诧地问:"怎么,你们认识?"

钟大年没有说话,范励祖道:"在日本我不是说过吗?我熟悉天仁堂的一切,就像熟悉我银号账户上的数字。"

钟大年努力克制着自己的情绪,他把厚厚的一个文件夹从胸前桌面上推过去,道:"所有的文件都在这里,请佐佐木先生过目吧。"

"不必了,钟厂长。"范励祖把那一摞文件推回来说,"我今天来是想请你留下来的,如果钟厂长愿意,我想聘你继续管理天仁堂,这些文件当然还由你来处理。"

钟大年微笑着摇了摇头,又把那摞文件推过去:"佐佐木先生,你应该知道,我是组织的人,我的工作应该由组织来决定。"

"宋副市长不反对你留下来。"范励祖说。

"不反对,并不是决定我留下来。再说天仁堂已经是外商独资企业,市政府也没有权力再任免干部。"钟大年并没有看一眼宋副市长的脸色,用匀称的步子走出会议室。忽然,他听到范励祖在身后很动情地说:"大年,你还不服输吗?"

钟大年停住脚步,缓缓地转过身来,说:"范励祖,你认为我输了吗?我想你我都没赢,而是让另一种东西赢了。"

"什么东西?"范励祖大惑不解。

"钱。"钟大年转身走了,任会议室里的一帮人面面相觑。

钟大年径直来到医院,他心里还惦记着病危中的老纪委书记管海。另外,他衣袋里还装着七千元老管头的医药费,这是他以厂长身份最后一次签字报销的钱。

走到医院大门,见一台灵车正从医院驶出来,透过车窗,他看到了小云那张满是泪痕的脸。灵车上还有几位熟人,向他摆了摆手。送走的肯定是老管头了,他鼻子一酸,向灵车招了招手,想上车去送一送老管头,任灵车全然不顾他的招手,带着一股青烟直奔城郊的火葬场。

钟大年愣了愣,方缓过神来:按民俗,灵车在半路上是不能停的。

老管头和天仁堂在同一天走了,这真是巧合。钟大年感到两腿有些软,正欲在医院大门口哪一处台阶上坐下来,却发现神色紧张的儿子正拎着一大包东西急匆匆往医院赶来。儿子发现了他,说:"爸,小萍要生了,是早产。"没等他回话,又说,"还是难产,可能要剖腹。"说完,一头扎进医院的大门,一路小跑地走了。

"剖腹产。"钟大年暗忖,好像哪位专家说过,剖腹产的婴儿,都被剥夺了一次不可弥补的人生体验。

医院的大门,人来人去,望着这人流,想着撒手远去的管海和即将遭受一番近乎杀鸡取卵般的罪的儿媳,钟大年的血流渐渐黏稠平缓,平缓得像一条缺少落差的河,无声流淌。不管是难产还是早产,自己毕竟要当爷爷了。

钟大年想到了大堤,想到了大堤上率领一百名职工奋力抢险的老葛。

远处,一阵急促的警报声传来。大街上,辆辆拉满沙袋的卡车向大堤方向疾驶而去。钟大年拦住一辆的士,司机听说要去天仁堂,满脸恐慌地道:"大堤大决口了,天仁堂已经泡在大水里了,你还去干什么?"

"我是天仁堂的厂长,我要去天仁堂!"钟大年坚定地说。

司机火了,粗鲁地说:"我这是车又不是船,怎么去天仁堂!"

钟大年并没有因司机的粗鲁而生气,车、船,船、车,他脑子里忽然蹦出一个令他激动的词:

两栖。

选自 2002 年《挂职笔记》自选集

远东第一犬

老郭又喝醉了,原因是酒桌上最后上的一道菜竟是盘狗肉。

老郭喝醉后总是重复那番话:"狗救人,人吃狗,狗不如人,人不如狗……"说这话的时候,他那双混血儿所特有的眼睛便由蓝变红,深深的眼窝里盈满了污浊的老泪。熟悉他的人都晓得:老郭又想起了他那只有名的警犬——狼远。

老郭乳名瓦西里,有白俄血统。他的母亲是一个在民国初期为躲避国内战乱从黑龙江对岸过来的白俄女人,在这座边城的近郊,她嫁给了一个老实巴交的农民,生了三个儿子。谁知在异国的这片土地上,这个苦命的白俄女人并未免遭战乱之苦。她的大儿子因和抗联有牵连,死在日本宪兵队的审讯室,二儿子失踪于一九四六年的匪患。郭福万是她的三儿子,成了传宗接代的独苗。她觉得老三比他的两个哥哥有福,便丢掉了那个拗口的"瓦西里",选了两个最能表达心愿的汉字"福万"做了名字。郭福万十六岁参军,在稗子沟看了两年劳改后,被选送到中央警校长春分校学习。本来他应该学刑侦,可是学校里一个叫普罗庆柯的苏联教官看中了他,硬是把他调到技术部学习训练警犬,从此,郭福万与狗结下了不解之缘。临毕业时,苏联教官送给他一只三个月大的纯种高加索犬做礼物,让他带回单位训练成警犬。这只小警犬有一个英雄的母亲,为它的主人赢得过两枚列宁勋章。教官为这只小警犬取名狼远,在把狼远交给郭福万时教官只说了一句话:"希望狼远也能为你赢得两枚勋章!"

十九岁的郭福万告别母校,怀抱着狼远回到了坐落在黑龙江畔的这个边陲小城。到家的当天他就抱着狼远去专署公安处报到。公安处的杜处长是个有着丰富的剿匪经验的老干部,他用剿匪的经验来搞公安,居然很有成绩。杜处长用右手的食指拨了拨狼远那两只直立的耳朵,沉默了好一会儿才说:"好好干,小郭。三百六十行,行行出状元。狗驯好了也同样了不起。"

　　就这样,郭福万开始了和狼远朝夕相处的生涯。狼远通人性,与他朝夕腻在一起,几乎成了他的影子。公安处几个住宿的年轻人谈恋爱谈得热火朝天,唯独郭福万无暇顾及此事,不管班上还是班下,他总是和狼远厮守在一起。每天清晨或黄昏,只要往公安处办公楼后面的训练场望一眼,便可见一人一犬在草坪上或起或卧,或嗅或扑,或跳或追。有时,杜处长饭后无事,到训练场上散步,用右手的食指拨拨狼远的耳朵,夸奖道:"狗玩得不错,小郭。"

　　由于郭福万精心喂养、训练,狼远出落得甚是招人喜爱,青黑的毛色泛着光泽,两只令人望而生畏的眼睛虎虎生威,四只硕大的爪子总在地上踱来踱去。郭福万总是用一根牛皮牵引带牵着它在公安处的大院里出出进进,几个同事便开他的玩笑,说他把狼远当成了情侣。

　　十三个月后,狼远开始显露它的本领。

　　那是专署所辖某县公安局内部发生的一起特大凶杀案:罪犯用手枪杀死了三名干警,现场却连一个脚印都没有留下,公安处所有的刑侦高手都束手无策。杜处长急暴了眼,在骂了一通娘后,突然想到了郭福万。他把郭福万找来:"小郭,现在人是没辙了,看你的狗吧。"郭福万的心一下子吊了起来,要知道,在此之前狼远只是见习了几起盗窃案的侦破,这样大的凶杀案狼远能不能行,他心里也没底。

既然处长点将了 也就只好去试一试了。听说狼远出现场，县公安局的干警们纷纷从办公室里拥出来，都想见识一下这只警犬的本领。到了现场，郭福万指指地板上的三具尸体，便放开了牵引带。狼远在三具尸体边嗅来嗅去好一会儿，就沿着地板嗅出门来，在门口转了两圈儿，一直嗅到远处的一个垃圾箱。大家都屏住了呼吸，这个垃圾箱曾被检查过，并没发现可疑的东西。突然，狼远从垃圾箱里又嗅出来，嗅到草丛里，叼出一些被揉成团的旧报纸，报纸中裹着一只旧手套。狼远把这些东西叼过来后，竟然在人群中嗅来嗅去。人们一下子紧张起来，因为在场的都是搞公安的，大家都意识到了什么，所有的眼睛都死死地盯着狼远，唯独郭福万的眼睛在观察着每个人。忽然，他发现有个人的右手在悄悄地移向后腰，恰好，狼远嗅到了他的脚边，狼远一直绕着那人嗅了三圈儿，那人终于控制不住了，就在他拔出手枪的一刹那，狼远闪电般蹿起来咬住了他的右手。凶手被擒住了，他戴上手铐时气呼呼地说："这他妈的是一只狗精！"

　　凶杀案侦破之后，杜处长把郭福万唤到办公室。

　　"这狗还真是大有用处，你给我说说驯狗有什么学问。"

　　这一问，郭福万来了兴致，他略作思索，便滔滔不绝地讲起来："警犬是现代刑侦中必不可少的工具，它在执行任务时和人的作用同等重要，在气味辨别和跟踪方面能完成人所办不到的事情。目前我国常用的警犬大致分三种：一种是西欧警犬，其特点是善于跟踪，多于军用；一种是日本警犬，主要是德国警犬的变种，特点是极善气味辨别和搏斗，多于警用；第三种是苏联警犬，这是一种由牧羊犬变种来的军警两用犬，性情凶猛，极善攻击，如果失去控制，能把案犯撕碎。狼远属于高加索地区独有的一种警犬，它不仅集三种警犬的优点于一身，而且对信号反应极为灵敏。但是，如果经常

231

使用不规范的信号，也就是不规范的口令、手势，以及外界刺激，久而久之，很可能导致它脑神经紊乱，狂躁不止。另外，它对食物也很挑剔，喜食牛肉牛骨和野生动物，在这方面和狼有相似之处。"郭福万正说着，忽然听到一阵鼾声，他仔细一看，杜处长已经在办公桌后面睡着了。杜处长睡觉与别人不同，眼睛半闭半睁，睡觉时也好像在注视你，如果不是鼾声和嘴角那道正在缓缓下流的涎水，郭福万还以为杜处长在恭听自己的演说呢。

又相继破获了几起影响很大的案件后，狼远名声大振，邻近省区遇到棘手的案子也纷纷请狼远前去相助，狼远也几乎是每案必破。狼远的名字使许多犯罪分子心惊胆寒，这座因居民成分复杂治安状况一直很糟的边陲小镇，竟然一年内没发生特大刑事案。地区博物馆两件被盗的镇馆文物在狼远的帮助下失而复得，馆里的几个老同志觉得不能辜负了狼远，给狼远特制了一面锦旗，上书黄灿灿五个隶书大字：远东第一犬。从此，狼远便有了这"远东第一犬"的美称。

不过，并不是人人都夸狼远，治安科的尉胖子便对狼远窝了一肚子火。尉胖子和郭福万同住一室，郭福万在不明不白之中，竟被尉胖子当作情敌恨了好久。原来，尉胖子一直在追松江报社的一位女记者，这位女记者也经常到尉胖子宿舍来，当然也就认识了郭福万。一次尉胖子偷看女记者的日记，发现记的全是郭福万和狼远如何如何，他尉胖子连一笔也没有，他顿时被气成了一只牛蛙。郭福万对此丝毫没有察觉，稀里糊涂地成了人家的情敌。有一次，尉胖子用电炉子偷偷煮郭福万为狼远领来的牛肉吃，恰巧被郭福万碰上了，虽然郭福万并没有将此事汇报给领导，但两个人之间变得越来越别扭。一天，尉胖子坐在床上擦枪，郭福万正在看书，没有注意狼远的眼睛一直在盯着尉胖子手中的枪。当尉胖子擦来擦去把枪口掉向这边时，狼远猛然间箭一般扑过去，狠狠地咬住了尉胖子的右臂。当郭福万喝住狼远时，尉胖子的右臂已被撕开寸把长的一道口子。尉胖子到杜处长那里告状，杜处长看看他的伤口，问明了情况后虎着脸说："以后长点记性，擦枪不要枪口对人。"尉胖子悻悻而回。后来，尉胖子换了宿舍，但右臂上的伤疤让他对狼远恨之入骨。

事情的发展总是变幻莫测。一九六五年，我们和对岸的关系变得紧张起来，这样，狼远也就多了些边防上的任务。这导致一直想靠狼远捉几个间谍的杜处长，在一次执行任务时失去了对狼远的信任。

那是一个蚊虫恣肆的夏夜，一个小眼大嘴扁鼻子的中年人慌慌张张地来公安处报告，说他在江边发现了一只写着俄文的救生圈，肯定是偷渡的特务所留。此事非同小可，杜处长一边命人向省厅报告，一边打点人马急奔现场。郭福万被杜处长第一个点中，他和狼远有幸和杜处长同乘一辆警车赶往事发地。到了现场，人们围着那只救生圈搜索了方圆十几里的田野丛林，没发现任何可疑的东西。杜处长寸步不离地跟着狼远，他相信狼远肯定会寻出线索。令人奇怪的是，狼远只在那只救生圈上嗅了嗅，然后朝着江面吠了两声，接着就若无其事地在草地里跳来窜去，杜处长跟了它半天，狼远只给他叼来一只青蛙。这起兴师动众的抓特务案最后不了了之。省厅在一份通报里不点名地批评了公安处，杜处长因此对狼远很不满意，他在一次总结会上很有情绪地说，狼远是老毛子的种，抓老毛子它怎么会卖力气？事过不到一个月，杜处长一个电话吩咐总务科，根据食品供应日趋紧张的情况，狼远的肉食供应减半发给。

也真应了"祸不单行"这句古话，就在狼远肉食供应减半的第二天,郭福万被唤到了处长办公室。

"小郭,组织上决定调你到林业局工作,你抓紧准备一下吧。"杜处长毫无表情地说。

这个消息犹如晴天一声霹雳,郭福万认为眼前这个老头子准是发了神经,自己干得好好的,也从没提出过调动申请,为什么突然被调走?

"您老可从来不开玩笑啊。"郭福万以为自己听错了。

"谁在和你开玩笑!"杜处长严肃地说,"上级发来文件,凡有海外关系的,不宜在公安系统工作,我们边境地区执行尤其要严格。"

郭福万傻眼了,他感到脑子里一片空白,似有一股电流突然击在了太阳穴上。过了好一会儿他才恢复了神志,噙着两窝泪水说:"我母亲在对岸一个亲人也没有哇,六年多了,她从没联系过,也没有回去过……"

"小郭你怎么不明白,"杜处长拧着眉毛打断他的话,"就凭你那双蓝眼睛我怎么敢留你?再说谁能证明你在对岸没有个姥姥舅舅什么的?你就服从组织决定吧,要相信组织嘛。"

郭福万彻底绝望了,他知道杜处长决定的事就像射出的子弹一样是无法收回的。"那么,狼远怎么办?"他说出了最放心不下的事。

杜处长愣了愣,狼远的事他还真的没考虑。一段时期以来,由于狠抓阶级斗争,社会上的刑事案件少有发生,狼远已经很长时间没有出现场了,所以,这远东第一犬也就没在杜处长的心头占上位置。不过,既然郭福万提出来了,他还是临时做出了决定。

"狼远就交给小尉吧。"

"什么?交给尉胖子?"郭福万简直要跳起来了,他忘了杜处长做出的决定哪怕是狗屁不通也不容更改这个道理,一想到要把心爱的狼远交给偷狗食的尉胖子,他急了,"尉胖子他不懂技术呀!"

杜处长平常最讨厌别人说"不懂"二字,因为他刚担任公安处长时,不少人说他不懂公安业务。他很生气,自己带着剿匪部队抓了多少土匪?那不就是公安业务吗?现在郭福万的话让他联想到初到公安处的自己,火一下子就蹿到脑门上,把一张长而阔的脸烧得血红:"不懂,不懂不会学吗?你生下来就懂吗?我就不信驯狗比训人还难!"

郭福万一句话也说不出来,他忘了自己是如何离开处长办公室的。

尉胖子奉命管理狼远后,第一件事便是训练狼远的奔跑速度。他骑着三轮摩托车,将狼远用牵引带拴在车后,沿着江边的公路飞奔,每天跑一次,每次十公里。一次,这种恶作剧式的训练被在江畔独自散步的郭福万遇上了,他向着擦身而过的尉胖子连喊三声也没能喊住,便索性站在路中央等着尉胖子。待尉胖子驾车返回时,郭福万伸开双臂拦在路中央,那姿势犹如一头被激怒的棕熊。急速的摩托车在离郭福万半步远的地方刹住了。郭福万怒不可遏,指着尉胖子的鼻子质问:"你安的什么心这样作践狼远?"

"这是训练。"尉胖子带有挑衅地笑笑说,"追击案犯要有速度,我在训练狼远的追击速度。"

"训练你个鬼速度,你从哪本教科书上学来的这个龟孙子办法?"郭福万抱着呼呼喘息的狼远,鼻子一阵发酸。狼远鲜红的舌头已伸到极限,舌尖上滴下去的分明是丝丝缕缕的血。狼远对着自己的主人呜呜叫了两声,两只前爪在地上直跺。郭福万的眼泪像泉水一样涌出来,他半跪在地上,紧紧抱着狼远的脖子,喃喃地唤着狼远的名字。

尉胖子在摩托车上不耐烦了:"郭福万,你刚才骂我我不在乎,你不要干扰我工作行不行？不吃点苦、流点汗能练出真本领来吗？"

郭福万怒视着尉胖子："你怎么不和狼远一起跑？"

尉胖子被问得青了脸，一脚踹着摩托车，突突几声骑走了。眼见狼远被摩托车拖得跌跌撞撞，郭福万两脚跺地，使尽全力骂道："尉胖子，你他妈王八蛋！"

尉胖子管理狼远后，第二件事便是断了狼远的肉食，一天三顿只给狼远吃高粱米。当然，他还是天天去食堂领取那份已被杜处长减半发给的牛羊肉。不过，这些牛羊肉都变成了尉胖子肚皮上的脂肪，使他的腹部愈加怀胎般隆起，而狼远的腹部则愈加缩小。有时尉胖子把自己啃剩的骨头扔给狼远，但狼远很有志气，连嗅也不嗅一下。有一次尉胖子来了火，照趴在地上的狼远就是一脚，没想到没踢到狼远，倒被敏捷的狼远咬住了小腿，使他到医院缝了三针，瘸了整整半个月。此后，尉胖子索性把狼远锁进铁笼子里，每天给它扔几个窝头儿，只有遇到出现场时才喂它一顿饱食。

狼远的脾气越来越暴躁了，出现场时尉胖子吆三喝四也无法控制，几个痕迹比较明显的现场，狼远到后只是呜呜地叫，不鉴别气味儿，也不追踪。杜处长摇摇头说："这狗越来越不玩活儿。"这时，尉胖子插上话："是该换条咱中国的狗了，老毛子的专家都靠不住，老毛子的狗就更靠不住了。"

后来，狼远疯了，整天在笼子里呜呜地叫。郭福万来看过多次，每次尉胖子总是仰着脸说："公安内部的东西外人怎么能看？你好歹在公安待过，连这条纪律都不懂吗？"郭福万无奈，只好恨恨地走回去。

一天夜晚，郭福万又来到公安处，他是在睡梦中被狼远的叫声唤醒的，他总感到狼远在什么地方呜呜地叫，叫得他心烦意乱。他睡不着,便鬼使神差地来到这幢深红色的二层楼房前。值夜班的警察和他很熟,听说他来看狼远,就惋惜地告诉他狼远被枪毙了。郭福万简直不敢相信自己的耳朵,他疯也似的抓住值班警察的肩膀:"怎么回事怎么回事? 这到底是怎么回事?"值班警察很同情他,说狼远疯了,谁也管不了,杜处长只好下令枪毙,还说尉胖子正在食堂剥皮准备吃狗肉呢。郭福万松开手直奔食堂,值班警察竟然没有拦他,这个警察也觉得尉胖子做事太过分。食堂果然灯火通明,郭福万一脚踹开门,只见尉胖子口衔一把匕首,正在给被剥了一半皮的狼远翻个儿。食堂管理员是个不长胡子的老头儿,坐在灶前把一锅水烧得滚开沸腾。两人见郭福万闯进来,一时都愣住了。郭福万扑过去,抱着已被剥了一半皮的狼远泣不成声。尉胖子拿下口中的匕首,在狗皮上擦了擦两只血手,阴阳怪气地说:"死条狗又不是死个人,有什么哭的? 这是杜处长的指示,我只是执行。老郭你也驯过这狗一回,今晚你就别走了,等着啃点狗骨头吧。"

原来,狼远疯了以后,尉胖子就向杜处长做了汇报,说狼远已经没有使用价值,见谁咬谁,弄不好会出事。杜处长一听来了气,公安处没事养条疯狗干什么? 抓紧处理不就是了? 尉胖子心中暗喜:自从被调任警犬训练员后他心里就老大不高兴,他不想一辈子和狗打交道,所以盼望着赶快把狼远处理掉,自己好回刑侦科当侦查员。现在杜处长发话了,当晚他就同食堂管理员一起在训练场边的树林里枪杀了狼远。狼远虽然只剩一把骨头,但两只耳朵依然坚挺地立着。食堂管理员有些打怵,不敢剥皮,尉胖子只好亲自动手。尉胖子见郭福万抱着狼远不松手,就拍了拍郭福万的肩头:"喂,你别在这里碍事了……"话还没说完,他的脸上就挨了一拳,仰面倒下去。"尉胖子,你敢剥狼远的皮,老子就剥你的皮!"

尉胖子爬起来,鼻孔下黑红一片。他气急败坏:"你敢动手打人,你这是袭警知道不?我立马就可以拘留你。"

郭福万已经控制不住自己,他猛扑过去和尉胖子扭打在一起。两个人正打得不可开交时,值班警察跑了进来,和食堂管理员一起动手分开了两人。值班警察厉声道:"你们两个都站好!我已经给杜处长打了电话,有什么矛盾由领导来解决。"值班警察擦了擦袖口上的一块血污说,"两个人为一条死狗打架,真是的,你们可是老战友啊!"

杜处长很快赶来了,身后还跟着后勤科长和治安科长。一跨进食堂的大门,他就什么都明白了,他先冲着尉胖子骂道:"浑蛋东西,我让你把狗处理掉,并没让你吃了它,你不怕得狂犬病吗?"

"杜处长,狼远不会得狂犬病,它是被刺激得神经紊乱……"郭福万在一旁说。

"住口!你算干什么的?半夜三更闯到公安处来,竟敢动手打人,我拘你十五天!"

郭福万不再说什么,俯下身去抚摸着狼远那依然陡立的两只耳朵抽泣。与杜处长同来的两位科长对狼远和郭福万都有很深的感情,看到过去曾经令罪犯闻风丧胆的远东第一犬如今被剥了皮的惨状,都感到不是滋味儿,便向杜处长建议是不是把狼远埋掉,郭福万在公安处工作过,是不是批评教育吸取教训下次不犯就算了。

"十五天就十五天,我说的话啥时收回去过?治安科长你干啥吃的?这事你来落实!"杜处长看了一眼地上的狼远,接着说,"这狗倒是该好好葬掉,明天上午开个会吧。"说完,杜处长扭头走了,把所有的人都丢在食堂里。灶上,那一锅开水还在翻滚。

第二天上午,杜处长召集各科科长开会。他首先讲:"别看狼远是老毛子的种,它还是有功劳的,大家想想,那起内部杀人案和博物馆盗窃案,不都是狼远破的吗?"处长这样开场,大家便纷纷列举了狼远的许多好处。一时间,会场上的惋惜、慨叹声此起彼伏。最后,杜处长拍板决定:把狼远埋到青山公墓,墓要造得和那些牺牲烈士的墓一般大,墓碑要有气势,碑上就刻"远东第一犬"五个字。十五天后,正是郭福万拘留期满被释放的那天,松柏参天的青山公墓造成了一座新的水泥坟墓,里面埋葬着被剥了一半皮的狼远。两年后,已荣任省公安厅副厅长的杜处长,做梦也没想到他的这一决定成了他的一条罪状,说他把狗和烈士葬在一起是对革命烈士的侮辱。为此,杜厅长在"牛棚"中写了十个月的检查。好在省城的造反派只是猛批了一顿杜厅长,却没有谁愿意千里迢迢到那座边陲小城去砸狗墓。这座远东第一犬的坟墓就这样保存下来。后来,一些常去那里打太极拳的人说,青山公墓大部分烈士的坟墓都被蒿草簇拥着,唯独那座狗墓总被打理得干干净净,每年清明,都可见一个蓝眼睛的老头儿用红漆来漆碑文。

狼远死后,郭福万便整日沉浸在烟雾酒海之中,他结了婚又离婚,然后再结婚再离婚,最终只能与烟酒为伴。林业局的干部唯独他愿意下乡,一年能下林场三百天。他五十多岁了还是个一般干部,没有什么级别,下林场时在伙食上就没什么要求,只要有酒,除了狗肉,什么菜都可以。他常常喝醉,醉了便大讲他的狼远,大讲关于狗的种种故事和传说。一次在一个偏远的林场,吃饭时端上来满满一盘辣椒炒狗肉,结果他只喝了三杯酒便不能自制,瞪着血红的眼睛训斥那个倒霉的场长:"你知道义犬救主的故事吗?你听过纳西族人狗换寿的传说吗?彝族人有好吃的先敬狗,赫哲族人连狗皮帽子都不忍心戴,你说说你吃什么不好偏偏吃狗肉?!狗对人最忠对人没假,哪像人对人!啊哈,狗救人,人吃狗,狗不如人,人不如狗!"此事搞得那个场长好生尴尬,他逢人便说:"老郭这人太好动感情了,他的那套狗学问还真有点意思。"时间久了,整个林业系统都知道林业局有个不吃狗肉、嗜酒如命的郭福万。

后来,黑龙江的两岸逐渐回暖,由于边贸的开通,这座城市经常笑脸接待成批的异国朋友。已当上行署公安局局长的尉胖子,由于所辖地区的刑事破案率太低,花重金从对岸购进一批警犬,想同对岸的警方搞合作来训练这批警犬。

邀请发出后,被当作贵宾请来的正是当年郭福万就读警校时的教官普罗庆柯。普罗庆柯年事已高,但脑子很清醒,会谈时,他诚恳地说:"其实,在训练警犬方面贵国此地是有人才的,他的能力并不比我差。"

尉胖子耸耸肩,正了正制服的领子说:"我们很缺乏这方面的人才,不知先生指的是哪一位?"

"郭福万,我的学生。"教官用标准的汉语回答说。

在场的人纷纷交头接耳,只有尉局长的双唇紧紧地抿着,抿得失去了血色。

事后,参加会谈的副专员问尉局长:"那个苏联老头提到的郭福万是个什么人? 现在在哪里?"

尉局长不假思索地说:"林业局的一个二毛子,是个酒鬼。"

原载于 1991 年第 9 期《北方文学》

会　殇

一

　　老贾抓了几十年大型会议的筹备,从未出过岔子,没想到这次捅了个娄子。

　　上周,市委老书记黄忠因年龄到站,正式退休,接任市委书记的是省委政研室的主任于小叶。市委决定本周二召开市直处以上干部大会,让新来的于书记同干部见面,也让老书记同大家正式话别。

　　会议的筹备自然是老贾的事。老贾是市委、市政府大型活动办公室的主任,还挂着个市政协副主席的头衔,他主要的工作职责就是筹备会、主持会。

　　上周五临下班时,在电梯旁老贾碰到了老书记黄忠。黄书记为人和善,笑眯眯地对他说:"下礼拜的会可要好好搞,我退了无所谓了,你要给新来的书记留个好印象。"老贾心里很感动,说:"放心吧,黄书记,没有我什么议程,就是一点简单的会务工作,我们做好就是了。"

　　老贾这话是发自内心的,黄书记对他确实有着知遇之恩。二十六年前的一个夏日,老贾还是小贾的时候,在市化工厂办公室当主任,主管经济工作的市委副书记黄忠到厂里视察工作,两个人开始相识。那一次,少年老成的小贾像一粒紫藤的种子一下子就埋在了黄书记的心田,然后 这粒种子生根发芽,在黄书记心血的浇灌下茁壮成长。

黄书记是个很有性格的干部,在他的身上,急与慢这对矛盾得到了高度的统一。一方面,他好突发奇想,在看起来应该按部就班的工作上往往独出心裁;另一方面,他热衷于陈氏太极拳的推手,有时候,在办公室里也不忘比比画画推上一番。黄书记有个好搞突然袭击的习惯,下基层从来不先打招呼,只是离目的地三十分钟时,才让秘书挂个电话。他说这样做能看到真东西,省得被人当驴牵。这本来是一种务实之举,但很多部属不理解,说黄书记疑心重,对自己没有亲眼看到的东西总是心里不托底,世界大着呢,凭一双眼睛去看能看得过来吗?黄书记来化工厂那天,厂里的厂长、副厂长都不在家,在家主持工作的党委宋书记因犯痔疮也趴在厂卫生所的病床上动弹不得,老贾一路小跑来到厂卫生所请示宋书记该怎么办。宋书记痔疮疼得正猛,说话比放屁还困难,好不容易憋气提肛地说出一句话:"老虎不在家,你猴子称大王。"这样,接待黄书记的重任自然就落在了厂办主任老贾的头上。

老贾以他的干练和细致,在半个小时之内做好了接待准备。身宽体胖的黄书记进到会议室里,很惊奇地发现自己的座位前摆了一把檀香扇、一杯绿茶和一杯冰镇矿泉水,此外,一个白瓷盘里还有一条卷起来的湿毛巾。当时,空调还是稀罕物,黄书记到基层调研最头痛的就是热,往往一个会议下来,胸前背后都是汗,屁股底下像走了尿一样黏唧唧难受。可是,随从们个个榆木脑袋不开窍,不管天怎么热,都是一杯滚烫的热茶伺候,结果是越喝越热,越热越得喝,因为急速透支的水分如果得不到补充,人就很容易中暑。

汇报工作时,老贾想起了宋书记"猴子称大王"的嘱咐,一下子就把自己拔高成了厂长。他坐在黄书记的对面,眉飞色舞,侃侃而谈,抑扬顿挫掌握得恰到好处,面前虽然摊开了一个工作笔记本,可是他却不低头看一下,他的目光始终聚焦在黄书记的耳朵上。这是他从电视台一个女记者那里得来的经验,讲话时不要老盯着对方的瞳孔,那样被盯的人会很不自在。他今天把女记者的经验实践了一把,效果很不错。在黄书记的眼里,这个汇报的小伙子很认真,很专注,厂里的情况烂熟于心,各种数字都记到小数点后面两位数。可是,黄书记怎么也不会明白老贾嘴里的数字都是临时发挥的。挨着老贾座位的工会主席对厂里的情况了解不少,老贾汇报中如数家珍的很多事他都不知道。他很惊诧老贾的应变能力,便好奇地看了一眼老贾面前那摊开的笔记本,却发现本子上竟然一个字也没写。

这次检查工作,黄书记因发现了一匹千里马而高兴异常,回市委的路上他给市委组织部部长挂了个电话,说:"化工厂有个难得的人才,你们考核一下,可以调到政府来工作。"接着,他又给市政府的秘书长挂了个电话,也说了同样的话。黄书记当时虽然是副书记,但因为资格老,他的话没有哪个部门敢怠慢。一周后,老贾便被调到了市政府,在办公室负责大型活动筹备。

市政府大型活动办公室,人们简称"大活办",说是大活,其实一年到头连小事也没有做。大活办四个人,三女一男,除了叶主任是个年近五十的大姐外,其他三人都是三十上下的年轻人。年轻人一股子劲儿无处使,就整天关起门来斗地主,谁输了谁请客。为了不让叶大姐面子上不好看,三个人合伙为叶大姐办了张美容卡,让她天天去伊莎美尔美容院做美容。叶大姐也是个明白人,她很清楚靠化妆品来挽留去意已决的青春的想法是幼稚的,但她还是很愿意去美容院,因为每次美容后,她对自己的脸都会增添一点信心,因此,她很快就上瘾了,连平时说话都言必称美容。尽管如此,她还不忘自己这主任的责任,在离开办公室去美容院的时候总是不忘嘱咐一句:"工作时不要大声喧哗。"至于其他事情她就一概不过问了。这种好日子在老贾被调来后一下子改变了,倒不是老贾不合群,关键是老贾一到大活办,大活就跟着他来了。

一次,黄书记下乡,让大活办也去一个人陪同。通知下来,叶大姐因为心里惦记着美容,便不想去,问其他三人,三人竟异口同声推荐老贾,说老贾是黄书记发现的人才,黄书记下乡,自然应该老贾去。就这样,老贾跟着黄书记下乡检查工作。黄书记下乡很有点微服私访的味道,他带了几个人漫无目的地随意走随意看,这一天他竟转到了城内的小吃一条街上。在这里,他发现这里的小吃店都在卖一种小龙虾,小龙虾煮炒蒸炸,做法不少,吃客甚多。在问了饭店的老板后,黄书记才知道,本地的沟沟汊汊都盛产这种小东西,从水里捞上来时这东西不太雅观,又黑又青,但经厨师一加工,就变成餐桌上红鲜诱人的美味。黄书记马不停蹄,带人又去了以盛产小龙虾著称的石龙河。河边,在黄书记停车处不远,恰好有个半大孩子在捉小龙虾。小孩子捉法很专业,他将一团团裹着不知是死猫烂狗还是其他什么东西的乱麻,往水中石缝中一塞,之后就在水湾里垂竿钓鱼。待钓了个三五条小鱼后,他就提着鱼篓去起麻,每起出一团麻,麻上面都挂满了张牙舞爪的小龙虾。黄书记兴趣大增,也不顾脚上那双名仕皮鞋,踩着泥水径直来到小孩子身旁。他很好奇地也起了几团麻,提上来不少小龙虾,就问小孩子一天能捉多少。小孩子说:"我是放学后来的,捉满一篓就回去,哪能捉一天?"

在回来的车上,黄书记给随从们出了个题目:怎么看这小龙虾?随从有的说这东西不卫生,说不准有血吸虫。有的说这东西上不了大雅之堂,因为在大宾馆酒店从来没见过。还有的说这名字也不对,不该叫龙虾,龙虾是高档菜,这东西的准确名字该叫蝼蛄虾。黄书记没有评论大家的意见,看了一眼老贾,道:"小贾你说说。"老贾没想到黄书记会问自己,他正在看一份随身带的大活办工作职责,因为他刚刚调来,对什么是大活办还丈二和尚摸不着头脑,所以想熟悉一下业务。黄书记一问,他愣了一下,但快速的反应令他马上接了一句:"我看,小龙虾可以做点大型活动的文章。"他不知道自己这没头没脑的话能不能引起黄书记的重视,心里在想下边的话该怎么说。

黄书记显然被他的话吸引了,不仅黄书记,就连车上其他人也都被他的话所吸引,大家想知道这脏兮兮的小龙虾能做出什么大文章。

其实,老贾在说这话的时候,也没有想这文章该怎么做,他是因为正在看大活办工作职责,所以就随口说了这么一句。黄书记再问的时候,他想起了好像伊斯兰教有个宰牲节,便随之说:"我们可以办个龙虾节,把我们临海的小吃推出去,像什么锦州小菜、沟帮子烧鸡那样,包装出个临海小龙虾的品牌来。"

黄书记一拍大腿:"好主意!我看就这么定了。"

黄书记一拍板,大活办的斗地主就不能再玩了,叶主任的美容也就不得不间断了,因为大活办需要拿出一个系统的关于龙虾节的活动方案交市政府研究。叶主任在接受任务的时候,心里已经有了主意,她把这个光荣而艰巨的任务交给了老贾。叶主任说:"谁的孩子谁抱走,既然你老贾出了这个龙虾节的点子,你就得把这点子变成蓝图。"但叶主任也不是一点不支持,她知道老贾不会打字,就让会使用四通打字机的女秘书小吴配合他工作。小吴是个很懂事的姑娘,瓷一样明亮的脸庞配上一双善解人意的明眸,给人一种兰质慧心的印象。老贾第一次看到小吴,心里很惊奇。在见到小吴之前,他不知道一排珠圆玉润的牙齿对一个女人竟如此神奇,这羊脂一样的色彩让人圣洁、高贵。小吴喜欢微笑,那笑容浅浅的,能入心入脾,老贾因为工作焦虑烦恼的时候,只要望一下这笑容,就会倦意顿消,气定神闲。他隐隐地觉得和小吴很熟悉,可他怎么也想不起来在哪里见过她。后来,在一次看电视时,他发现原来小吴和电视里一个做牙膏广告的模特特别像。小吴与同龄人不同的是,她不崇拜明星,对那些令少男少女如醉如痴的歌星、演员她不屑一顾,她羡慕的是政坛精英,也正因为如此,快三十岁的她还名花无主。

老贾不能埋怨叶主任,他觉得要是自己是叶主任也会这么安排。他很清楚是自己的这个点子破了大活办原来的秩序,所以每天上班,他总是给同事们送上一抹微笑,而且努力使这微笑保持一份谦虚和诚恳。他发现自己的微笑很少有收获,叶主任那张因长期美容变得板结的脸难得有一回灿烂。另外两个同事杨桦、小白也不冷不热。刚结婚的杨桦整天捧着电话煲电话粥,也不知她哪里有那么多说不完的话。管外联的小白整天埋在各种军事杂志里,小白当过三年兵,是个武器迷,平时斗地主时所说的话都和武器有关,把"连串"说成飞毛腿,把"炸"说成核武器,把"对儿"说成贫铀弹。让老贾略感欣慰的是秘书小吴还算配合,该加班的时候陪他加班,该吃饭时还不忘招呼他一声。一次,看到在那里冥思苦想琢磨文字材料的老贾没烟了,她竟不声不响地跑到外边给他买了一盒牡丹牌香烟,让老贾感动不已。老贾暗暗地想,自己发达的那一天,绝不会忘记小吴。为此,他一直保留着这个红色的烟盒。

老贾的努力没有白费,他做的龙虾节活动方案很顺利地通过了。在这一年的七月,临海市中央广场举办了隆重的龙虾节,省、市有关领导光临了开幕式,黄书记在开幕式上做了热情洋溢的致辞。龙虾节的一大亮点是万人同食龙虾的场面,开幕的当夜,偌大的中央广场灯火如昼 临时搭就的十条大排档长案绵延百米,早就烹好的小龙虾摆满了长案。除了龙虾外,长案上还摆了当地啤酒厂赞助的临海牌啤酒。当黄书记在主席台上祝酒时,台下一片杯林酒海,场面甚是壮观。

在主席台上忙碌的老贾听到了参加活动的一位老领导跟黄书记的一段对话。老者说:"这阵势要破费许多吧?"黄书记道:"舍不得孩子套不住狼,为了把小龙虾炒热,破费一点也值。"老者又说:"我在临海四十年,没吃过这小龙虾。"黄书记道:"再过些年,你该吃不起了,这小龙虾肯定会变成金龙虾。"听到这段对话,老贾的心里顿感暖洋洋的,他真想上去给黄书记鞠一躬。有这样的伯乐,他感到台下大排档上所有的龙虾顿时都活了,整个广场都在张牙舞爪地蠕动。若干年后,当这种小龙虾在北京都占据了一条街巷的时候,黄书记曾对老贾说过这样一句话:"很可惜,创意和思想不能申请专利。"

龙虾节的热闹过后,黄书记由市委副书记荣任市长。一上任,他就提拔老贾为大活办主任,原来的叶主任调到老干部局任局长。交接工作时叶主任很动情,对老贾说:"我真的很感谢你,老贾,你要是不来,我就得在这个大活办干到退休。说实话,女人家不适合干大活,给老干部服务倒挺合适。"老贾觉得叶主任这是真心话,便在刚刚开业的香格旦拉为叶主任送行。叶主任说:"我干了这么多年大活办主任,在这五星级酒店吃饭还是首次。"席上,叶主任再次说了些感谢的话,老贾发现叶主任在说这些话的时候,她的脸第一次生动起来。过去,老贾一直认为那些靠美容而营造的美是亮而不丽,一张好端端的脸经过美容师一番蹂躏,往往失去了灵性,变得虚假而僵化。小吴、小白、杨桦也感谢贾主任让大活办有了地位,三个人似乎从叶主任的荣转上看到了前途。老贾知道叶主任的调离主要是给他倒位子,心里便有些感动,他特意点了一盘小龙虾,说:"要感谢,我们大活办的人都该感谢这小龙虾。"

龙虾节的成功起到了连带效应,临海市所属的三河县也动起了脑筋。三河县是个山区县,盛产山货,尤其在养殖野鸡上远近闻名,养殖数量也比较可观,县领导受龙虾节的启发,就想出了办个野鸡节的点子。为了争取市领导的支持,他们特意邀请黄书记来三河给活动方案把把关。黄书记去三河时带上了老贾,大活办的人都知道老贾已经成了黄书记不可或缺的智囊。

在三河县,长着一副招风耳的马县长带着一批局长汇报了他们举办野鸡节的具体计划。黄书记一行在听过马县长的汇报后,都觉得三河县野鸡节的方案很周密,该想到的地方都想到了,甚至比市里的龙虾节都要具体。节日的亮点是开幕式当夜的百鸡宴,煎炒烹炸熘炖烧煸,八道主菜全是以野鸡为原料,很有创意。马县长注意到黄书记一直在点头,便心里喜滋滋的。黄书记让随同的人都要讲一讲,因为挑不出什么瑕疵,大家都说了些肯定的话。老贾是新提拔的干部,应该表现出一种谦虚的态度,不能抢着说话,就故意往后拖,他知道黄书记一定会点他的将。果然,黄书记在讲话前突然道:"小贾,你们大活办是大型活动专家,你看看三河的野鸡节还有什么地方需要完善一下。"

老贾来三河之前已经让小吴要了一份野鸡节的活动方案,头天晚上已经做了些准备,他说:"我同意以上各位领导的意见,三河县委、县政府关于野鸡节的思路很超前,方案总体可行,我没有更多的意见,只有两点不成熟的建议供组委会参考。"他这一说,会议室一下子静了下来,人们都屏住了气,看他有什么新主意。老贾道:"第一,这野鸡节的名字不妥,容易使人联想到不健康的东西,应该改成山鸡节,一个'山'字,就把三河的特色突出了,比'野'字更好;第二,百鸡宴是座山雕发明的,带有匪气,当改成锦鸡宴,一个'锦'字,取锦绣之意,象征三河县的发展前程锦绣。"

老贾的两点建议得到了黄书记的肯定,从此,三河县就有了一年一度的山鸡节。

黄书记政绩卓著,干满了一届市长后,又荣任市委书记,成了临海市名副其实的一把手。他上任后不久,就做了两件在班子里颇有争议的事情:一是把四大班子各种大型会议的会务工作交给了大活办;二是超指数提拔老贾为市政协不驻会的副主席。在研究他的提拔时,有位副书记说:"现在反对搞文山会海,我们设个抓会议的副主席是不是合适?"黄书记的态度简直是铁板一块,他说:"我们设这么个领导,就是要把四大班子其他领导从会议中解放出来,从这个意义上说,老贾就是个堵枪眼的主席。"

按照规定,干部提拔后需要有一次组织谈话。黄书记把老贾叫到办公室,对老贾谈了两点:第一,会议无小事,只要是开会,必须聚精会神,严丝合缝,不出纰漏。第二,作为一个领导干部,会下要学会唱低调,会上要学会唱高调。黄书记的这次谈话,老贾一直视作人生箴言,他经常揣摩这两句话,从中品出许多滋味。

四大班子有着开不完的会,大活办工作量陡然增加,大活办的四个人像被鞭抽的陀螺一样开始转个没完,老贾这兼职副主席也每天忙个不停。但老贾悟性好,在琢磨会议方面无师自通,枪眼堵得很到位,不管什么行业的会议都能主持得滴水不漏,不论什么内容的讲话都能掷地有声头头是道。用小吴的话说,贾主席是天生的政治家,是会议大师。一次,市政府开个信访会,主管的领导没到场,而到场的其他领导又说什么也不讲话,头顶冒汗的信访办主任对老贾说:"救场如救火,信访工作好歹也是大活,你老贾既然是大活办主任,你就给圆了这个场吧。"老贾二话没说就同意了。在会议最后讲话时,谁也没有想到他讲了六个大问题,每个大问题里又有三个小问题,领导该讲的话都讲到了,把个信访办主任给镇得牛眼圆睁,连说人才人才人才啊,难怪黄书记慧眼识珠,一项平时不搭边的工作能讲得这样四脚落地,真是奇迹!

　　大活办一年到头围着会议转,把本来精力充沛的小白、杨桦弄得精疲力竭,实在顶不住了,两人就申请调到了别的单位,只有小吴还在坚守。小吴曾对老贾开玩笑说:"人家从一个黄花闺女跟你干到半老徐娘,你可要心里有数呀。"小吴说这话是有原因的,随着大活办工作量的增加,黄书记给大活办增加了好几个编制,大活办新进了不少年轻的女孩子。现在的女孩子都特现实,什么都不管不顾,这让小吴压力不小,她担心老贾承受不住这习习香风的吹拂,毁了灿烂的前程,所以话里话外有些提醒的用意。老贾说:"哪能呢? 对你,我是认人又认工作;对别人,我是认工作不认人。"老贾一直保存着那个牡丹牌烟盒,他把这烟盒摊平后夹在工作日记里,经常翻出来看看。后来这个牌子的烟已经不多见了,他每次翻开来看,仿佛还能嗅到一丝淡淡的烟香。老贾有一次问小吴为什么不调走,跟着他在这大活办多受累。小吴很大方地说:"我崇拜你,所以不想走。"小吴后来嫁给了一个军人,在南方一个城市,两人牛郎织女一样。她自己贷款在槐花街六号那个富人小区买了套房子,日子挺紧,但柔中有刚的小吴从来没有因为家庭的困难影响工作,她的微笑总能给大家带来好心情。

　　老贾虽然提升很快,但关于他的评价也很有争论。老贾没有想到的是官升一级,矛盾一堆。原来觊觎这个职位的一些同僚开始琢磨他,关于他的种种议论也就像溃了堤的水一样四处蔓延。他本来想找黄书记把小吴提起来,但考虑到这样会招来另一方面的议论,也就只好作罢。这使他心里总觉得很对不住小吴,正是干事业的好年龄,怎么好在会务科长的位子上坐八年? 好在小吴对职务问题很看得开,除了那次开玩笑,再没有提过此事。

二

老贾捅这个娄子很不是时候。黄书记退休,新书记于小叶上任,按不成文的惯例,要召开一个中层干部大会,会上,老书记发表个退幕演说,新书记来个施政致辞。这样的会议下边都很重视,都竖着耳朵想听听老书记怎么谢幕,新书记有何政见。

老贾筹备这样一个简单的会议简直易如反掌,会议通知、签到都由组织部接了,大会主持词也由市委办写好了,大活办的工作就是布置好会场,安排好主席台。开会前一天,老贾到会场看了一圈,每个环节都检查了一遍,他还对着每一个麦克风试了试声音,又嘱咐工作人员,要为在会议第一排就座的离退休老领导准备茶水,不能放一瓶矿泉水了事,因为老领导一般不喝凉东西。感到确实没有任何问题了,他才离开会场。

周二开会的时候,问题出在他检查过的麦克风上。

主席台上坐的人不多,有省委组织部的部长、黄书记、新来的于书记,还有政府、人大、政协的三个一把手,正好六个人。会议由市长刘闯主持。会议先是由省委组织部部长宣布省委决定,并做简要说明,然后是黄书记讲话,再是于书记讲话。

在组织部部长讲话之后,市长刘闯宣布:"下面,请大家以热烈的掌声欢迎老书记黄已同志讲话。"一阵掌声过后,黄书记微微欠了欠身,很习惯地往前移了移麦克风。这是他多年养成的一个下意识动作,这么一移麦克风,不仅比对着麦克风清一下嗓子要文雅得多,而且能达到集中与会人员注意力的效果,因为麦克风的移动会发出一种很特殊的音响,在会场里会起到警示作用。

但这次麦克风的移动没有任何声音,别人没有注意,黄书记自己却感觉到了,他愣了一下,知道是麦克风出了问题。黄书记不愧久经会场,他没有对着麦克风就来一句"同志们",因为那样做如果声音扩不出去的话会很尴尬,他不动声色地伸出弯曲的右手食指,在麦克风上轻轻扣了两下,果然,麦克风毫无反应。

坐在会场第二排的老贾头上的汗当时就下来了,这怎么可能呢?昨天他是挨个试的音,怎么偏偏就黄书记的麦克风不响了呢?

会场上出现了嗡嗡的议论声。坐在黄书记身边的于书记急忙把自己面前的麦克风移了过去,黄书记才得以开始讲话。黄书记很幽默,他在讲话前先调侃了几句,说:"这麦克风真是势利,看我退了无职无权了,它就不响了。但我相信在座的大家不会这样,因为大家不是麦克风,麦克风是机器,没有感情,大家都是人,人是有感情的。"他的话把大家说笑了,打破了刚才的尴尬。但老贾没有笑,他感到自己的脸火辣辣的。

散会后,老贾一脸怒气地找到负责音响的桑师傅。桑师傅是剧院下岗的音响师,通过关系进到会议中心来,人很老实,业务也不错,就是喜欢喝几杯小烧。不喝酒时,工作细致严谨;喝了几杯小烧后,容易颠三倒四。有一次大会,他喝了点酒,错把国歌放成了《国际歌》,好在大多数人并没有在意,但老贾听出来了,他对桑师傅说:"再出一次这样的差错,你就哪来哪去吧。"这次,老贾认为桑师傅肯定喝酒了,这不是给他上眼药吗?什么时候呀,偏偏把黄书记的麦克风弄哑了,这在过去就是政治事件了。桑师傅也吓坏了,喝的几口小烧都吓成了一泡冷尿,差点尿了裤裆。老贾说:"你被开除了,下午就别来上班了。"桑师傅脸色煞白,好一会儿才说:"我知道自己该死,可是你得让我死个明白,明明调试好的麦克风

252

怎么会不响呢？我要走也得查清楚怎么个故障再走。"老贾道："你最好查清楚，我也好给黄书记一个交代。"

桑师傅去捋着电线查事故原因，老贾则瘫坐在椅子上发呆。小吴过来想安慰他，看他上火的样子，又不知说什么好，便拿一条湿巾递过来。会议室有空调，室外春寒料峭，室内暖意融融，老贾的头上满是汗水。他接过湿巾，还没有擦汗，桑师傅在台上大声喊道："贾主席，这麦克风是刘市长弄掉的，我冤枉啊。"说完，四十几岁的汉子竟蹲在台上抽泣起来。

原来，主席台的几个麦克风的连线插头都在刘市长的脚下，刘市长是学体育的，喜欢运动，坐着时有个摇动双腿的习惯。今天，他不仅摇了腿，两只脚也不安分，不知怎么，他的皮鞋就碰到了电线插头，单单把黄书记面前麦克风的插头踢落了。

小吴看老桑哭得伤心，就对老贾说："这事不能全怪桑师傅，就别开除他了。"老贾目光暗淡，嘴里喃喃地说："不开除他，我怎么向黄书记交代？"

桑师傅被开除了，临走时，老贾把他叫到办公室，给他写了一张条子，说："你去找这个人吧，他能给你安排个活干，挣的钱不会比这里少。"

桑师傅接了条子，条子是写给天外天娱乐城彭大山经理的。天外天是临海市最有名的娱乐城，经理是市政协的常委，也是老贾的朋友，桑师傅的音响技术在那里会用得上。

开除桑师傅的事情在机关里传开了，人们有些议论，有人说老贾有点过，不就是麦克风出了点故障吗？还用处理得这么狠？小吴把这些议论告诉老贾，老贾心想，自己要的就是这个效果，大家的议论黄书记不会不知道，一旦黄书记知道了，依黄书记的性格，肯定会给他打电话，到时候他再好好向黄书记解释道歉。他本来想早些去给黄书记赔不是,但他担心黄书记正在气头上,弄不好会碰一鼻子灰,所以想来个欲擒故纵,等黄书记找上来。

可是,老贾错估了黄书记。黄书记自从离开市委大楼,天天在家练陈氏太极拳,不但不给别人打电话,而且别人打去的电话他也很少接,只是由老伴应付几句,他则在书房里练推手。老贾试着打了一个电话,黄书记老伴的应付不咸不淡,说小贾啊,挺好的吧,有时间来家里坐坐吧,找老黄吧,他正练拳呢,吩咐不让别人打扰,好吧,谢了,再见。说完就挂了。老贾拿着电话,半天没放下来,电话里嘟嘟的忙音似乎格外刺耳。

这歉,我必须当面道。老贾心里暗暗地想。这个疙瘩不解开,我老贾真比窦娥还冤。

清明刚过,新上市的龙井茶价格不菲,老贾特意去天堂茶庄买了两斤明前龙井,去黄书记家负荆请罪。黄书记喜欢龙井,尤其喜欢明前小嫩芽炒出的龙井,这在地处北方的临海市也是一种难得的品位。因为老贾对茶叶有些研究,所以,自他到大活办工作开始,黄书记冬季喝的乌龙、夏季喝的龙井都是他负责供应。

小吴知道老贾要去黄书记家,在办公室门口悄悄地提醒他:"黄书记知道你把老桑给开除了,都没有给你打个电话,你要是上门去讨没趣,可要想好了怎么下台阶呀。"

老贾说:"我是黄书记提的人,他怎么挑我我都认了。"

小吴看看手表说:"你在晚饭前去,晚上有个朋友要请你帮个小忙,我们在天外天等你一起吃饭。"

老贾说:"谁呀?干吗还要吃饭?我是饭前到黄书记家,黄书记留我吃饭怎么办?"

小吴说:"不要紧,我们等你好了,彭总已经订好了房间,在518。"

老贾知道天外天的 518 是个贵宾间，那是彭大山专门接待贵客用的，进楼是走员二通道，有专用的电梯，与别的宾客不交叉，这样的设计还是他给彭大山策划的。彭大山是政协常委，和老贾是好朋友，但老贾却很少到天外天去消费，自己毕竟是政协副主席的身份，到这样的娱乐场所来吃吃喝喝，思想上多少有些顾虑。天外天在装修时，彭大山来找他，说："你贾主席天天给领导打场子，你说怎么才能让领导经常光顾天外天？"他想了想，对彭大山交代了四个字："独辟蹊径。"彭大山没有多少文化，对这四个字丈二和尚摸不着头脑，说："贾三席你就明说吧，你怎么说我怎么干。"老贾说："其实很简单，你在装修时把领导和大众分开来，领导要单独的房间、单独的通道、单独的门，至于档次，你自己根据财力定。"彭大山一双金鱼眼转了转，一拍大腿："高招！"

下班前，老贾提着茶叶去了黄书记家。他没有带司机，是自己开车。在去领导家中拜访这个问题上，老贾从来不带司机，哪怕是给领导送节日福利这样的事，他也是自己开车，往往为了搬些啤酒、海鲜之类的东西，累得他满脸流汗。为此，很多市级领导的夫人对他印象都不错，她们想：人家老贾也是市级干部，又是五十多岁的人了，这么不辞辛苦搞服务，确实让人过意不去。

黄书记的家是栋独楼，有高高的爬满了绿藤的青砖围墙，围墙内种满了花花草草。老贾是这个小楼的常客，对这里的一切都很熟悉。开门的小保姆见到他，一张杏花般的笑脸很让他心热。

"黄书记好吗？"老贾小声问保姆，保姆点点头，抿嘴笑了笑。领导家的保姆有个特点，都是很少说话。老贾也点了点头，不用小保姆引导，径直进了一层的客厅。

黄书记的老伴站在客厅里，不冷不热地道："来了，老贾。"

老贾把茶叶放在沙发边的茶几上，说："早就该来看看黄书记，这两天忙，这不，明前龙井上市了，我弄了点给黄书记喝。"老贾见黄书记没有下楼，就抬头望着楼梯问："黄书记还在练拳？"

黄书记的老伴依旧不冷不热地说："你看真不巧，老黄被几个老同事叫去吃饭了，没在家。"

老贾一下子愣住了，站在那里手足无措。多亏小保姆端来一杯茶，尴尬的局面才被打破。他说："我也没有什么事，就是看看老书记有没有什么事情需要我做。老书记不在家，我先回去了，改天再来。"

黄书记的老伴也没有多让，对小保姆道："去送送贾主席。"

小保姆杏花般的微笑被一层迷雾罩住，她疑惑地看看老贾的脸色。老贾也不能再逗留了，转身来到了院子里，小保姆抢过去开了院门，像做错了什么事情一样，低着头把老贾送出门。

老贾上了车，一时不知道这车该往哪里开，好一会儿，身上的电话响了，是小吴打过来的，他这才想起天外天有人在等。

来到天外天的 518 房间，房间里只有小吴和彭大山两个人，几个凉菜已经上了桌。彭大山粗声大嗓地说："贾主席，今晚我和小吴请你，我们喝个痛快。""不是有人找我办事吗？怎么就你俩？"老贾看着小吴问。"我早就料到黄书记不会留你吃饭，你回家嫂子又不会做饭，所以我和彭总才有了一次请你的机会。"小吴诡秘地眨眨眼，说，"一个善意的谎言，贾主席不会怪罪吧？"说完，她把老贾请到主位上坐下来。小吴知道老贾的家庭生活不是很和谐，他的在市立医院当副院长的夫人是个典型的女强人，对老贾的生活不怎么放在心上，这是大活办公开的秘密。大活办是个女人扎堆的单位，女人在一起经常会议论领导的服饰。久而久之，大伙发现，贾主任经常穿没有熨过的衬衣上班，西裤也是很少有裤线，西服袖口的装饰纽扣总有几颗摇摇欲坠。都说男人的衣着女人的脸，从老贾这生活细节上，一活办的女人们得出了老贾夫人对老贾疏于关照的结论。

三个人的晚餐很有些单调。彭大山虽然个子大，但酒量并不大，也就两瓶啤酒的水平。小吴平时应酬也就是点到为止，一杯红酒能喝到散席。老贾心境不佳，主动点了瓶五粮液，他反客为主，给每个人倒了一大杯，一瓶白酒正好倒满三杯。

"完了，我惹火烧身了。"彭大山吐了吐舌头。

小吴刚要说什么，老贾伸出一根指头，弹了弹桌子说："是你俩要请我的，你俩能看我一个人喝闷酒？好吧，你们说话吧，我老贾今天要喝透。"

彭大山看看小吴，小吴看看面前满满的一杯白酒，咬了咬下唇，很有些大义凛然地端起了酒杯："贾主席，我们知道你最近有点烦恼，其实，有的事还是别往心里去，因为那不是你的错。如果说我们市委市政府机关里还有敬业者的话，这个人就是你。你做得已经够好了，我和彭总永远服你。"说完，小吴喝了一大口，很夸张地咽了下去。

彭大山的两只金鱼眼立时瞪圆了，小吴的话让他不好再推托，他端起杯，有些结巴地道："你贾主席是什么人别人不清楚，我……我彭大山还不清楚？别的不说，其他领导三天两头来我这里，可你……你贾主席来过吗？一个犯了错误被开除的人，你还不忘给他一条生路，你知道你介绍来的那个桑师傅在这里挣多少吗？一个月四千！比你俩挣得多。你开除了他，他现在把你当菩萨供。就为你这为人，我喝一大口。"他不敢说干杯，他知道要是干了这杯酒，肯定会现场直播。518 旁间的地毯是真丝的，要是真吐在地毯上，损失可就大了。

见两个人都擎着喝了一口的酒杯，老贾把杯子也端起来，他眼角湿润,目光迷离,但手中的酒杯却非常稳。在两个人热切的目光里,他猛地一仰脖,一杯白酒咕咚咚一饮而尽。

彭大山心想,完了,今晚非多不可。

在打开第二瓶五粮液之前,老贾把车钥匙交给了小吴,他说:"要是我喝多了,你就把它藏起来,别让我碰车。"彭大山说喝多了千万别动车,隔壁就是客房,可以醒酒后再回去。

老贾的情绪上来了,他又斟满了一杯白酒,然后对两个人说:"你们少喝,就尽我一个人糟蹋吧。我就像歌里唱的那样,投入地醉一次忘了自己,看看是个什么滋味。"

彭大山被老贾的话感染了,他对小吴说:"咱俩今天干什么来了? 不是陪领导释放郁闷吗? 领导喝多少咱就喝多少,这叫舍命陪君子。"说完,他端起了酒杯。

"豁出去了!"小吴端起杯,和彭大山很响亮地碰了一下,"干杯!"

三

老贾从来没有感到自己的妻子还这么温存。

他一会儿觉得自己是在鸣沙山下细软的沙地上,每个脚趾缝里都有那种灼人的流沙充盈的感觉;一会儿,他又好像浸身在三亚海水浴场那清澈的海水里,身体的每一个部位都被泡胀,都在放大。他把妻子揽在怀里,妻子的头发今天格外香,像是兰花绽放的香味,没有往日那种令人反胃的来苏水的味道。妻子平时总是硬邦邦的身子,今天也变得柔软,猫一样地贴着他。他心里有些愧疚,自己和妻子已经多年分床而眠了,他认为妻子不关心自己,早晨从来不给他做早餐,他不能改变妻子,就暗暗下了决心:你不给我做饭,我就不和你做爱。这样,两个人的关系就变得很僵化。好在两个人都是领导,每天都有忙不完的工作,妻子从检验科主任荣任副院长后,分管医院的业务,经常夜里到医院查夜,她把心中的郁闷都发泄在那些脱岗的医生、护士身上,许多医生、护士见了她腿都哆嗦。老贾曾听人背后议论过,说他的老婆在医院有"院长嬷嬷"之称。他很委婉地把这话说给了妻子,妻子竟冷笑道:"能把医院办成修道院那就好了。"话不投机,老贾就不再说什么。

也许是长期没有和妻子亲近的关系,老贾今夜亢奋起来,他像亚马逊巨蟒一样把怀里的女人缠起来,越来越紧。突然,怀里的女人说话了:

"要勒死我了。"

这一声,把老贾惊醒了,他睁开眼一看:老天爷! 怀里的女人怎么竟是小吴!

他呼地坐起来,兔子一样蹦下床,下意识地看了一眼自己的下身,好在裤子还穿在身上,但衬衣已经蹂躏得很狼狈了,纽扣敞开着,胸部的一颗红痣很肆意地袒露着。

这……这……这是怎么回事? 他意识到自己闯祸了。

小吴也坐起来,脸色潮红,米色的羊绒内衣勾勒出她丰满可人的线条。她笑了笑,说:"别怕,不是我们俩,还有人呢。"

老贾这才回过头,见另一张床上,彭大山正死猪一样地酣睡。床下,一只痰盂里散发着酒味,看样子彭大山是喝吐了。

"三个人,三瓶五粮液,你劝酒够狠的。"小吴站起身整理了一下衣服,看看表说,"快半夜一点了,我回家了,你俩在这里睡吧。"

老贾不能挽留小吴,他对发生的事情一点记忆也没有。送小吴出门时,他小声问:"我昨晚没做傻事吧?"

小吴嫣然一笑:"我不知道。"

老贾头皮一阵发紧,一泡尿突然要冲破闸门般在小腹里肆虐

259

起来,差点就尿裤子了。

清早,他驱车回到家里,妻子早早地上班了。他把衬衣、裤子搭到浴盆里,顾不上吃早饭,换了套干净衣服就往单位赶。今天,会议中心有个很重要的会议——第十五届龙虾节筹委会,昨天市委办已经通知,新来的于书记要来参加会议。

他赶到会议中心,见小吴正带着办公室的小杨在安排会场,领导名牌、入场签到、会标都依照惯例安排妥当。在市委于书记的名牌前还摆了一个鲜花花篮,花篮里是清一色的亚洲百合。老贾知道这肯定是小杨的主意,小杨参加工作才三年,还保留了些大学时的情调,给大活办带来了许多时尚的东西。在办公室,她经常给大家读一些不知从哪里发来的滑稽短信,给忙碌的大活办带来不少笑声。老贾也正是根据她这个开朗的性格,才把她分配在会务科工作,会务科的科长就是小吴。

老贾站在门口等候于书记,他的头有些疼,不时用手指揉一揉太阳穴。他看到小吴正谈笑风生地和到会的领导们打招呼,引导人们入座,心想:她的酒量怎么会这么大? 共事十几年,这次才发现庐山真面目。于书记是最后一个到会的。他身着考究的灰色西装,清癯的学者型的脸庞上,戴着一副亮晶晶的眼镜,这种气质较之原来的黄书记,有一种一洋一中的区别。

会议由老贾主持,他先是对于书记百忙之中能来参加今天的会议表示感谢,这说明于书记对第十五届龙虾节筹备工作高度重视。接着,他在阐述了一番办好龙虾节的重大意义之后,就今年的方案做了个条理清晰的说明。之后,各责任单位的领导开始就活动方案发表意见。

也许是因为于书记在场,与会人员谁也不发言。看到有些冷场,老贾很着急,他点了商贸办的包主任,说:"老包,你看看,这方案还有哪些地方需要再完善?"包主任是个老资格,在商贸办干了八年主任,当了八届的龙虾节筹委会副主任,对这项工作心里很有数,所以老贾让他来开这个头。

包主任清了清嗓子,停顿了一会儿,道:"方案嘛,已经很完善了,说不出什么修改意见。依以往的经验,这项活动需要抓一个'早'字,就是活动经费早到位,领导贵宾早邀请,文艺演出早排练,宣传舆论早营造。这是一个名副其实的大型活动,不能现上轿现扎耳朵眼儿。"

包主任说完,在老贾的点将下,卫生局局长也发表了意见,就是强调龙虾宴的卫生问题不能忽视。去年就有个省政协的领导吃坏了肚子,检疫的同志认为是有的龙虾变质所致,所以,今年一定要把好卫生关,隔夜的死龙虾绝对不能上席。

大家就活动方案没有提出不同意见,老贾心里多少有些沾沾自喜。尽管他主持制定的这个方案几乎称得上千锤百炼,但他还是担心与会人员挑三拣四。要知道,于书记可是省委出来的大秀才,能不能看上自己这个方案他心里没底。他看大家实在没有话要说了,就请于书记最后发表重要讲话。

于书记很谦虚,他说自己刚来临海,对龙虾节的事情还不了解,主要是想听听大家的意见。"既然大家不愿意多讲,我就两个自己也没有想好的问题请教一下各位:第一个问题,我们办了十四届龙虾节,市财政累计投入了多少? 综合收益多少? 第二个问题,作为地方特色的小龙虾,是不是由自然野生转化为人工养殖? 养殖的数量有多少? 年产多少?"

这一问,会场的空气一下子凝重起来。老贾对这两个问题也不能回答得很清楚,虽然能说个一二,但他不能先讲,他隐约感到了某种不祥的味道。他在会场巡睃了一圈,把目光锁定在财政局局长和水利局局长身上。

财政局局长年龄不大，但头顶却早早地脱了发，看到贾主席看自己，知道第一个问题只能由他来回答了。说实在话，十四届龙虾节累计花了多少钱，他也没有数，他只好边计算边回答：

"财政投入嘛，去年是五百多万元，那么十四次就是七千多万元吧。综合收益嘛，没有专门统计，龙虾节主要还是社会效益。"

水利局局长也发了蒙，小龙虾一直都是沟沟汊汊里自然野生，水利局从来没有考虑到人工养殖的问题，水利局所属的大小水库都养了些鲤鱼、鲢鱼，谁去养殖这小东西？可是，打了十四年的一张名牌，水利部门却没有做养殖的文章，这使他有一种渎职般的紧张。

"我们工作有失误。于书记，我们马上就组织人员研究小龙虾的人工养殖问题。"水利局局长眼细嘴小，蒜头鼻子湿漉漉的，一副可怜兮兮的样子，他几乎是在做检讨了。

于书记摆了摆手，很和蔼地说："我没有批评大家的意思。不过，我要提醒同志们，现在是市场经济，市场经济是讲价值规律的，是讲投入产出的，如果我们不从市场经济的立场去考虑问题，我们就会犯一些低级的错误。"

大家都屏住了呼吸，听于书记讲下去："七千多万元的财政资金，到底带来了多少效益？我们是个经济欠发达地区，我们的财政还要靠省里转移支付，这样的投入是不是合适？"说到这里，于书记把目光转向老贾：

"老贾，我不反对搞龙虾节，关键看怎么去搞。我给你们提个建议，从本届开始，龙虾节搞市场化运作，政府不仅不出钱，而且还要赚钱。"

会议结束了，老贾送走了于书记，又回到他的座位上呆呆地坐着,两眼盯着台面上的那篮亚洲百合。会前,这百合还是芳香四溢,会后,怎么竟索然无味了呢?

小吴和小杨在收拾会场,他盯着眼前的百合问:"你们说,这市场化运作是什么意思?"

没等小吴回答,小杨抢先说:"市场化运作嘛,说白了就是谁出钱的问题,由政府出钱就是官办,由老板出钱就是市场运作。"

小吴接着说:"有点道理,看来,咱们大活办的任务就是去寻找投资人了。"

小杨道:"对,咱们要尽快去抓个冤大头来好交差。"

老贾起身去了办公室,小杨悄悄地对小吴道:"老贾肯定上火了。"小吴望着老贾的背影,若有所思地点了点头。

老贾觉得小杨对市场化的理解是对的,他回到办公室马上就在电话本上找本地的大款,经过一番筛选,他列出一个十几人的名单,上这个名单的都是本市有头有脸的民营企业家,其中就有彭大山。下午,他召开了一个大活办全体干部会议,把这个名单落实到了人头,每个工作人员包两个企业家,做工作让他们赞助龙虾节的举办。他对拉赞助还是有些信心的,因为以往的龙虾节,这些人参与的热情都很高。

"大家好好表现吧,这是于书记交代给我们的任务。"他这样对大家说。

在分配任务时,老贾徇了私情,为了让小吴省些力气,他把彭大山分给了小吴。他想,彭大山如果不给小吴面子,他还可以出面做工作。

晚上,他拖着疲惫不堪的两腿回到了家里,一进门,发现妻子竟破天荒地先他而回。

他瘫坐在沙发里,昏头涨脑地想着白天开会的事,凭他多年对领导干部的揣摩,他觉得于书记对龙虾节不感冒,只是话没有明说。但他摸不透于书记的心思,龙虾节已经是名声在外的一大活动,连北京的高官都来参加过开幕式,对此,于书记不能不有所耳闻。他想起三年前,作为省委政研室主任的于书记还被邀请参加过临海市的龙虾节。

妻子的脸色很难看,像冻了的青萝卜,青里泛黑。老贾心里很迷惑:为什么生气?是因为昨晚一夜未归吗?自己这位院长妻子心里一向只有医院,什么时候关心过自己?自己有一次去云南出差,走了七天,妻子连个电话都没有。

妻子从卫生间里出来,手里拎着他的白衬衣,往沙发上一扔:"你能解释一下这衣服上的痕迹吗?"

老贾吃了一惊,扭头一看:糟糕!什么时候衣服的前胸处有了个可疑的红印?这印痕只能使人联想到口红、之类的东西。难怪妻子脸色这么难看。

"是洒的红酒吧?"他搪塞道。说完,他又后悔了,妻子是检验科主任出身,这红酒和口红还分不清吗?

果然,妻子冷笑了一声,一双猞猁般的眼睛盯着他。

老贾不想说假话,他装作不在乎似的道:"哦,昨晚在天外天喝酒了,男男女女很多人,都喝高了,又唱又跳的,说不准是谁故意给我栽赃。"

妻子收了冷冷的目光,叹了口气,道:"看来,大活办的人真是干'大活'了。"

老贾本来心里就发堵,妻子这么一说,他的火腾地蹿上了脑门。但他憋住了胸中的怒气,站起身,动作粗重地撞出家门,来到路灯暗淡的大街上。他想找个可以依靠的人偎一会儿,身与心的双重疲惫让他感到一种从来没有过的惆怅。

在大街上不知走了多长时间，身旁一辆疾驰而过的摩托车把他从乱糟糟的思绪中牵了出来。他四处一看，这里不是槐花街六号吗？这是小吴住的小区呀！

真是该死！他下意识地骂了自己一句，赶紧离开了槐花街六号。

四

黄书记亲自给老贾打了个电话，说他的龙井品质好，闻起来就知道是特级的。可是，自退休后他就戒茶了，开始喝离子水，以后就别麻烦再送茶叶了。

老贾觉得老书记心里的疙瘩还没有解开，他便在电话里请求找机会和老书记坐一坐。黄书记说："好呀，我现在是无官一身轻，别的东西没有，时间还是蛮多的，你安排吧。"

老贾很激动，说："那就今晚吧，我请你去天外天。"

放下电话，他就把小吴叫过来，让她预订一下天外天的 518。小吴一听天外天 518，脸一下子就红了，眼睛盯着鞋尖不知看些什么。

老贾也马上想到了几天前的事情，他忙解释道："我是想和黄书记坐坐，上次大会上麦克风不响的事我一直没有机会解释。"

小吴恢复了常态，点点头刚要走，老贾叫住了她。他眼睛看着手中的文件，似乎漫不经心地问："那天晚上，我真的没做什么过格的事吧？"

小吴直直地看着他，反问道："什么样的事算是过格呢？"

"就是……就是……我是说，我记不得自己都做了些什么。"老贾有些语塞。

小吴笑了，道："贾主席，你是堂堂君子，我崇拜你，即使那天你做了什么事,责任也不在你,你放心吧。"

临出门时,小吴告诉老贾,说老公让她随军,去南方的一个城市,她还没有决定,想听听老贾的意见。

老贾一听立马就说:"不行不行不行,那个鬼城市我去过,三天两头下雨,洗双袜子两天晒不干,人要在那里生活百分之百得风湿病。再说吃的菜不是淡就是辣,大米全是两茬稻,嚼在嘴里像吃豆腐渣。我看你还是别去了,在这里不是很好吗?"

老贾只顾自己说,门口小吴的眼圈却红了,轻轻推门走了。

老贾这才意识到自己失态了,自己为什么要强烈反对人家随军呢?那个城市真像自己说的那样吗?自己这是怎么了?小吴可是军婚啊。

小吴刚走,几个下去拉赞助的人就陆续来到了他的办公室,十几个人都是无功而返,大家都没有了领任务时的兴奋,都耷拉着脑袋满嘴牢骚。

"这些暴发户个顶个的铁公鸡。"有人这样说。

"不赞助就算了,还阴阳怪气的,太气人了。"

"我们又不是乞丐,我们这是政府行为,他们狗眼看人低。"一个年龄大一些的科长干脆动骂了。

小杨依然无所谓的样子,她负责做一个外资服装老板的工作,资金没有拉来,却拉来了两千件 T 恤,老板的条件就是在 T 恤上印上企业的名字。小杨能拉到这点赞助,归功于她新交的男朋友,她的男朋友在市委当秘书,多少可以做一点拉大旗作虎皮的事情。

拉赞助出现这种局面是老贾没有想到的,网撒得这么大,却连一条鱼没有兜着,这网还怎么撒?他让大家回去再动动脑子,自己也再琢磨这戏该怎么唱。

他拿着自己拟订的那份名单反复端详,突然他发现,自己这份名单上怎么都是清一色的个体老板？市场化运作也不是光靠民营企业呀，国有企业还是有文章可做的。有门儿！他感到一阵心动，马上抄起电话找国资委的徐主任。徐主任当过总工会的主席，工会会多，老贾没少帮他的忙，虽说徐主任是个有名的老油条，但老贾对他还是有信心的，因为不管因公因私，老贾从来没有找过徐主任。

因为下午安排了两个大会，老贾就约徐主任下午五点到办公室谈谈。

徐主任没有推辞，说："你贾主席什么时候招呼我什么时候听令。"

老贾心里有了底，就放心准备下午的会议。下午一点是市文明委的一个大会，要部署在全市开展"讲文明，树新风"红五月活动。主持这样的大会老贾可谓轻车熟路，开头讲目的意义，结尾讲贯彻意见，中间是走程序，说什么样的话怎么说，老贾是胸有成竹。下午三点还有一个会，是残联组织的一个助残活动总结大会，参加者很多都是残疾人。老贾本来不想主持这个会议，残联胡主席找到他的时候眼泪快下来了，说："市领导都忙，谁也不参加，说白了不就是残联没地位没实惠吗？这项活动好歹也是以市政府名义开展的，一个市领导不来算怎么回事？你老贾是菩萨心肠，你千万要给捧捧场，我代表全市的残疾人们谢谢你啦。"话说到这个份上，老贾的心便软了，他说："老胡你别弄得这么邪乎，你们这大会我参加，我给你们讲话。"胡主席千恩万谢地走了，可是留下的那篇讲话稿却有不少"残疾"，以至于没法读下去。老贾简单看了一遍，心想，又是一次练习即席讲话的机会。

下午的会议很顺利。文明委的大会氛围很不错，老贾主持得字正腔圆，没有一点瑕疵。文明委的会议刚散，三点钟残联的大会接着就开。在这个有许多残疾人参加的大会上,老贾简直是超常发挥,台下的人都看到他没有拿稿,是脱稿讲的话。他十指交叉在胸前的台面上,目光炯炯地巡视着台下的人们,用充满感情抑扬顿挫的语调,讲了整整五十分钟。他从四个方面评价了这次助残活动的重大意义,总结了活动的三个特点,对今后做好助残工作提出了八条要求。老贾讲话的时候,台下鸦雀无声,大家都被他这种领袖般的演讲惊呆了。残联的胡主席在他总结了活动的三个特点之后,竟掏出手帕擦了擦湿润的眼睛,显然,老贾的讲话深深打动了他,让他生出诸多感慨。

老贾在讲话快要结束的时候,忽然发现小吴正坐在会场的一角认真地听会,他顿时感到后颈处有一根灯芯被点燃,好像有一股热气流在吸引着他向上,再向上。在这种无形的力量的作用下,他的声音更加高亢激昂,语言组织更加严谨连贯,整个会场成了一个以他为核心的磁场。他的时间控制也非常精确,不用看表,在五点钟,他极具感染力的结束语如冲刺骤停,溅起一片暴风雨般的掌声。

散会后,残联胡主席握着他的手足足有三分钟,却一句话也说不出来。

老贾也沉浸在自己精彩演说的激动之中。小吴从人群中挤过来,告诉他国资委徐主任还在等他,他才想起约了老徐,便急忙赶回办公室。

老徐知道他刚刚散会,看他一脸汗珠的样子,说:"贾主席,该注意点身体了,老是干大活,就是铁打的人也吃不消呀。"

"别扯淡,老徐,我请你来,是有件大事需要你帮忙。"老贾开门见山。

老徐是个滑头,一听老贾这话,心里就猜出了个大概,嘴上却说:"什么大事还能难住你贾主席？我这个穷光蛋要钱没钱,要人没人,能帮你什么忙？"

老贾意识到这个滑头想缩脖子,心想,我一把掐住你的脖颈,看你怎么缩。便不紧不慢地说:"老徐,我知道你国资委机关是没钱没人,可是你有权啊,只要你徐主任想办的事,还不是想调人就有人,想抽钱就有钱？咱们市国有资产这点家底不都在你的手里攥着吗？"

老徐知道唬住老贾不容易,老贾毕竟是市级干部。他眼珠一转,立马在态度上让了三分:"有什么吩咐你说吧,我尽力而为好了。"

老贾说:"我哪里敢吩咐你？咱们好好商量一下。是这样的,今年的龙虾节财改不出钱了,于书记让市场化运作。市场化运作就是市场出钱,咱们临海市能出钱的主儿都在你的麾下,所以这事你要帮忙。"

老徐半信半疑地看着老贾,问:"这是于书记的意思？"

老贾笑了,道:"我还能蒙你？那天开会有几十个部门的头头儿在场,于书记讲的话大伙都听到了。"

老徐眯着眼想了想,摇摇头说:"这事不好办,不好办,弄不好要惹麻烦。"

"我想,老徐牙,你下属有三十几家企业,一家出个十万八万的,这台戏就能唱了。"老贾事先已经帮老徐做了个预算。

"这三十几家企业可不是肩膀头一般齐,有的效益不好,连两保都欠费。"老徐还是心里有数,他的企业状况好的不多,很多企业都在等着改制。

老贾看到老徐还在犹豫,就压低了声音说:"这事我就赖上你了,我老贾从来没有麻烦过你,这可是头一遭张嘴,再不济我也是

269

龙虾节筹委会的主任,大活办的人都知道我张嘴求你了,你总不能让我闪了舌头吧?"

老贾话里有话,狡猾的老徐能听不出个滋味?

"好吧。"老徐叹了口气说,"我不为什么龙虾节,我就为你贾主席背一次黑锅吧。"他的话一说,老贾心里的一块石头总算落了地。

老徐想了个解决问题的办法,就是以国资委和大活办两家的名义给全市各大规模企业发一个文件,把它们都列为龙虾节筹委会的成员单位,目的是大家的节日大家办。具体赞助的标准文件上不写,内部掌握底线是五万,出资十万以上的由筹委会在会场设立一个广告牌,算作鼓励。

老徐告辞时,一脸的苦笑,他对老贾说:"也就是你呀,老贾,要是换了别的领导,就是摘我的乌纱帽我也不会干。"

老贾嘴上一个劲地感谢,心里却想,这老徐说话真要分析着听,难道就我说话好使?要是于书记说话,你不一溜小跑才怪呢。

送走老徐,老贾在走廊碰到了小吴,小吴诉苦说:"这个彭大山真抠,说赞助龙虾节他不干,要是我们私人有事,出个十万八万他眼睛都不会眨。"

老贾一摆手,笑着说:"不需要他了,个体户咱们不和他们打交道……"话说了一半,突然,他想起了今早的约会,啊呀,晚上不是请黄书记吃饭吗? 这么大的事怎么给忘了! 他皮包都没有拿,对小吴说:"你给我锁办公室门吧,我马上走。"

他一边往楼下跑,一边看表,天哪,都快七点了!

小吴来到老贾的办公室,关好窗,看到桌子上很乱,就整理了一下。在整理时,她发现一个黑色的笔记本很精致,好奇心使她拿起了这个本子,翻开封皮,一张平展的牡丹牌香烟盒纸夹在本子里。小吴的心一阵狂跳,这是多么熟悉的烟盒纸啊,自己平生唯一一次买烟,买的就是这个牡丹牌。她记得当时在烟摊前选择了好一番,烟摊上有握手牌、恒大牌、红梅牌、红塔山牌等等很多,但她还是选择了牡丹牌,因为她喜欢那首蒋大为唱的《牡丹之歌》。今天看来,自己的一番心意老贾早就心领神会了,只是他从来不说。十几年了,老贾一直保留着这烟盒纸,这说明老贾是一个多么重情重义的领导啊。

五

春意盎然的五月,老贾的心绪却如晚秋一样暗淡。

先是那天请黄书记吃饭他忘了时间,让黄书记在那里等了他近一个半钟头,老人家生气了,一甩袖子走了。任老贾怎么解释,黄书记就是不听,黄书记在电话里质问老贾:"如果我没有退,你能忘了时间?我老头子不是吃不起饭,是你要请我的,我去了,又让我坐冷板凳,你扪心自问,这么做有没有道理?"老贾说都怪自己粗心大意,请老书记千万别往心里去。黄书记的回答一点也不客气,他说:"你要是说别人粗心大意我也许能接受,说你老贾我不信,我太了解你了,正因为你是个办事滴水不漏的人,我当年才力排众议提拔了你。"黄书记这样一说,老贾更是无地自容,真想打自己几个耳光。

黄书记的事情没有化解,一个坏消息又传到了老贾的耳朵里。国资委的徐主任告诉他,他们下发的文件被一个国企老总告到市委于书记那里,说国资委搞摊派。于书记对此很生气,给他打电话,把他狠狠地撸了一通,明确告诉他马上把这个乱摊派的文件收回,宁可不搞龙虾节,也不能给企业增加负担。老徐在电话里几乎要哭了,说:"于书记刚来,我就给他添了个乱子,我以后的工作怎么干?你贾主席可要好汉做事好汉当,我当初是不同意干这事的,

271

是你贾主席动员我做的。现在,堂堂国资委的文件给废了,这个黑锅我背不动啊。"

老贾没有想到会出现这么个结果,他脊梁上渗出一层凉汗,徐主任的每一句话都像一股寒流,让他拿电话的手战栗不止。他知道这事是他连累了人家,这个责任只能自己来负。他安慰徐主任道:"老徐你别上火,这事是我定的,和你没有关系,我会向于书记说明情况。"

自从徐主任打来电话后,老贾就等着于书记找自己。可是等了好几天,于书记好像没有事情一样,什么也没有说。老贾摸不透于书记的心思,又不好主动提起这事,所以一天天在焦虑中等待。老贾想,那个被于书记废止的文件是国资委和大活办联合下发的,于书记能给徐主任打电话,就一定会给自己打电话,自己毕竟是个市级领导。但老贾猜错了,于书记到底没有打电话来。让老贾更想不到的是,小杨在市委当秘书的对象给小杨透露,大活办这个机构要撤销,让小杨早些选择新单位,他好做工作。小杨嘴快,把这个消息告诉了小吴,小吴赶紧向老贾做了汇报。老贾知道,市委秘书的消息肯定源自市委领导,看来,上次让企业赞助龙虾节的事后果相当严重。

单位的事情不顺,老贾家里又出现了麻烦。

本来,老贾以为上次衬衣口红事件已经过去了,谁料想他的夫人竟搬到医院宿舍去住了,这样一来,他俩感情不和的风声就从医院传出来了。老贾从来没有和夫人发过火,这次却控制不住了,他来到夫人的宿舍。这是一个没有任何女性特征的房间,一张医院里常用的床,白色的床单、被子、枕头,一把也是刷着白漆的椅子,只有写字台是褐色的,但台面上还是铺了一块白色的台布,窗帘是半截的白纱,没有任何图案。两个人谁也没有坐,就那么站在屋中央,他问她这么做用意何在,是想让社会上都知道两个人闹矛盾吗?

夫人镜片后的一双近视眼透出两股蛮气,反问他:"我们这么住和在一个房子里住在本质上还有区别吗?"老贾知道夫人指的是什么,他们事实上已经是分居的夫妻,只是为了舆论,为了亲友,为了在大学里上学的儿子,他们还维持在一个房子里。现在,衬衣上的那个口红印,就像离婚证上的公章,一下子让两个人的分离合法化了。

老贾说:"我不想解释什么,但我真的没有做出格的事情,我这个人狼心兔子胆你不是不知道。"老贾说这话是有原因的,当年,他们谈恋爱在林中月下独处时,他严格控制自己的小动作,有时候夫人故意怂恿他,他也胆战心惊不敢有所作为。为此,夫人给他的评价是狼心兔子胆。现在,他想用这话来纠正夫人对自己的错误认识。

夫人木然地说:"我没有对任何人说过我们感情上的事,我在这里的目的有两个:一个是工作方便,我晚上要检查夜里值班情况,在家里半夜往医院跑不方便;另一个是想让自己静静心,更年期的女人看什么都烦,只有眼不看才能心不烦。"

老贾知道夫人的央心是下定了,结婚二十多年,他太了解这个女人了,要强,执拗,缺少柔韧。他搞不清楚她究竟是在和谁竞争,她的虚荣导致她牺牲的是女人的天性。他也常常检讨自己,是不是自己的这种工作状态影响了她,因为夫妻之间的相互影响是潜移默化的,别说是夫妻,就是人与自己的宠物相处久了,也会相像起来。他楼下的一个中年女人,家里养了一只法国斗牛犬,那斗牛犬体态浑圆,凸目塌鼻,相貌狰狞,没有一点可爱之处。这个女人每天早晨都出门遛狗。从今年春天开始,老贾突然发现这个女邻居怎么体态和这只斗牛犬越来越像了,再看这个女人的脸,不知怎么也开始凸目塌鼻起来。老贾由此想到了妻子这种怪异性格的形成,不排除和自己整天全身心泡在会里有关系。

老贾有时候也很委屈,组织会议并非易事,一次会议就好比一场戏,不精心准备怎么行?演戏的有"台上十分钟,台下十年功"之说,其实会议何尝不是这样?这就是有的会议要筹备几个月甚至大半年的原因。自己几乎天天主持会议,几乎天天在会议上讲话,这种"表演"的背后,是常人难以承受的辛苦啊。可是妻子不理解这些,不但没有给他以爱抚,还和他赛起了敬业。终于,在他荣任政协副主席的当年,她也由检验科主任被提拔为医院副院长。

老贾改变不了妻子,只好听之任之,但在妻子住宿舍的问题上他不想妥协,因为这样一来,家庭的问题就社会化了。另外,他也不希望出现有关自己和小吴的传言,小吴可是军婚。

老贾提出,妻子可以回家住,如果需要搬出去,他可以住办公室,他的办公室是套间,有床,他住办公室是忙工作,大家不会有议论。他说:"一个家总要有个女人,你出来住,这个家就不成为家了。"

妻子却铁了心。她的理由很简单,医院已经是她生活的全部,她要以医院为家。

走投无路的老贾也住到了办公室。他找了个装饰公司,开始重新装修住房。这样,终于找到了一个夫妻都出来住的理由。当装饰公司的头头儿抱着一摞图纸来问老贾,这装修该设计个什么样子什么风格时,老贾说:"你们看着办吧。"

更让老贾不适应的是,在月初,市委下发了一个文件,要求五月是无会月,各大班子、各部门都不许开会,提倡机关下基层,搞调研抓落实。

274

老贾感到这个无会月是有所指的,是撤销大活办的前奏,所以他十分郁闷,他不知道问题到底出在哪里。说会议多,看看中央电视台的《新闻联播》,哪一天没有会议的报道?如果不开会,上级的指示怎么贯彻?如果不开会,又怎么来凝聚人心?我们党历史上几次重大的转折,不都是靠会议吗?老贾想来想去,觉得这里面有问题,而根子就是已经搞了十四年的龙虾节!

很少对下属发脾气的老贾,有一天把小杨训得哭鼻子了。

事情的起因是一则手机短信。因为无会月,大活办在这个五月就一下子闲起来了。闲来无事,大家就找小吴商量能不能允许大伙玩玩扑克。小吴说:"贾主席不会同意玩,咱们还是别没事找事了。"小杨不信邪,说反正也闲着没事干,斗斗地主就算工会活动了。她便自告奋勇去找老贾提建议。

老贾正在办公室看报,小杨敲门进来。她说:"贾主席,大伙想由工会组织个娱乐活动,请你给予支持。"

老贾愣了一下,心想,这小杨也不是工会主席,怎么来请示工会工作?但嘴上还是说:"好呀,什么活动?"

"我们想组织个斗地主比赛。"小杨说完,一双调皮的眼睛望着他。

老贾一听,没好气地说:"去去去,回去看书学习吧,上班时间怎么能打扑克?"

小杨讨了个没趣,回到办公室,小吴忍不住笑,说:"不碰南墙你不回头,真是个犟丫头。"小杨说:"贾主席也真是,就不能有点别的爱好,满脑子都是会议,那么迷恋开会干吗?不开会多自在。再说有几个人愿意老开会?我敢说开会的人无论台上台下,十有八九都是在做样子。"她拿出手机说,"不信的话,你们看我这里有个短信,是我男朋友发来的,我念给你们听听:开会就像嫖娼,上面的人以为下面的人很认真,所以就格外卖力;下面的人装作很认真,其实心里在想,还是快点结束吧。"大家听完后,表情都很不自在,片刻,大家都忍不住笑了。有人说深刻,现在的短信不仅幽默,而且还一针见血。大家议论了一会儿,有人说这么幽默的短信应该让贾主席看看,便怂恿小杨给贾主席发过去。小吴说:"你别发了,老虎屁股你也敢摸?"小杨说:"怕什么?不就是一条短信吗?又不是我写的。我现在就给贾主席发过去,奇文共欣赏嘛。"她鼓捣了一阵手机后,说发过去了,看贾主席有什么反应。

过了不到三分钟,小吴桌上的内线电话响了,是老贾打来的,让小吴通知小杨到他办公室去一趟。

大家都有些害怕,目送着小杨到贾主席办公室。刚才还是天不怕地不怕的小杨,腿有些发软,一步一回头,可怜兮兮地去了贾主席办公室。大家谁也不说话,不知道会发生什么事情。

大概一刻钟的时间,小杨出来了,眼睛红红的,低着头。

小吴迎上去,叹了口气道:"你呀,开玩笑也不看看时候。"

当天下午,市委组织部的考察组来到了大活办,考察大活办的后备干部。

老贾事先一点消息也不知道,只是上午要下班的时候,组织部来了个电话,说是下午要来人进行例行考核。老贾知道,他这一级的干部市委组织部是无权考核的,因此,考核的对象肯定不是自己。但在风传大活办要撤销的时候来这里考核,说明事情已经进行到了实质性阶段。

考察组的组长是个军转干部,看起来很有原则。另一个是刚刚参加工作的小伙子,也是很规矩的样子。他们先和老贾谈,主要是让老贾在大活办现有正科级干部中推荐一下,看谁比较成熟、有能力。组长说大活办多年来没有配副职,这次,市委领导的想法是把班子配齐,以便开展工作。

老贾几乎没有多想,就一口推荐了小吴。

六

老贾没有想到人闲还能闲出毛病来。

一直身体很好的他,在这个无会的五月里闲高了血压,头老是发晕。

他记得有个领导说过,社会是需要相对稳定的,不能老是今天改革明天改革,就像人不能轻易打破自己原来的生活规律一样,打破规律的时候,往往是疾病发生的时候。他对这句话的前半句印象不深,但后半句像长了根一样嵌在了他的记忆里。有一次小吴劝他戒烟,他理由很充分地说,抽了几十年了,身体已经适应了,何必再打破这种肌体的平衡?

老贾认为自己血压突然上升,就是工作节奏突然变缓所致。他想保持原有的工作节奏,可是又无事可做,他像一只被圈在笼子里的鹰,纵有振翅拨云的本领,可是现在却一筹莫展。

头晕越来越厉害,他只好到医院看医生。

他没有告诉当副院长的妻子,自己直接来到了干部病房。病房主任是个资深老中医,是市领导的保健问题专家。老中医在给他做了相应的检查后,很肯定地说,是气血不畅,说人的血液就像围着山峦流淌的江河,水流湍急则水土流失,毁伤河床;水流缓慢则泥沙沉淀,淤塞河道。最好的办法就是顺畅自然,急缓适度,这样,水质才不会出问题。所以,他这病因的根本是缺少运动。现在这样的情况,虽说没有大问题,但发展下去就积重难返了,还是调整调整,打几天点滴,降降血黏度、血脂吧。老贾想,反正单位也没有事情,自己就在这里泡泡病号吧。他要求病房主任对自己在这里住院的事要保密,不要告诉任何人,包括他们的副院长。

住院后,他给小吴打了个电话,说他到外地出差,有什么事电话联系。小吴说:"你到外地出差怎么不带上我?反正单位现在也没有事。"他说:"要办的不是公事,你去不方便,你还是给我看好家吧。"

干部病房其实是临海市的高干病房,在住院部的顶楼,有宽敞的凉台。一般情况下住院的患者很少,有些离退休的老领导生病后都是上午来打打针,晚上就回家了。老贾到各房间走了走,见病床都空着,心中感觉不错,一向喜欢场面的他,这个时候倒希望不被打扰。

第二天上午,打了两个吊瓶后,他觉着腰有些发板,就推门到凉台上抻抻腰腿。走到凉台上,他一下子愣住了——穿着病号服的黄书记正在阳台上一个人练推手。

黄书记也看到了他,没有停止手上的动作,眯着眼问:"怎么?得了什么毛病?"

老贾说:"真是巧啊老书记,我这两天正要找您负荆请罪,没想到血压上升,跑到这里住院来了。您的身体不是一直很好吗?这是怎么了?"

"你年纪轻轻的,怎么和我一样?"黄书记继续着他的独自推手运动,道,"我是该高的不高,不该高的却高了。"

老贾心想,这可是个向老书记解释连续几次误会的机会,但又不能唐突,便找了个话题,道:"您老的太极拳不说炉火纯青,也称得上深谙要领,可是,看您练得最多的还是推手。我听说推手要两个人对练,可您老却自己练,这里面一定有道理吧?"

黄书记难得地笑了笑,说:"最深奥的道理往往在最浅白的话语里,最高超的技艺往往就在最简单的动作里,这是太极的哲学。

我面前无敌人,可心中有对手,所以表面上一个人在练,其实,我是在与对方过招啊。"

老贾听不懂黄书记的一番玄学高论,他提出这个问题的目的是想营造一种和谐的谈话气氛,所以,他努力把话题引到想要解释的事情上。

"黄书记说得太对了,工作上就是这样,越是熟悉的环节越容易出错。就说上次开会吧,桑师傅本来检查了几遍麦克风,都没有问题,可是偏偏就出了问题……"

黄书记打断了他的话,道:"过去的事不要再提了,孔夫子不是有句话吗?叫'成事不说,遂事不谏,既往不咎'。"

"可是,您老千万别拿我当白眼狼啊,我对您感恩还来不及,那些事确实都是误会。"

黄书记停下了运动着的两臂,长长地呼出一口气,道:"我最近听到一些传言,等这些传言都变成现实那一天,我会和你说一句话,现在我不说,因为我老头子从来不做无的放矢的事。"

这次凉台上的交谈很简短,因为护士来给黄书记打针了。

第三天早晨,刚刚扎上吊瓶,小吴来电话了。电话里小吴的声音有些颤抖,她告诉老贾三件事:一是市委常委会已经正式决定,龙虾节由一年一次改为五年一届,也就是说办了十四年的龙虾节今年不办了。二是大型活动办公室改名为市政府对外招商办公室,是个副处级单位,她被任命为招商办主任。三是老贾回政协工作,具体分工由政协党组决定。

老贾嘴上说知道了,心里却很茫然,竟忘了祝贺小吴。

电话那边传来隐隐的抽泣声,他突然意识到自己走了神,他干咽了一口口水,说:"别伤心,小吴,这是好事呀,你的提拔是组织上对大活办工作的充分肯定,这比什么都好,我心里的一块石头也落地了。"

小吴说："小道消息怎么总能变成现实呢？单位里现在是人心惶惶。你出差什么时候回来呀？我还有件事情想告诉你。"

"什么事情你说吧。从宣布任命开始，你就是法人了，单位里的事情，我回不回去无所谓了。"老贾想，单位里的日常工作本来就是小吴负责，包括财务也是小吴管，所以，他和小吴之间，也没有什么工作需要交接。

令他没有想到的是，小吴在电话里告诉他，她已经决定随军了，她爱人联系的单位明天就发商调函。听到这个消息，老贾支支吾吾了半天，不知道自己说了些什么。

刚刚撂下小吴的电话，市委组织部部长的电话就打进来了，向他通报市委常委会议决定的事项。老贾没等对方说完，就说："情况我都知道了，我这里有事不方便说话，等我给你打过去吧。"但一直到打完针，他也没有再摸电话，任身旁的电话锲而不舍地响个没完。

他躺在床上，脑海里好像在上演一出皮影戏，他看不清影偶的动作，只是看见有数不清的线在牵着这些影偶，变化出一些总是雷同的表演。

黄书记无声地进来了，他坐起来，给老书记让座。黄书记说："我昨天说了，要对你说一句话，现在，我可以说了，你想听吗？"

老贾点点头。

黄书记说："你要明白一个道理，只要是当领导干部，就总会有麦克风不响的时候，不论是你，是我，还是新来的于小叶。"

说完，黄书记转身走了。老贾发现黄书记的肩头抖动的幅度很大。他感到手背有些疼，低头一看，发现滴管里的药液不知什么时候滴完了，血管里的血开始回流，那红色的血液好像体内缓缓爬出的一条蜈蚣。他吓出一阵冷汗,一边大声喊护士,一边用左手死死地捏住了这条扭动着身子挣扎欲出的"蜈蚣"。

当天夜里,在例行的周四夜班查岗中,老贾的夫人发现了病房里的丈夫。病房里没有熄灯,老贾和衣仰卧,望着日光灯出神。

两人四目相对,许久,夫人喃喃地说:"我们这是何苦呢?"

"是啊,"老贾又把目光转移到日光灯上,自言自语,"我们这是何苦呢?"

原载于 2006 年第 11 期《北京文学》;2007 年第 7 期《领导科学》转载

名 字 之 错

　　副股长黄泉一开始并没有意识到自己的名字有问题,直到他下乡出了车祸,他的名字才充分引起人们的重视。

　　黄泉在局里当了十年的办事员,每天上班下班,打理自己的那点儿工作,也没有什么崇高理想,和同事的关系像熬了无数遍的杏仁粥一样一团和气。对桌的丛大姐说过,小黄是名牌大学毕业,学问比架子大。黄泉心里就想,我一个十年不挪一步的办事员,哪来什么架子?

　　也该黄泉时来运转,年初,县里在中层班子调整时,给他们局里交流来了一个叫刘仁的局长。刘局长上任第一天就大讲特讲了一番重视人才的道理,讲到激动处,还令人震惊地列举了几个本局的事例,其中就有黄泉。刘局长说:“像黄泉这样的同志,国内名牌大学毕业,我们县有几个? 可是已经十年了,黄泉同志还是个办事员。如果黄泉同志不热爱家乡,人家早就调走了,像黄泉同志这样的学历,人家上海、深圳的大门永远是向他敞开的。”

　　尽管黄泉从没有想过要调走的事,可刘局长这么一说,他的心口忽然热了起来,平静了十年的血液开始变得燥热,手心似乎有汗水渗出来。坐在身旁的丛大姐盯着他布满了细密的汗珠儿的鼻尖问:“你什么时候和这个新局长套上的? 他咋这么了解你?”黄泉皱了皱眉头道:“领导都是先认识档案后认识人。”

　　就在刘局长发表就职讲话的第三天,黄泉的股长生病了。股长姓白,已经五十有七,本来天天上班都是十全大补丸支着,可那天局长一讲小黄被压了十年,这下子他的心理负担重了,好像是他这把年纪的股长耽误了黄泉十年,他心事重重,竟连续两天忘了吃十全大补丸,结果在第三天就病倒了。黄泉他们股一共四个人,除了股长、黄泉和丛大姐外,还有一个没有车开的司机叫小许,小许整天没有别的事,就坐在办公室里看兵器方面的杂志。小许是复员安置来的,他在部队服役时搞的是武器装备,所以对各类新型武器十分感兴趣,大家没事时总爱听听他讲"战斧"、F-16,还有歼-8型国产战机。

小许身体棒,没用黄泉和丛大姐帮忙,就把白股长背到了离局机关并不远的县医院。白股长的病症是发烧、乏力,吃不下东西,吃一口吐两口,使他的体力越发透支严重。几个医生会诊了半天也查不出什么原因,只好让他住院观察。

白股长一连观察了半个月也不见好转,刘局长着急了,黄泉所在的股是业务股,没有个负责的怎么行?局长和几个副局长一碰头,就决定由黄泉担任股里的副股长。刘局长亲自到股里来宣布这一决定。刘局长说,本来可以直接任股长的,但白股长是老同志,又没犯什么错误,仅仅是因为生病住院,所以这股长职务还不能免,黄泉同志只好任副股长,希望黄泉同志能放开手脚工作。

黄泉担心丛大姐心理不平衡,在宣布决定之后就向丛大姐表态:"股里的事还是白股长说了算,我只是挂挂名,在小弟这里,你和白股长永远都是我的领导。"丛大姐也不客气,很严肃地说道:"你这话也有一定的道理,论级别我是副主任科员,和刘局长只差半级,而你才是副股级,咱可不在一个职级上。"

黄泉上任的第二天,刘局长要下乡,指名让黄泉陪同。黄泉内心很激动,局长点自己的将,说明局长看重自己,所以,他刻意换了套好一点儿的衣服,又换上了一双新皮鞋。

临走时,办公室主任告诉局长,司机老朱拉肚子,趴在值班室起不来了。局长很恼火,说:"早不拉晚不拉,偏要等我下乡时拉,这老朱真会赶时候。"局里就这么一台车,还是车况不佳的老式桑塔纳,刘仁局长正要反身上楼,黄泉在一边道:"可不可以让小许开?"局长问:"小许是谁?"黄泉道:"小许是复员安置来的司机,在我们股工作。"局长笑了:"好,就让小许开!"

黄泉去叫小许,他特意问小许开车有没有把握,小许满不在乎地说:"小菜一碟,我在部队开了四年车,比局长大六七级的首长都拉过,难道还在乎拉一个营级干部?"在小许眼里,刘局长是科级,地方的科级就好比部队的营级,当然算不得什么大首长。

小许驾车技术果然很熟练,在凹凸不平的乡路上开得很稳。黄泉悬着的一颗心终于放了下来。刚才他举荐小许开车是未加思考说出的,说出后他就有些后悔,因为自己毕竟没有见过小许开车,小许开车的故事都是他自己说的,因为小许说得多了,他的脑子里便形成了小许开车很有一套的印象。

坐在后排的刘局长在吸完了一根烟后,拍了拍黄泉的肩膀,道:"黄泉呀,你刚当领导还没有经验,以后下乡不要穿戴这么齐整,要随便一些,这样基层的同志好接近。"黄泉的脸腾地一下红了,想不到刘局长观察这么细致,其实刚才他一看到刘局长的装束,就感到了自己的不自然。人家刘局长穿了件旧夹克、一双黄胶鞋,一看就知道是去下乡,而自己这么一打扮,倒好像去见什么外宾。

"第一次跟局长下乡,不知道怎么穿戴好了,下次我就会注意了。"黄泉嘴上这么说,身上却如同穿了一副甲胄,周身不自在。一旁开车的小许斜了黄泉一眼,不屑一顾地说:"黄股长的衣服我看不出什么档次,连个牌子都没有。"

刘局长笑了笑，不再说什么，仰在靠背上合眼假寐。黄泉小声呵斥小许："开你的车，多什么嘴！"

刘局长带着黄泉在乡下转了一天，一共走了四个乡。中午他们在莲花乡政府食堂吃了便饭，弄得人家乡长挺失面子的。本来乡长已经在饭店安排了午饭，但刘局长死活不去。刘局长说下来是工作的，不是来喝酒的，中午喝了酒，一下午就迷糊了，所以他坚持要吃食堂。刘局长这一突然袭击，把人家乡政府的食堂搞了个措手不及。中午的饭菜十分简单，主食是二米干饭，菜是白菜土豆，饭焖得很好，而菜里却不见一片肉，清汤寡水的，叫人没有食欲，陪同的乡长勉强吃了半碗饭就不再吃了。刘局长却吃得很香，边吃还边发表议论，他说现在的干部为什么"三高"，就是血压高、血脂高、血糖高？究其原因就是吃得太好了，要是天天吃这样的午饭，"三高"问题自然就解决了。

下午又去了两个乡，在最后一个乡，刘局长走不脱了。这个乡叫石羊乡，传说一千多年前这里是契丹王陵，风水极好的，所以这个乡出了很多干部，县里的好几位领导都在石羊乡任过职，这使得石羊乡的干部比别的乡的多了些霸气。

石羊乡的书记姓冯，叫冯有义，外号冯大炮，是刘局长中学时的同学，所以他一见刘局长的面就单方面做出了决定：今晚必须在石羊乡吃晚饭。刘局长了解这位同学，知道推托不掉，便附加了个条件：留下吃晚饭可以，但不能喝酒。冯书记未置可否，只是说他昨天刚做过胃镜检查，有两个地方的溃疡已经快穿孔了，医生说要活命就不能再喝酒了。刘局长松了口气，心想，这家伙终于不能再拼酒了。刘局长知道冯书记的厉害，每次同学聚会，他都能拼倒几个。

晚上吃饭时刘局长傻了，冯书记先给自己倒了满满一大杯白酒,刘局长要拦,冯书记推开了他的手,道:"老同学来石羊乡,我要是不喝酒,你不骂我吗?不光你骂,同学们也会骂我当了书记成了势利眼。我今天是宁伤身体不伤感情,你们就照我这样子来吧。"

事已至此,刘局长再不让倒酒就有些说不过去了,只好任冯书记倒了满满一大杯。

轮到给黄泉倒酒时,黄泉捂住了杯子,说:"冯书记,我只能喝啤酒。"冯书记不依,说:"啤酒还能算酒吗?在石羊乡,连老娘们都不喝那玩意儿,嫌它臊。"

刘局长看了黄泉一眼,意思是连我都没辙了,冯书记还会放过你?黄泉只好松开捂杯子的手,让冯书记给倒了一杯。

到了给小许倒酒时,刘局长说他开车,让他喝茶吧。冯书记犹豫了一下,说开车的减半,倒一半吧。刘局长问小许:"你能行吗?"小许笑了笑说:"局长说行我就行。"黄泉捅了小许一把,道:"这可不是逞能的时候,你还要开车,安全是大事。"小许悄声道:"我自己有数。"就这样,冯书记又给小许倒了半杯白酒。

酒桌上的气氛很热闹,冯书记动员了他两委班子的大多数干部都来敬酒,这样一来,刘局长和黄泉所喝的酒就不止一杯了,直到刘局长的舌根有些硬,冯书记才停止了他的轮番轰炸。喝最后一杯圆桌酒时,冯书记突然问黄泉:"黄股长,你叫什么名字?"

"黄泉。"黄泉这样回答。

冯书记愣了一下,问:"是'黄泉路上不回头'那个'黄泉'吗?"

黄泉认为冯书记这玩笑开得有些过了,便解释道:"是'黄金'的'黄','泉水'的'泉'。"冯书记有些喝多了,他对刘局长道:"你怎么给部下起个这样的名字?天天见黄泉,这多不吉利。"

刘局长愣了愣,说:"老同学你喝多了,咱们今晚到此为止吧。"

晚饭散了局,临送刘局长上车时,冯书记又说了句不该说的话:"老同学,我送你和黄泉上路,你要多保重。"

回城的路,小许把车开得很稳,尽管如此,黄泉还是一再叮咛,要小心,慢点,再慢点。临近城里的时候,坐在后面的刘局长突然说:"小许,你停一下车,我要方便一下。"

问题就出在刘局长要方便上,小许听到局长的话,马上停住了车,也许因为执行命令太快了,小许竟下意识地把车停在了路当中。这时,后面一辆三轮农用车正开足马力跟着小许的车跑,小许这一停,农用车猝不及防,随着一阵刺耳的刹车声,三轮车像一头疯牛,一头顶在桑塔纳的后腔上。只见农用车的司机像跳马运动员一样一个跟头从桑塔纳上空飞了过去,农用车厢里装的黄瓜,像冰雹一样落满了车顶。

这起事故的后果是开三轮车的农民伤重不治而死,刘局长腰椎严重挫伤,腹内膀胱破裂,司机小许被方向盘顶伤了胸骨,唯有黄泉连根毫毛也没伤着。

刘局长住院期间,黄泉拎了些营养品去探望,可在病房的门口,刘局长的夫人把他拦住了,夫人说:"医生不让探视,小黄您请回吧。"黄泉留下了手中拎的营养品,讪讪地走开了,在走廊的拐弯处,一回头,他看到几个同事正拎着些水果走进局长的病房。

闷闷不乐的黄泉回到办公室,两手支着下巴伏在办公桌上发呆。丛大姐看了心疼,便说:"你有什么解不开的扣去和白股长商量一下,别憋闷坏了。"

白股长最近已经确诊,是糖尿病并发症,病情不怎么乐观,因为车祸,股里已经好久没人去看他了。丛大姐这么一说,倒提醒了黄泉,怎么说也该去看看老股长了,股里出了这么大的事,也该向股长汇报一下。

黄泉起身去看老白,还特意买了些糖尿病人能吃的无糖藕粉。

287

黄泉走进白股长病房的时候,白股长正在病床上吸氧。见到黄泉,白股长很高兴,他说自己腿上的溃疡总也不好,担心要截肢,说自己吃十全大补丸半辈子,没想到会补出这么个病身子来。黄泉向股长汇报了局长出车祸的事,还说这事都怪自己介绍小许开车,是自己把局长害了,现在局长连见也不想见自己了。黄泉说到伤心处,两滴眼泪便流了下来,他说自己好委屈,就想找个地方好好哭一场。

正说话间,白股长的老伴进来了。一看黄泉在这里,白股长老伴的脸色霎时变白了,她结结巴巴地说:"小黄你走吧,你快、快走吧,老白现在需要休息,需要吸氧。"

黄泉只好与白股长告别,他走到楼下时,忽然从二楼的窗子里飞出两包东西。黄泉仰头一看,开窗子的正是白股长的病房,再低头一看,那落在人行道上的两包东西,正是自己所买的两包无糖藕粉。

黄泉像一下子掉进了冰窖里,只感到手脚发冷,他脑子里总是重复这样一个问题:我这是怎么了?

第二天,老白突然死了。

丛大姐传回话来,说白股长的老伴恨死黄泉了,老白本来好好的,黄泉一去看,老白就不行了,还后悔说那天没把住门,让黄泉溜进了老白的病房。听丛大姐这么一说,黄泉心里全明白了,原来人家是忌讳自己的名字,怪不得局长夫人把自己拦在病房门外呢。

"你信这个吗?"黄泉几乎是噙着眼泪问丛大姐。丛大姐大他十几岁,此时,他从没有感到像今天这样需要一位大姐,因为几乎所有的同事都在回避他。

丛大姐说:"我天天与你隔桌相对,也就是天天见黄泉,要是讲迷信,我不早就晦死了?"丛大姐告诉黄泉,说刘局长出事后,刘局长的夫人请了个大师给看了看，大师说让局长少接触黄泉，这种说法全局上下都知道，就他一个被蒙在鼓里。

黄泉感到自己成了别人的麻烦，他对丛大姐说："股外的事你就多跑跑吧，我以后就抓抓内勤。"

丛大姐叹了口气，道："都什么年代了，还信些子虚乌有的事。"黄泉听了这话很受感动，强忍着没让泪水流下来。

老白的遗体告别仪式，黄泉犹豫再三，还是去了，一来老白是他们股的股长，二来自己和老白的关系也一直不错，他感到自己若是不去，对死去的老白没法儿交代。

黄泉一进殡仪馆，就发现周围多了些警惕的眼睛。他佯装不知，站在人群的一角参加仪式。临别与家属握手的时候，他伸出的手老白的夫人没有去握，正在尴尬之时，老白当教师的儿子把他的手接了过去。老白的儿子是礼节性地握，而黄泉却感到这是平生最难忘的一次握手，他的眼泪忍不住流了下来，为老白，也为他自己。

刘局长伤愈出院后，很遵守那位大师的教导，很少和黄泉交往，黄泉几次汇报工作，刘局长都推说没有时间，让他找主管的副局长。这样持续了两个月后，局里派来了一位新股长，大家原以为黄泉顺理成章能当股长的猜测都错了。

新任股长姓乔。丛大姐说："刘局长在物色这个股长时费了好一番脑筋，可能也经过大师的指点，选一个姓乔的意思是在你黄泉上面架一座桥，这样大家可以安全放心地走过黄泉。"黄泉将信将疑，在与乔股长共事了两天后，他觉得丛大姐的话没有错。

乔股长原是食堂管理员，已经四十出头，他平时除了为全局的午餐安排好食谱外，其余的时间就是打麻将，当别人都忙着工作没时间陪他时，他就一个人守着一堆麻将摆牌摸牌。乔股长不是个低智商的人,经他手码起的麻将他能记住哪个位置是什么牌,随便抓一张牌,只要他用拇指轻轻一搓,就能叫出红中或是六万。他这套本事在机关里可谓一技之长,在机关工委组织的麻将比赛中,他技压群芳,拔得头筹,为局里争得了荣誉。乔股长上任后,工作十分放权,他对黄泉说:"我的任务就是有露脸的事顶一顶,股里的工作你们该咋办就咋办,我不管也不问。"

一天下午,乔股长悄悄把黄泉拉到一边说:"食堂那边来了几个外单位的人,现在正是三缺一,下午就是有天大的事你也甭找我了,我要与他们一决雌雄去。"乔股长走后,办公室来电话,说市局的沙局长来县里搞调研,让股长下午到局招待所 208 房间谈话。黄泉想去找乔股长,想想乔股长临走时的吩咐又觉不妥,让从大姐去,从大姐说:"人家点名让股长去,我去交不了差。"黄泉无计可施,只好自己去了,好在这谈话的人不是刘局长,而是市局的沙局长。

在黄泉的记忆里沙局长是个十分温和的老头儿,稀疏的头发,在微微隆起的鼻梁上,一双眼睛总是眯成两条缝儿,显得慈祥而友善。沙局长在这么一个很重要的局已经干了八年局长,眼看着也到了退休的年龄,但他老人家没有放松抓工作,下基层比过去更频繁了,对各项工作的要求也更严了。黄泉很佩服这位老人,佩服他的敬业和人缘,这次能和沙局长谈谈工作应该是个偏得,黄泉甚至感谢起乔股长有打麻将这一嗜好,否则自己也没有面见沙局长的机会。

208 房间是招待所二楼把头儿的一个房间,也是招待所唯一的套间。这个房间除了接待上级局领导之外,几乎成了本局领导找干部谈话、班子成员开碰头会的专用场所,局里的许多重大决策都是在这里出台的,所以在局里 208 就是核心机密的代名词。

黄泉的胸口像揣了只兔子,从一楼到二楼的台阶他走得很沉重。上了二楼后，一条红地毯沿着走廊一直铺到 208 房间的门口，地毯软绵绵的，走上去心里感到空空的，一种没底儿的感觉。黄泉有意加重了脚上的气力，也想踩得实一些，但这一用力，他的皮鞋竟和这地毯摩擦出一种奇怪的声音。尽管这声音很小，但在这静谧的走廊里，却给黄泉带来了一丝恐慌，他慌忙放轻了脚步，一颗急跳的心放慢了频率。

站在 208 房间的门口，黄泉屏住了呼吸正欲敲门，门却开了，本局的人事股长徐小曼脸色红红地走了出来。徐小曼差一点儿撞上黄泉，她警惕地问："你来干什么？"黄泉愣了一下，道："我替乔股长来开会。"徐小曼两条弯弯的眉毛挑了挑，没说什么就走了。黄泉发现徐小曼在这红地毯上走得比自己自如多了，一扭一扭的，像 T 形台上的服装模特。

黄泉敲了敲门，须臾，室内传出一句拖长了音的回答："进来——"

黄泉推门走了进去。这 208 是个三套间，沙局长坐在中间那个房间的沙发上，茶几上摆着一个翻开的笔记本，笔记本旁边是一盘鲜红欲滴的草莓。

沙局长戴着花镜，他从镜片的上方翻出两只眼来瞅了黄泉一眼，然后指了指沙发对面的折叠椅道："坐吧。"

黄泉按照沙局长的指示坐下了，他把随身带来的一摞材料放在并拢的膝盖上，等着沙局长问话。

"自报家门吧，不要拘束。"沙局长很和蔼地说。

"我……我姓黄，是业务股的副股长。我们乔股长有事请假了，我是替他来的。"黄泉惴惴地说。

黄泉这么一说，也发现沙局长的动作一下子僵住了，好一会儿，沙局长才活动开他那几乎凝固的目光，他问："你就是那个黄泉？"

黄泉点了点头。他没有想到连市局沙局长这样的大人物都知道自己的名字,自己真称得上是个名人了。"我叫黄泉,'黄金'的'黄','泉水'的'泉'。"黄泉此时倒放松了,刚才的紧张一扫而光。人有些时候总是自己吓唬自己,自己掩饰自己,一旦抖出了底牌,心里倒无所谓了。

　　"是这样,小黄,"沙局长想了想,道,"我想和你们刘局长商量点事,你看你能不能去找一找刘局长?"

　　黄泉一听就明白了,208房间是有电话的,如果沙局长想找刘局长,一个电话就叫过来了,为什么非要让自己去找?沙局长这么做,显然是不想和自己谈下去。

　　黄泉起身走了,在走廊楼梯口,他对服务员交代了沙局长要约刘局长的事,然后自己默默地回到了办公室。他不能直接去找刘局长,他知道刘局长忌讳和自己见面,所以让服务员去通知刘局长是个最好的办法。

　　回到办公室,丛大姐不在,办公室内空荡荡的,窗台上的几盆绿帝王因缺水已变得蔫头耷脑。黄泉拎起水桶,去水房打了水,想浇浇花。这时,小许闯了进来,一进门就嚷:"我的《舰船知识》和《兵器知识》来了吗?"见桌上两份杂志被丛大姐摆放得端端正正,小许说,"还是丛大姐是好人,剩下的没个好东西。"小许自从车祸后,被局里给了个记过处分,在全局上下挺没面子的,他已经有一个多月没来上班了,丛大姐说他正在找关系调动工作,并说小许在社会上很有些关系,要不也分不到局里来。

　　"黄股长,咱共事到头啦。"小许很神气地拍了拍黄泉的肩膀。

　　"你真的调走了?"黄泉问。

　　"办成了,调到了人武部,以后搞国防动员我这满脑子学问该有用武之地了。"小许得意地摇了摇手中的杂志。说完,小许推门走了。走到门口,小许又回过头对黄泉说:"你一个名牌大学毕业生在这里靠啥呀?人家咋还拿你当盘菜呀!"

黄泉拎着水桶的手颤了一下,他没有理小许,而是走到窗台前,把那几盆久旱的绿帝王浇了个透,直到有清水从花盆的底部流出为止。那流出的水先是滴滴答答,后来就汇成一道水流,落到地板上,汪成了一个浅浅的湖。

浇完花后,黄泉从办公桌的抽屉里翻出一个很旧的电话簿,那上面有他好几个在深圳特区工作的大学同学。

第二天一早,刘局长竟不顾自己的忌讳,怒气冲冲地径直来到业务股,他想来质问黄泉,是谁让他擅自去见沙局长的。昨天,刘局长被沙局长骂了个狗血喷头,沙局长把一盘草莓全都掼到了地板上,喝问:"让我见黄泉是何居心?你刘仁不是不知道,他是黄泉我是沙,沙遇黄泉能有好结果吗?难道你刘仁也希望我这个将退的老头子在回去的路上出车祸不成?"一连串的质问把刘局长逼得差点跪下。刘局长感到自己特委屈,通知的是股长来,谁知道这个乔股长关键时刻没能挡桥架上去,倒让黄泉流过来了。

业务股只有丛大姐一个人在,乔股长大概昨天鏖战太久,没能按时来上班,他也绝没有想到刘局长会破天荒地到业务股来,所以他还在家中贪睡。

"黄泉呢?"刘局长没好气地问。

丛大姐长舒一口气,道:"黄泉一去不复返了。"

"什么?"刘局长的眼睛放射出了一种异样的光。

丛大姐把一张写了半页的纸递给局长,一字一句地说:

"黄泉辞职去了深圳。"

原载于 2014 年第 1 期《芒种》